두 친구 이야기

옮긴이 박정화
숙명여대 영어영문학과를 졸업하고 번역가로 활동하면서
어린이와 청소년을 위한 좋은 책을 꾸준히 소개하고 있다.

두 친구 이야기

1판 1쇄 2005년 11월 18일   1판 7쇄 2008년 2월 18일
2판 1쇄 2009년 7월 27일   2판 14쇄 2022년 4월 29일

지은이 안케 드브리스 **옮긴이** 박정화 **펴낸이** 조재은
편집 이정화 임중혁 송수남 김인정 **디자인** 김진디자인
마케팅 조희정 김상구 **관리** 정영주

펴낸곳 (주)양철북출판사
등록 2001년 11월 21일 제25100-2002-380호
주소 서울시 영등포구 양산로91 리드윈센터 1303호
전화 02-335-6407 팩스 0505-335-6408
전자우편 tindrum@tindrum.co.kr
ISBN 978-89-90220-48-6 03890
값 12,000원

잘못된 책은 바꾸어 드립니다.

BLAUWE PLEKKEN by Anke de Vries
© 1992 Lemniscaat b.v., The Netherlands
Korean Translation Copyright © 2005 by Tindrum Publishing Ltd.
All rights reserved.
The Korean language edition published by arrangement with
Lemniscaat Publishers through MOMO Agency, Seoul.

이 책은 모모 에이전시를 통해 Lemniscaat Publishers사와 독점계약하여
(주)양철북출판사에서 펴냈습니다. 저작권법에 따라 한국 내에서
보호를 받는 저작물이므로 무단 전재와 복제를 금합니다.

두 친구 이야기

안케 드브리스 지음 | 박정화 옮김

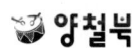

두 친구 이야기

_차례

나쁜 예감 7

비밀과 거짓말 14

전학생 미하엘 26

미하엘의 옛 친구 43

의문투성이 소녀, 유디트 63

행복을 맛보는 점심 시간 76

엄마의 눈물 91

작지만 소중한 선물 100

언제나 네 곁에 있을게 117

엄마의 새 애인 130

미하엘과 아빠의 새로운 만남 141

보이지 않는 출구 158

소중한 사람이 곁에 있다는 것 171

코알라 인형 178

리아 이모의 따스한 입맞춤 192

엄마에게도 아픔이 200

유디트의 소망 211

나는 유디트야, 유디트 221

짙어지는 의혹 231

꿈같은 여행 243

드러난 진실 253

우린 친구잖아 265

헤이그로 가는 표 한 장 278

나쁜 예감

혼나겠구나. 유디트는 현관문이 닫히고 계단을 오르는 발소리로 짐작할 수 있었다.

바짝 긴장한 채 방 안을 재빨리 훑어보았다. 모든 것이 제자리에 있는지, 눈에 거슬리는 것이 없는지 살폈다. 눈에 거슬리지 않는 것이 가장 중요했다. 무엇보다도 유디트 자신이.

동생 데니스는 블록으로 탑을 쌓고 있었다. 놀이에 푹 빠져서 발소리도 듣지 못했다. 어쩌면, 음악 때문에 못 듣는 것인지도 모른다. 아, 라디오! 유디트는 의자에서 벌떡 일어나 떨리는 손으로 라디오를 껐다.

너무 늦었다! 엄마가 코트도 벗지 않은 채 문가에 서 있다.

"엄마, 엄마!"

데니스는 블록을 팽개치고 두 팔을 활짝 벌린 채 엄마를 향해 달려갔다.

엄마가 데니스를 바라볼 때는 표정이 바뀐다. 엄마는 데니스를 꼭 껴안고 들어왔다.

"아구구, 엄마가 와서 그렇게 좋아, 우리 아기?"

엄마가 말했다.

데니스는 엄마의 목에 팔을 감고 얼굴에 쉴 새 없이 입을 맞추었다.

"다녀왔어요?"

유디트가 우물거렸다. 팔을 늘어뜨리고 서서 엄마와 데니스를 번갈아 보았다. 데니스가 엄마의 머리에서 빗 모양 핀을 빼서 짙고 곱슬곱슬한 제 머리에 꽂았다.

"나 이쁘다."

데니스가 웃으며 말했다.

"요 녀석, 이리 줘."

하지만 데니스는 보물인 양 핀을 움켜쥐고 엄마 품에서 빠져나와 부엌으로 달려갔다.

"엄마 빗 내 거!"

데니스는 신이 나서 큰 소리로 외쳤다.

핀이 빠지자 엄마의 머리카락 몇 가닥이 뺨 위로 흘러내렸다. 유디트처럼 금발이었다. 엄마는 서랍장으로 가서 고무 밴드를 찾느라 서랍 안을 뒤적거렸다.

"뭘 그렇게 빤히 쳐다봐? 그렇게 할 일이 없니?"

엄마가 유디트에게 쏘아붙였다.

유디트는 얼른 탁자로 돌아가 앉았다. 그렇게 멍하니 서 있다니. 바보같이! 유디트는 고개를 잔뜩 숙여 공책을 들여다보며 내일까지

내야 할 글을 마저 쓰려고 했다. 제목은 '오후의 나들이'였다. 반 페이지를 써 놓았는데, 갑자기 머리가 텅 비면서 아무것도 생각나지 않았다.

엄마가 코트를 벗어서 의자 위에 던졌다. 만약에 유디트가 똑같은 행동을 했다면…….

"내가 바본 줄 알아? 라디오 켰던 걸 모를 줄 알았어?"

유디트는 가슴이 두근거렸다. 눈치 채지 못하길 바랐는데. 이제 어떻게 하지? 잠자코 있어야 하나, 무슨 말이든 해야 하나? 어떻게 하든 엄마 기분을 그르칠 것이다. 사실은, 데니스가 라디오의 다이얼을 가지고 장난을 쳤는데 마침 흘러나온 노래가 하도 신이 나서 끄고 싶지 않았다. 노래를 듣다가 작문 숙제를 시작했고, 라디오 틀어 놓은 건 그새 까맣게 잊어버렸다.

"대답해!"

"데니스…… 데니스가 다이얼을 돌리고 있었는데……."

유디트는 말을 더듬었다.

"어쩜 그렇게 정떨어지게 구니? 제 잘못은 몽땅 불쌍한 동생한테 덮어씌우지. 내가 라디오 켜지 말라고 했잖아. 이웃 사람들하고 귀찮은 일이 생긴다고."

엄마의 목소리가 유디트의 가슴을 찌르듯이 파고들었다.

"크게 틀지는 않았어. 진짜야."

"지금, 말대꾸하니?"

엄마가 유디트에게 다가왔다. 유디트는 움찔하며 팔로 머리를 감쌌지만 아무 일도 일어나지 않았다. 유디트는 마음을 졸이며 기다렸다.

"한순간이라도 널 믿을 수 있겠니? 살금살금 못된 짓이나 하고. 내가 정말 못 살아!"

엄마가 호통을 쳤다.

엄마는 부엌으로 들어가 버렸다. 아니, 탈출하려는 것 같았다. 물 흐르는 소리가 들렸다. 엄마가 뭘 하는지 알 수 있었다. 수돗물을 틀어 놓고 얼굴에 물을 끼얹고 있을 것이다.

데니스가 방으로 쪼르르 달려왔다.

"놀자. 놀자."

데니스는 칭얼대면서 유디트의 스웨터를 잡아당겼다.

유디트는 천천히 일어섰다. 이상하게도, 엄마 기분이 안 좋을 때면 유디트는 팔다리가 납덩이처럼 무겁게 느껴졌다. 이번에는 얼마나 오래 걸릴까? 엄마가 언제 부엌에서 나올까? 어떻게 할까? 결코 알 수 없었다. 기다리는 시간이 더 괴로울 때가 많았다.

하지만 이번은 달랐다. 엄마는 부엌에서 나오지 않았다. 라디오를 가지고 가서 뉴스를 듣고 있었다. 하지만 오래 듣지는 않았다. 이내 다이얼을 돌려서 음악이 나오는 방송에 주파수를 맞췄다. 시끄러운 음악이었다. 좀 전에 유디트가 틀었을 때보다 소리가 훨씬 컸다.

유디트는 공책을 덮었다. 저녁을 먹고 마저 쓸 생각이었다. 지금은 숙제를 하려고 애써 봐야 소용이 없다. 먼저 장난감을 치우고 데니스를 목욕시켜야겠다고 마음먹었다.

바닥에 널린 것들을 모두 주워 장난감 상자에 담았다. 데니스가 떼를 쓰지 않아 정말 다행이었다. 데니스는 치우는 걸 도와주기까지 했다.

정리를 마치고 데니스를 욕실로 데려가 욕조에 물을 채웠다. 데니스는 욕조 가장자리에 고무로 만든 오리 인형을 띄우고 옷을 벗기 시작했다. 셔츠의 단추를 끄르려고 했지만 통통한 손가락이 자꾸 미끄러졌다. 너무 어려웠다. 그래서 데니스는 신발을 벗으려고 했다. 그건 쉬웠다. 유디트가 돌아섰을 때 데니스는 신발 한 짝을 욕조에 집어던졌다.

"신발 헤엄친다!"

데니스가 의기양양하게 소리쳤다.

"오, 데니스, 왜 그런 거야!"

유디트가 소리치며 신발을 건져 내려고 했다.

"신발 피한다."

데니스가 활짝 웃으며 말했다.

데니스가 아주 행복한 표정을 지었기 때문에 유디트는 웃지 않을 수 없었다. 어느 때는 데니스에게 도저히 화를 낼 수가 없다.

문득 유디트는 엄마가 문가에 서 있는 것을 보았다. 물을 틀어 놓았기 때문에 엄마가 오는 소리를 듣지 못한 것이다. 물이 뚝뚝 떨어지는 신발을 감추기에는 너무 늦었다. 이미 눈에 띈 것이다. 엄마는 화를 벌컥 내며 유디트의 손에서 신발을 잡아챘다.

"일부러 그랬지? 내 성질을 돋우려고! 어쩜 그럴 수가 있니? 그것도 새 신발을!"

엄마는 유디트를 욕실에서 끌어내어 마구 흔들었다.

"아니야, 엄마……. 사실 난……."

유디트의 목소리는 작고 처량했다.

뺨을 맞자 잠시 숨이 멎었다. 엄마가 곧 다른 뺨을 갈기자 짝 소리가 났다. 유디트는 엄마의 손찌검을 피하려고 필사적으로 노력했다.
"안 돼, 엄마. 제발……."
유디트가 간청했다.
엄마는 유디트의 머리채를 홱 잡아당겼다. 엄마가 어떻게 하건 유디트는 소리를 지를 수 없었다. 소리를 지르면 엄마는 더 화를 냈다.
"너 때문에 내가 미쳐!"
엄마는 닥치는 대로 주먹질을 하고 손바닥으로 갈겼다. 유디트는 따뜻한 것이 입술에 뚝뚝 떨어지는 것을 느꼈다. 고개가 앞뒤로 마구 젖혀졌다.
비명을 지르려고 했지만 아무 소리도 나지 않았다. 단단한 손가락이 목구멍을 꽉 죄어 소리를 막고 있었다. 숨이 막히고, 입을 헹굴 때 나는 소리만 나왔다.
"엄마, 엄마……."
아주 먼 곳에서 작고 여린 목소리가 들려오는 것 같았다. 유디트를 죄고 있던 손가락이 풀렸다. 유디트는 바닥에 쓰러져서 숨을 쉬려고 헉헉거렸다. 엄마는 여전히 험상궂은 표정으로 유디트 앞에 우뚝 서 있었다. 천장에 닿을 듯이 커 보였다.
데니스가 나타났다. 휘둥그레진 두 눈에 두려움이 가득했다.
"엄마 화났어?"
데니스의 입술이 떨렸다.
엄마의 표정이 변했다. 엄마는 몸을 굽혀 데니스를 꼭 끌어안았다. 데니스는 엄마 품에서 빠져나가려고 버둥거렸다.
엄마는 갑자기 데니스를 놔주고 부엌으로 달려갔다.

유디트는 몸을 일으키고 비틀거리며 욕실로 돌아왔다. 코피를 씻어 내는 손이 떨렸다. 너무 붓지 않아야 할 텐데, 하고 생각했다. 너무 많이 부으면 내일 또 학교에 가지 못하고 집에 있어야 한다. 유디트는 찬물로 코피를 멎게 하려고 했다. 머리를 뒤로 젖히자 목이 아팠다.
"유디트 아야 했어?"
데니스가 쭈뼛거리며 물었다.
"아, 아니."
괴상하게 쉰 소리가 나와서 자기 목소리 같지 않았다. 얼굴도 내 얼굴 같지 않아. 거울에 비친 제 모습을 보며 생각했다.
유디트는 데니스의 옷을 천천히 벗기고 욕조에 넣었다. 데니스는 가만히 앉아서 누나가 씻기는 대로 몸을 맡겼다. 오리를 가지고 놀지도 않았다.
"유디트, 우리 아기."
데니스가 진지하게 말했다.
유디트는 눈물을 흘리면서도 웃음이 나왔다. 얼굴에 일그러진 미소가 떠올랐다.
"유디트, 우리 아기."
데니스가 다시 말했다. 데니스는 젖은 팔을 누나의 목에 두르고 코에 입을 맞추었다. 유디트는 아파서 터져 나오려는 비명을 간신히 참았다.

비밀과 거짓말

지붕을 두드리는 나직한 빗소리가 들렸다. 몸이 떨렸다. 다락방은 춥고 눅눅했다. 열병을 앓을 때처럼 뺨이 아직도 화끈거렸다.

유디트는 얼굴을 만져 보았다. 코는 그런대로 괜찮았다. 잘하면 내일 아침까지는 맞은 자국이 없어질지도 모른다. 하지만 목의 부기가 가라앉으려면 시간이 좀 더 걸릴 것이다.

내일은 체육 수업이 있다. 지난번에 멍이 많이 들었을 때처럼, 수업에 빠질 핑계를 생각해 내야 한다. 다행히 이 학교에 다닌 지는 그리 오래 되지 않았다. 아무도 이상하게 여기지는 않을 것이다. 하지만 선생님에게 거짓말하는 것은 싫다. 좋은 분이기 때문이다.

문득 끝내지 못한 작문 숙제가 생각났다. 다른 걸 걱정할 때가 아닌데! 공책은 아래층에 있다.

유디트는 몸을 뒤척였다. 침대에 누워 있으니 금방 마음이 느긋해졌다.

저녁 시간은 조용히 지나갔다. 데니스가 우스운 말투로 지껄이면서도 이따금 엄마의 눈치를 살폈다. 뭔가 잘못되었다는 것을 알고 있는 듯했다. 유디트는 단 한 숟가락도 삼키기 힘들었지만 엄마가 또 화를 낼까 봐 감히 거절하지 못했다.

저녁을 먹은 뒤에 데니스를 침대에 눕히고 얼른 자기 방으로 돌아왔다.

나중에 엄마가 위층으로 올라왔을 때 유디트는 침대에 꼼짝 않고 누워 있었다. 문이 조용히 열렸다. 엄마가 방으로 들어와 침대 옆에 섰다. 엄마가 속삭였다.

"자니?"

유디트는 눈을 꼭 감고 자는 척하려고 했지만 가슴이 마구 방망이질치고 있어서 쉽지 않았다. 마침내 문 쪽으로 멀어지는 발소리를 들었을 때 얼마나 마음이 놓이던지!

유디트는 엄마가 자기를 때린 다음 왜 꼭 방으로 올라오는지 도무지 알 수 없었다. 어쩌면 살아 있는지 확인하려는 건지도 모른다. 엄마는 유디트가 숨 쉬는 것을 확인하고 나서 나가곤 했다.

엄마가 자기만 때리는 이유도 알 수 없었다. 엄마를 도와주려고 그렇게 애를 쓰건만 언제나 결과가 좋지 않았다. 너무 긴장해서 일을 망칠 때가 많았고 그럴 때마다 엄마는 일부러 그랬다며 유디트를 혼냈다. 엄마의 화를 돋우려고 그런다는 얘기였다. 이유 없이 맞는 것만으로는 충분하지 않다는 것인지.

유디트는 엄마의 하소연을 수도 없이 들었다. 의지할 데도 없이 혼자 힘으로 두 아이를 키우는 게 얼마나 어려운 일이니. 첫 남편은 아무짝에도 쓸모없는 인간이었지. 그를 내 삶에서 몰아낼 수 있어서 더 없이 기뻤어. 정말 신물이 났으니까. 그런데 아이는 왜 떠맡긴 거야? 다음은 데니스의 아빠, 벤이었어. 인물은 멀끔한 위인이지만 정말 필요할 때는 옆에 없어! 물론 데니스를 위해 이따금 생활비를 줘어 주곤 하지만 겨우 쥐꼬리만큼이지. 벤은 벌써 여자를 만나 동거를 시작했는데 그 여자가 벤한테 돈을 받아서 챙기기 때문이야.

"그 여자가 나보다 훨씬 똑똑해. 난 멍청하게 그것들한테 이용이나 당하고……"

엄마는 빈정거리곤 했다.

유디트는 아빠를 사진으로도 보지 못했다. 엄마는 유디트의 아빠가 존재했었다는 사실조차 지우고 싶은지 사진을 몽땅 찢어버렸다. 유디트는 의아하게 생각하곤 했다. 나는 내가 아빠를 닮았는지조차 모르잖아. 하지만 감히 물어보지도 못했다. 엄마는 벤 아저씨의 사진은 아직도 몇 장 가지고 있다. 아저씨는 참 좋은 사람이다. 아저씨와 엄마가 요즘 들어 그렇게 자주 싸운 건 정말 안타까운 일이다. 아저씨는 엄마가 빗으로 유디트를 때릴 때 감싸 준 적도 있다. 벌써 몇 년 전, 데니스가 태어나기 전의 일이다.

유디트는 벤 아저씨가 들어오는 소리도 듣지 못했다. 엄마는 유디트가 멍이 들도록 때리고 있었는데 갑자기 나타난 벤 아저씨가 엄마를 붙들고 소리쳤다.

"대체 왜 이래? 이러다 애 죽이겠어!"

"상관 마!"

엄마가 소리를 질렀다. 그런 뒤 두 사람은 지독하게 싸웠다.

"그거 알아? 당신은 제정신이 아니야. 완전히 미쳤다고! 당신은 항상 유디트를 혼내지. 그 애가 뭘 잘못했다고!"

벤 아저씨가 소리쳤다.

"그 애가 뭘 했는지 당신이 어떻게 알아? 여긴 코빼기도 안 비치면서!"

"내가 뭐 하러 여기서 얼쩡거려? 하루 종일 당신 잔소리에 불평이나 들으라고?"

유디트는 후닥닥 그 방에서 나왔다. 잠시 뒤에 벤 아저씨가 유디트에게 와서 말했다.

"내일 나하고 놀러 가자. 엄마는 너무 흥분해서 좀 쉬어야 할 것 같아."

아저씨는 유디트를 데리고 동물원에 갔다. 유디트는 그날을 평생 잊지 못할 것이다. 벤 아저씨는 원숭이에게 줄 땅콩을 샀고 유디트에게 기린을 실컷 보여 주었다. 유디트는 세상에서 가장 아름다운 동물은 기린이라고 생각했다. 특히 눈이 무척 부드럽고 다정했다. 다음 생일에 벤 아저씨는 기린에 대한 그림책을 선물하기도 했다. 유디트는 지금도 그 책을 넘겨 보곤 한다.

그날 오후 동물원에서 벤 아저씨는 엄마가 자주 때리느냐고 물었다. 어려운 질문이었다. 하지만 사실대로 말하면 아저씨와 엄마가 또 싸울 것이다. 유디트는 그렇지 않다고 대답했다.

"그럼 요전에 다리에 멍든 건 어떻게 된 거야?"

유디트는 얼굴이 확 달아올랐다. 넘어졌었다고 우물우물 말했다. 그러자 벤 아저씨는 주위 사람들은 아랑곳하지 않고 유디트를 번쩍 들어올려 꼭 안았다. 유디트는 당황했지만 기분이 좋았다.

"엄마는 정말 다정한 사람이에요. 아저씨도 엄마를 좋아하잖아요. 그렇죠?"

유디트는 '파충류관'을 지나가면서 말했다.

"보통 때는 그래. 하지만 가끔은 네 엄마를 이 녀석들에게 먹이로 준다고 해도 신경 쓰지 않을 것 같기도 해."

아저씨는 그렇게 말하면서 조용히 두 사람을 따라오던 눈이 툭 불거진 악어들을 가리켰다. 유디트는 으스스 몸을 떨면서 웃었다. 엄마를 악어 먹이로 주다니……

그러나 벤 아저씨도 나중엔 유디트의 아빠처럼 떠나버렸다. 어느 목요일 밤, 아무 말도 없이. 아저씨와 엄마는 싸우지도 않았다.

처음에 엄마는 무척 초조해하더니 나중엔 화를 냈다. 그 뒤로 며칠 동안 유디트는 아무것도 제대로 할 수 없었고 덕분에 엄마에게 호되게 야단을 맞았다. 어느 날 밤 엄마는 유디트를 후려갈겼고, 유디트는 쓰러지면서 옷장에 머리를 세게 부딪혔다.

다음에 무슨 일이 있었는지 유디트는 기억하지 못한다. 깨어나 보니 소파에 누워 있었다. 엄마는 머리에 난 상처에서 흘러내리는 피를 멎게 하려고 초조하게 손을 놀리면서 괜찮냐고 자꾸 물었다. 유디트는 아무렇지도 않다고 말하고 싶었지만 사실은 그렇지 않았다. 토하고 싶었다. 머리가 지끈지끈 아프고 불빛을 받으면 눈이 따끔거렸다.

의사가 왔다. 지난번 의사와 다른 사람이었다. 엄마는 언제나 다른 의사를 불렀다. 매번 마음에 들지 않았다는 이유였다.

유디트와 엄마는 의사에게 할 말을 미리 정해 놓았다. 유디트는 층계에서 넘어져 다친 것이었다.

"층계요?"

유디트가 맥없이 중얼거렸다. 그때는 아파트에 살고 있었고 아파트에는 엘리베이터가 있지 층계는 없었다.

"이모 집 층계 말이야."

"어떤 이모요?"

"리아 이모."

리아 이모는 캐나다에 살고 있는데, 하고 유디트는 생각했다.

의사가 도착했을 때 말은 엄마가 다 했다. 유디트는 현기증을 느끼며 엄마가 하는 말을 귓가에서 흘려보냈다. 정말 그런 일이 있었던 것 같았다.

우리 딸, 유디트가 층계에서 넘어졌어요. 무시무시하게 가파른 층계였죠. 아뇨, 여기가 아니라 애 이모네서요. 아, 그 정도면 다행이었게요. 층계를 굴러 내려와서는 복도에 있는 캐비닛에 머리를 부딪혔지 뭐예요.

엄마는 걱정스런 얼굴로 의사가 진찰하는 모습을 보았다.

"심각한 것은 아니죠, 선생님? 네, 한 번 토하기는 했어요. 아직도 아프다고 하네요. 네? 뇌진탕이라고요? 오, 불쌍한 우리 딸."

엄마는 유디트의 머리를 쓰다듬었다. 유디트의 상상이었을까? 엄마의 눈에 눈물이 맺힌 것 같았다.

의사는 왜 주치의를 부르지 않았느냐고 물었다. 엄마는 모든 대답을 준비해 두고 있었다. 그들은 이사를 온 지 얼마 되지 않았던 것이다. 물론 거짓말이었다.

"며칠 동안 침대에 있어야겠어, 꼬마 아가씨. 넘어져도 아주 세게 넘어졌어."

의사가 말했다. 그리고 유디트의 머리에 난 상처를 다시 살폈다.

"이 상처는 곧 나을 거야. 어머니께서 아주 깨끗하게 닦아주셨구나. 나도 이보다 잘 하지는 못할 것 같다. 하지만 이제부터는 층계에서 아주 조심해야 한다. 알았지?"

의사는 유디트의 손을 사뿐 쥐며 다정하게 말했다.

"네, 의사 선생님."

유디트가 속삭였다.

그 후, 엄마는 유디트에게 각별하게 잘해 주었다. 심지어 직장에 휴가를 내어 며칠 동안 집에 있기도 했다. 어느 날 오후, 엄마가 탁자에 앉아 사과를 깎아 주는데 유디트는 갑자기 울음이 터져나왔다.

"왜 또 그러는 거냐?"

엄마는 갑자기 신경질을 냈다.

유디트는 엄마가 다정하다고, 정말 자상하다고 말하고 싶었는데 엉뚱한 말만 더듬더듬 튀어나왔다.

"그래, 이걸로는 충분하지 않다는 말이지?"

엄마가 비아냥거리듯 말했다. 그리고 깎다 만 사과를 바닥에 내동댕이치더니 문을 쾅 닫고 나가 버렸다.

그때부터 상황은 더욱 나빠졌다.

"넌 아무 데도 아프지 않아, 유디트. 거뜬히 일어날 수 있어. 모처럼 낸 휴가를 네 시중이나 들면서 보내고 싶진 않다."

엄마는 유디트를 비웃었다.

엄마는 유디트를 보러 온 사람들을 모두 돌려보냈다. 학교 친구 몇 명이 들렀지만 엄마는 집에 들이지 않았다.

"유디트가 너무 힘들어하거든."

엄마가 말했다.

유디트의 담임 선생님이 방문해도 되겠느냐고 두 번이나 전화했지만 그럴 기회를 얻지 못했다.

"그러실 필요 없어요. 금방 다시 학교에 나갈 거예요."

엄마가 말했다.

유디트는 엄마를 기쁘게 해 주려고 최선을 다했다. 여전히 어지러웠지만 침대에서 일어났다. 머리가 아팠다. 눈 바로 윗부분이 떵하니 아팠다.

그때부터 이따금 두통을 앓았다. 두통은 엄마의 기분과 꼭 닮았다. 둘 다 예측하기가 힘들었다. 정말 느닷없이 나빠지는 것도 똑같았다. 목이 점점 뻣뻣해졌고 눈은 밝은 빛을 견디기가 힘들었다. 이런 고통은 유디트를 쇠약하게 했다. 학교 수업에 집중하기가 굉장히 힘들었다. 어느 때는 선생님이 무슨 말을 하는지 알아듣기도 벅찼다.

하지만 두통은 체육이나 수영 시간에 빠질 수 있는 좋은 핑계거리였다. 유디트는 그런 식으로 팔과 등에 있는 멍을 감췄다.

유디트는 옆으로 돌아누우며 다시 작문 숙제를 떠올렸다. 지금 아래층에 내려가서 공책을 가져올까? 침대에서 하면 되니까. 유디트는 일어나 앉아서 궁리했다. 조용조용히 내려가서 거실 문 밑으로 새어 나오는 빛을 보면 엄마가 깨어 있는지 알 수 있을 거야.

유디트는 침대에서 조심스레 빠져나와 복도를 살금살금 걸었다. 집 안은 죽은 듯이 조용했다. 멀리서 자동차가 달리고 개가 짖었다.

이제 층계다. 유디트는 어느 계단이 삐걱거리는지 정확히 알고 있었으므로 골라가면서 발을 디뎠다. 층계를 다 내려와서는 숨을 죽이고 문을 향해 발끝으로 걸었다. 빛이 새어나오지 않았다. 엄마가 자러 간 것이다.

유디트는 잠시 주저하다가 손잡이에 손을 댔다. 하지만 이내 손을 뗐다. 누군가 그 안에서 흐느끼고 있었다. 엄마였다. 비참하고 괴로운 울음소리였다.

유디트는 꼼짝 못하고 계단에 서 있었다. 이제 무엇 때문에 내려왔는지도 잊어버렸다. 유디트는 엄마가 울음을 그치기 전에 돌아서서 조심조심 층계를 도로 올라갔다.

유디트는 덜덜 떨면서 이불 밑으로 기어 들어갔다. 나 때문에 우는 게 틀림없어. 왜 그런지는 모르지만 엄마는 항상 나 때문에 괴로워해. 내가 데니스를 조금이라도 닮았다면 좋았을 텐데. 유디트는 데니스가 부러웠다. 데니스는 결코 엄마를 화나게 하지 않는다.

비는 이제 거세게 쏟아지고 있다. 일어나서 비가 새는 곳에 양동이를 놓아야 했다.

놓아야 하는데…… 음, 그렇게 해야 하는데…….

유디트는 꿈도 없는 깊은 잠 속으로 빠져들었다.

몇 시간이 흐르고 유디트는 소스라치게 놀라 깼는데 왜 그런지 이유를 몰라 어리둥절했다. 방은 어둡고 조용했다. 비는 그쳤다.

유디트는 자명종을 보았다. 5시 15분 전이었다.

이불 속으로 다시 들어갔다. 앗, 이게 뭐야? 축축하잖아! 창문을 열어 놓고 잤나? 일어나서 찬찬히 살펴보고 나서야 무슨 일이 있었는지 깨달을 수 있었다. 이불에 오줌을 싼 것이다.

이불을 들치자 지린내가 코를 찔렀다. 파자마 바지가 푹 젖었다.

서둘러 침대 옆의 램프를 켰다. 침대보의 크고 시커먼 얼룩을 보자 눈에 눈물이 고였다.

엄마가 알면 안 돼. 난리가 날 거야.

유디트는 덜덜 떨면서 파자마 바지를 벗었다. 덮고 있던 이불을 살펴보았다. 다행히 이불에는 작은 얼룩이 한 점 있을 뿐이었지만 깔고 잤던 침대보는 엉망이었다. 침대보를 벗겨 냈다. 매트리스의 크고 검은 얼룩이 유디트를 보고 징그럽게 웃었다. 매트리스를 뒤집을까? 아니, 지금은 안 돼. 바로 아래가 엄마와 데니스가 자는 방이야. 시끄러운 소리를 내면 엄마가 깰 거야.

유디트는 바닥에서 자면서 매트리스를 말리려고 했다. 덮고 있던 이불을 조심스럽게 깔고 몸에 둘둘 감았다. 바닥이 딱딱하고 차가웠지만 그건 전혀 문제가 되지 않았다. 머릿속엔 온통, 어떻게 하면 이걸 엄마 모르게 처리할 수 있을까, 하는 걱정뿐이었다.

아침에 일어나면 먼저 매트리스를 뒤집어야겠다. 학교에서 돌아오면 파자마하고 침대보를 모퉁이 세탁소에 맡기자. 세탁기를 쓸 수는 없다. 엄마가 세탁기를 쓰지 못하게 하기 때문이다. 세탁기를 돌리는 건 엄마의 몫, 빨래를 꺼내서 너는 건 유디트의 몫이었다.

유디트는 자명종을 다시 한 번 보았다. 5시 15분이었다. 날이 밝으려면 이제 얼마 남지 않았다.

　유디트는 잠에서 깨어나자 자기가 바닥에서 뭘 하고 있는지 어리둥절해졌다. 하지만 매트리스를 보니 상황파악이 되었다. 유디트는 일어나서 창문 밖을 내다보았다. 맑고 화창한 아침이었다. 한숨이 나왔다. 목의 부기를 감추려면 터틀넥 스웨터를 입어야 하는데 이런 날씨에는 틀림없이 아이들의 시선을 끌 것이다.
　아래층에서는 데니스의 작은 발소리와 엄마의 목소리가 들렸다.
　지금이 기회다. 유디트는 매트리스를 뒤집고 이불을 꼼꼼하게 덮었다. 그러자 모든 것이 보통 때와 다름없어 보였다. 유디트는 침대보와 파자마 바지를 옷장에 감췄다.
　샤워를 하고 싶어 죽을 지경이었지만 할 수 없었다. 유디트는 대개 저녁에 샤워를 하기 때문이다.
　목이 여전히 아프고, 고개를 돌릴 때마다 쑤셨다. 방에는 거울이 없었지만 목이 어떻게 부어 있을지는 충분히 짐작이 갔다.
　유디트는 청바지를 입고 터틀넥 스웨터를 꺼냈다. 옆자리에 앉는 디아나가 스웨터를 보고 놀라지 않으면 좋겠다고 생각했다.

　유디트는 안도의 한숨을 내쉬었다. 엄마는 아무것도 눈치 채지 못한 것 같았다. 사실 엄마는 데니스에게 아침밥을 먹이는 것말고는 그 어떤 것에도 신경 쓰지 않는 것 같았다. 데니스는 아침밥을 먹을 때마다 시간을 질질 끌었지만 엄마는 한 번도 데니스에게 신경질을 낸 적이 없었다. 엄마는 그걸 당연하게 여기고 삼십 분 더 일찍 일어났다.

유디트는 엄마의 얼굴을 살폈다. 슬퍼한 흔적은 없었다. 지난밤에 울었던 것 아닌가? 아침마다 보는 엄마의 얼굴과 다름없었다. 엄마는 걱정스러운 듯이 찌푸린 눈으로 시계와 데니스를 번갈아 보았다. 유디트에게는 눈길도 주지 않았다.

엄마는 내가 여기 있는 것도 모를 거야, 유디트는 생각했다.

"있잖아…… 쪽지 좀 써 줘. 오늘 체육 수업이 있거든."

유디트가 조심스레 말했다.

보통 때 유디트가 주의를 끌려고 하면 엄마는 쏘아붙이곤 했다.

"그만 좀 징징거려."라든지 "어쩜 늘 그 모양이니?"라고.

하지만 이번에는 아무 말도 없었다. 엄마는 일어나서 메모지를 가지러 서랍장으로 갔다.

유디트는 엄마가 뭐라고 쓸지 정확하게 알고 있었다.

유디트는 두통이 심해서 오늘 체육 수업에 참여할 수 없습니다. 선생님의 노고에 언제나 감사드리며.

코니 반 헬더르 드림.

엄마는 말없이 쪽지를 유디트의 접시 옆에 놓았다.

전학생 미하엘

유디트는 최대한 빨리 자전거 페달을 밟았다. 지각할까 봐 걱정되었기 때문이다. 움직일 때마다 목과 어깨가 아팠고, 두꺼운 터틀넥 스웨터는 따갑고 더웠다. 계절로 보면 아직 겨울이지만 온화한 대기에는 봄의 기운이 물씬 풍겼다.

"야, 같이 가자!"

뒤에서 헐떡이는 디아나의 목소리가 들렸다.

유디트는 속도를 늦췄다. 잠시 후 디아나는 반짝이는 새 자전거를 타고 유디트 옆으로 다가왔다. 자전거뿐만 아니라 디아나 자신도 머리부터 발끝까지 반짝이는 것 같다고 유디트는 생각했다. 나일론 재킷과 새하얗게 빛나는 운동화, 윤이 나는 머리칼에다가 웃을 때 번쩍거리는 치아 교정기까지. 유디트는 디아나 옆에 있으면 빛이 바래는 기분이었다. 게다가 디아나는 성가신 질문을 퍼붓곤 했다.

"그런 스웨터를 입다간 쪄죽는 거 아냐?"

또 시작이구나, 유디트는 생각했다.

"어쩜 그렇게 촌스러운 스웨터를 입고 학교에 오냐? 그렇게 입으니까 영락없이 괴짜 같잖아."

자전거 보관소로 가면서 디아나는 새된 목소리로 지껄였다.

"사돈 남 말 하네."

미하엘이었다. 마침 조금 떨어진 자리에 자전거를 밀어 넣고 있었다. 미하엘은 그렇게 말하고 씩 웃었다.

"흥, 바보."

톡 쏘듯이 내뱉는 디아나의 얼굴이 달아올랐다. 디아나는 미하엘을 좋아했다.

미하엘은 가을 학기부터 이 학교에 다니기 시작했다. 반에서 나이가 가장 많았고, 키도 제일 컸다. 변성기에 있는 미하엘의 목소리가 가끔 뒤집어질 때면 모두 웃었다. 미하엘도 따라 웃으면서 끽끽거리는 높은 소리로 덧붙였다.

"이 옥타브가 아닌데."

미하엘은 장애가 있었다. 처음 학교에 온 날 미하엘이 모두에게 말했다.

"난 난독증이야. 그래서 이 반에서 내가 제일 큰 거야."

"그게 뭐야?"

에바가 물었다.

"빨리 사란다는 뜻이지."

언제나 모든 것을 안다고 생각하는 디아나가 끼어들었다.

"이걸 어쩌지. 안타깝게도 네 말은 틀렸어. 난독증은 읽기나 쓰기를 잘 못한다는 거야. 처음에는 내가 멍청해서 그런 거라고 다들 생각했지만 사실이 아니었어. 절대 그런 게 아냐. 그저 이쪽 기능이 제대로 작동하지 않는 것뿐이지."

미하엘은 옆머리를 톡톡 두드리며 말했다.

"전에 텔레비전에서 본 적 있어. 어떤 아저씨였는데, 마흔 살쯤으로 보였어. 그 아저씨는 단 한 글자도 읽지 못했어."

로베르트가 말했다.

"그분도 아마 나랑 같은 경우일 거야. 단지 증세가 훨씬 심각할 뿐이지. 난 말을 할 수 있지만 그걸 쓰지는 못해. 그래서 두 번이나 유급을 당했어. 안타깝게도, 난 열세 살이야."

미하엘이 말했다.

열세 살이라니……. 모두들 입을 다물지 못하고 미하엘을 쳐다보았다.

"좋아하는 축구팀은? 아약스? 페예노르트?"

로베르트가 물었다.

"아세 밀란."

미하엘이 대답했다.

미하엘은 반 아이들에게 난독증에 대해 간단히 설명해 주었다.

먼저 선생님에게 학교의 이름인 클로버블리아프 초등학교를 칠판에 써달라고 부탁했다. 그리고 그것을 지우고 자신이 다시 써 보려고 했다. 시간이 꽤 오래 걸렸다. 미하엘은 장애 때문에 뭐가 가장 힘든지 웃으면서 설명했다.

"사실대로 말하면, 다 힘들어! 난 단어들이 어떻게 생겼는지 절대

기억하지 못해. 글자도 마찬가지고. 예를 들어, 'b' 대신에 'd'를 쓰고, 'u' 대신에 'n'을 쓰지. 난 그 글자들을 구별할 수 없어. 가끔은 낱말 전체를 거꾸로 쓰기도 해!"

미하엘이 더 자세히 설명을 해 주어서 반 아이들은 대충 이해하게 되었다. 심지어 적어도 세 번은 들어야 뭔가를 이해할 수 있는 카렐까지도. 그래도 카렐에게는 질문이 하나 있었다. 정말 멍청한 질문이었다.

"그럼, 말하는 법은 어떻게 배웠어? 거의 읽지도 못하면서."

아이들이 모두 배꼽을 쥐고 웃었지만 미하엘만은 카렐 편을 들었다. 미하엘이 말했다.

"너희들 생각만큼 바보 같은 질문이 아니야. 말하는 건 전혀 힘들지 않아. 게다가 한 번만 들으면 무엇이든 여기로 쏙쏙 입력이 돼."

미하엘은 머리를 다시 톡톡 두드렸다. 그리고 덧붙여 말했다.

"게다가 난 영어도 할 줄 알아."

"어디서 배웠어?"

디아나가 물었다.

"어디일 거라고 생각하니? 난 미국에서 산 적이 있어!"

그 말은 모두에게 깊은 인상을 심어 주었다. 특히 디아나는 미하엘에게 폭 빠져 버렸다.

미하엘이 말을 마치자 선생님은 점수로 A를 주었다.

"왜 A$^+$를 안 주시고요?"

미하엘은 그 이유를 알고 싶어했다.

"안타깝게도 선생님은 절대로 A 이상은 주지 않아."

베크만 선생님은 미하엘을 흉내 내어 말했다.
"그것 참 타당한 이유로군요."
미하엘은 이렇게 말하고 선생님과 악수했다.

유디트는 집중하려고 애썼지만 마음이 자꾸 딴 곳을 맴돌았다. 선생님께 언제 쪽지를 보여드릴까? 쉬는 시간에? 아니면 체육 시간 직전에? 유디트는 아이들이 일제히 역사책을 덮는 소리를 듣고 깜짝 놀랐다. 딴생각을 하느라 수업의 반을 놓쳐 버린 것이다.
"다음 순서로 넘어가기 전에, 모두 작문 숙제를 내요."
베크만 선생님이 말하고 책상 사이를 오가며 숙제를 걷었다.
"집에 두고 왔어요."
로베르트가 말했다. 거짓말이었다. 숙제를 끝내지 않은 것이다. 선생님은 로베르트를 내려다보았다.
"숙제를 두고 온 게 벌써 두 번째로구나."
선생님이 말했다.
"죄송합니다, 베크만 선생님."
로베르트는 최대한 공손하게 머리를 조아렸다. 사실은 세 번째였다. 로베르트는 선생님이 한 번을 빠뜨린 것이 기뻤다.
"내가 두 번째라고 말했나? 이번이 세 번째잖아! 집에 가서 가져와라, 지금 당장."
베크만 선생님은 엄하게 말했다.
로베르트는 고개를 번쩍 쳐들었다.
"지…… 집에 다녀오라는 말씀이세요?"

로베르트가 물었다.

"그래."

로베르트는 시무룩해져서 발을 질질 끌며 교실에서 나갔다.

"쟤, 숙제 안 했어. 틀림없다니까."

디아나가 말하며 킥킥거렸다. 모두 들을 수 있을 정도로 큰 소리였다.

"유디트, 작문 숙제."

선생님이 유디트의 책상 옆에 섰다.

"아직 다 못 했어요, 선생님."

유디트는 뺨이 달아오르는 것을 느꼈다.

"왜 못 했니?"

"저…… 또 두통이 도져서요."

유디트는 들릴락 말락 한 작은 소리로 말했다.

"좋아. 그럼 우선 해 놓은 것만 보자꾸나."

유디트는 초조하게 책가방을 뒤졌다. 베크만 선생님은 기다리면서 유디트의 수그린 머리를 보았다. 곧은 금발이 얼굴을 덮었다. 베크만 선생님은 문득 저런 스웨터를 입으면 질식할 것 같다는 생각이 들었다. 유디트가 고개를 들어 선생님을 힐끗 보았다. 창백한 얼굴에 잔뜩 겁먹은 눈이었다. 왠지 이 아이는 너무 연약해 보여. 도저히 화를 낼 수 없는 아이야.

"카렐……"

베크만 선생님은 다음 책상으로 옮겨갔다.

"미하엘……"

미하엘이 자랑스러운 미소를 지으며 숙제를 쓱 내밀었다.
"두 페이지를 꽉 채웠어요."
미하엘은 당당하게 말했다.
"제법인데."
선생님도 웃으며 말했다.
유디트는 읽기책에 고개를 처박았다. 다행이야, 베크만 선생님이 아무 말도 하지 않아서. 이제 남은 문제는 쪽지뿐이구나…….

쉬는 시간이 되었다. 반 아이들은 서로 부딪치고 쿵쾅거리며 운동장으로 뛰어나갔다. 모두 나가고 유디트만 남아서 어슬렁거렸다.
"어서 나가 놀아, 유디트."
선생님이 격려하듯이 말했다.
"어…… 엄마가 쪽지를 써 줬어요."
유디트는 중얼거리며 서둘러 선생님의 책상에 쪽지를 놓았다.
베크만 선생님은 쪽지를 읽었다. 체육 수업에 빠져야 한다는 내용이다. 또 빠진다고! 유디트의 어머니를 만나서 이야기를 해야겠어. 이 아이의 두통은 예사롭지 않아.

수업이 모두 끝났다. 유디트는 자전거 보관소로 걸어갔다. 모든 일이 잘 풀려서 안심이었다. 아이들이 체육을 하는 동안 유디트는 작문 숙제를 마저 하도록 허락을 받았다. 뺨이 새빨개지도록 온갖 정성을 기울여서 글을 썼다. 유디트는 완성된 글에 자부심을 느꼈다. 베크만 선생님도 글을 읽고 기뻐하시길 바랐다.

유디트는 글을 처음부터 다시 써서 동화 한 편을 완성했다. 동화에 등장하는 가난한 엄마는 돈이 한 푼도 없는데 딸아이에게 선물을 하고 싶었다. 엄마와 딸은 함께 시내로 갔다. 엄마는 안나에게 뭐든 마음에 드는 걸 집으라고 했다.

"아주 멋진 걸 사주고 싶구나."

엄마가 말했다.

안나는 엄마가 얼마나 가난한지 알고 있었다. 갖고 싶은 물건이 잔뜩 생각났지만 엄마는 그중에 하나도 사 줄 형편이 안 된다. 안나는 고민했다.

"뭘 살지 정했니?"

엄마가 물었다.

"생각이 안 나요. 가지고 싶은 건 전부 다 집에 있는걸요."

안나가 말했다.

"전부 다라니? 안나야, 넌 아무것도 가진 게 없잖니. 걸칠 만한 옷도 변변치 않고, 장난감도 하나 없잖아."

"하지만 엄마가 있잖아요."

안나의 말을 들은 엄마는 거리 한복판에서 딸을 번쩍 들어올려 그네를 태워 주었다.

"우리 예쁜 안나. 사랑스러운 내 딸 안나."

엄마는 사랑을 담뿍 담아 말했다. 사람들은 자기 딸을 그토록 사랑하는 엄마를 처음 보았기 때문에 모녀를 보며 미소를 지었다.

두 사람은 아이스크림을 먹으러 플로렌시아 가게로 갔다. 주머니에 딱 그만큼의 돈이 있었기 때문이다.

유디트는 자전거를 타려다가 뭔가 잘못된 것을 알았다.
"왜 그래?"
미하엘이 물었다.
"어. 자전거 바퀴 하나가 이상해서."
"문제 없어. 나한테 타이어 펌프가 있거든."
미하엘이 말했다.
미하엘은 자전거 타이어에 펌프질을 하다가 곧 멈췄다.
"구멍이 났구나."
미하엘이 싹싹하게 말했다.
"구멍이 나?"
유디트는 걱정스럽게 미하엘을 바라보았다. 데니스를 데리러 탁아소에 가야 하는데 늦을 것이다.
"문제 없어. 내가 고쳐 줄게. 가자."
"어디로 가는데?"
"어디긴, 내 연장이 있는 우리 집이지. 뒤에 타. 한 손으로 운전을 하고, 한 손으론 네 자전거를 붙잡을게."
유디트는 너무 당황해서 아무 생각 없이 미하엘이 하라는 대로 따랐다.
"하하…… 미하엘한테 애인이 생겼대! 미하엘이 여자를 사귄대!"
로베르트가 큰 소리로 놀려댔다.
미하엘은 그 말을 무시하고 페달만 밟았다. 이따금 위태롭게 휘청거렸기 때문에 유디트는 미하엘의 재킷을 꼭 잡고 있어야 했다. 두 아이는 곧 덜 복잡한 자전거 도로로 접어들었다. 교차로에 이르자 미하엘이 자전거에서 내렸다.

"이 근처는 너무 위험해. 여기서부턴 걸어가는 게 좋을 거야."

미하엘이 말했다.

유디트는 뒤에서 색이 바랜 미하엘의 재킷만 보며 걸었다. 아직도 어리둥절한 상태였다. 왜 저 애가 자전거 바퀴를 고쳐 주겠다고 하는지 알 수 없었다. 클로버를리아프에 다닌 지난 몇 주 동안 저 애와 거의 한마디도 주고받지 않았는데 지금은 저 애의 집으로 가고 있다. 너무나 당연하다는 듯이 말이다.

"베크만 선생님은 정말 좋은 분이야. 그치?"

미하엘이 유디트 옆으로 걸으며 말했다.

유디트는 깜짝 놀랐다.

"어?"

"베크만 선생님은 정말 좋다고!"

미하엘이 답답하다는 듯이 다시 말했다.

"어…… 맞아."

미하엘은 다른 데로 눈을 돌렸다. 유디트는 결코 수다스러운 애가 아니었다. 도와주지 말걸 그랬나, 하는 생각이 들었다. 도와주겠다고 한 이유는 순전히 유디트가 스테피를 닮았기 때문이다. 미하엘이 미국에 있을 때 옆집에 살던 친구, 스테피를 만나지 못한 지도 어느덧 오 년이 되었다. 하지만 유디트는 스테피가 아니다. 더군다나 앞으로 문제가 생기는 족족 자기한테 온다면 이만저만 곤란한 게 아니다.

"조심해."

미하엘이 소리치며 유디트의 어깨를 잡았다. 생각에 깊이 빠져 있던 유디트가 서 있던 차에 부딪힐 뻔했기 때문이다.

"아야."

유디트는 저도 모르게 신음소리를 냈다.

"내가 아프게 했니?"

놀란 미하엘이 물었다.

"아…… 아니야. 어…… 어제 어깨를 좀 다쳤거든."

유디트가 더듬거렸다.

"미안."

"괜찮아."

유디트가 재빨리 말했다.

"여기서 오른쪽으로 돌자. 85번지가 우리 집이야."

무척 조용한 동네였다. 곳곳에 나무가 있고 벤치도 하나 보였다. 돌길이 미하엘의 집을 둘러싸며 뒷마당으로 이어져 있었다.

미하엘이 대문을 열자마자 작은 남자아이 둘이 달려왔다. 두 아이는 무척 많이 닮아서 거의 구별할 수 없었다.

"미하엘, 미하엘, 우리도 태워 줘!"

아이들이 미하엘의 재킷 소매를 잡고 늘어졌다. 그러다가 한 녀석이 자전거 뒤에 올라타려고 낑낑거렸다.

"나중에 태워 줄게. 우선 자전거 바퀴부터 고치자."

미하엘이 약속했다.

유디트가 두 아이의 이름을 물어보려고 하는데 부엌문이 활짝 열리며 아주 조그마한 여자아이가 깡충거리며 나왔다.

"또 있니?"

유디트가 물었다.

"아니. 아이들은 이제 다 나왔어."

미하엘이 웃었다.

그러자 아줌마가 나타났다. 목소리가 아주 낮고, 세상의 모든 시간을 가진 사람처럼 느긋하고 전혀 서두르는 기색이 없었다. 주위의 소란에 조금도 아랑곳하지 않는 것 같았다.

아줌마는 미하엘에게 다가가 뽀뽀를 했다. 미하엘이 아줌마를 껴안았다. 아줌마는 유디트에게 돌아섰다.

"미하엘 친구로구나. 반가워. 같은 반이니?"

"네, 아줌마."

유디트는 작은 소리로 대답하면서 눈을 내리깔았다. 어른 앞에서는 어떻게 행동해야 할지 늘 난감했다. 잘못을 저지를까 봐 늘 조심스러웠다.

"유디트예요. 타이어에 구멍이 나서 고쳐 주려고 데려왔어요."

미하엘이 말했다.

"마실 것 좀 줄까?"

"자전거 바퀴부터 고쳐 놓고요."

미하엘이 말했다.

남자아이 중의 하나가 유디트의 손을 잡고 집 안으로 끌어당겼다.

"누나, 내 기차를 보여 줄게."

아이는 말하고 나서 정답게 웃었다.

"우리 기차라고 해야지."

그 아이를 그림자처럼 따라다니는 다른 아이가 고쳐 말했다.

"사고가 나게 할 수도 있어. 그러면 차장이 전부 떨어진다."
먼저 아이가 자랑스럽게 말했다.
"차장이 아니라 차량이지. 넌 말도 제대로 못 하냐?"
다른 꼬마가 말을 또 고쳐 주었다.
"나도 말 잘 해."
유디트는 이 꼬마가 기차를 트랙 위에 놓고 달리게 하는 모습을 구경했다. 다른 아이가 자기 이름은 다비드고 쌍둥이 동생의 이름은 프랑크이며, 자기는 형이기 때문에 말을 아주 잘 할 수 있다고 일러주었다.
"다비드는 아주 조금만 형이야. 겨우 이 분 일찍 태어났는걸."
프랑크가 투덜거렸다.
"이 분은 엄청난 거야. 이렇게 많이."
다비드는 팔을 활짝 벌려 보였다.
분이라……. 유디트는 시간을 까마득히 잊고 있었다. 시계를 보았다. 4시 15분이 다 되어가고 있었다. 십오 분 전에 데니스를 데리러 갔어야 했는데! 어떻게 하지? 유디트는 어쩔 줄 몰라 주위를 두리번거렸다.
"무슨 일 있니?"
막 방 안으로 들어온 아줌마가 물었다.
"동생…… 제가 오후에 동생을 탁아소에서 데려오기로 했거든요. 그런데 늦었어요."
"전화를 하지 그러니? 전화기는 복도에 있어. 번호는 알고 있니?"
"네, 아줌마."

유디트는 우물거리며 급히 방에서 빠져나왔다.
 유디트는 너무 초조한 나머지 다른 번호를 눌렀다. 다시 해 보자, 다시 해 보자, 유디트는 속으로 되뇌었다.
 잠시 후 귀에 익은 소피의 목소리가 들렸다. 소피는 탁아소에서 일하는 언니들 가운데 한 명이다.
 "저…… 저는 유디트예요. 제 자전거 바퀴에 구멍이 났어요."
 "바퀴에 구멍이 났다고? 난 또 무슨 일이라고! 그래서 조금 늦는다는 말이구나?"
 "네."
 "걱정 마. 데니스가 여기서 놀게 해 줄게. 그렇지 않아도 여긴 자질구레한 일들이 많거든. 언제쯤 올 수 있니?"
 소피가 사람 좋게 물었다.
 "모르겠어요. 지금 반 친구 미하엘 집이에요. 그 애가 제 자전거를 고치고 있어요."
 "괜찮은 녀석인데. 얘, 천천히 해. 여기 걱정은 말고. 그럼 나중에 보자."
 소피가 그렇게 다독거렸지만 유디트는 기분이 전혀 나아지지 않았다. 탁아소에 늦게 갔다는 사실을 엄마가 알기라도 하면……. 유디트는 뒷마당으로 급히 달려나갔다.
 "아직 안 됐니?"
 유니트가 물었다.
 "너무 보채지 마. 안타깝게도 나는 마법사가 아니라고."
 미하엘이 말했다. 마음이 좀 상한 눈치였다.

"동생을 탁아소에서 데려와야 하거든."
"너희 엄마가 하면 되잖아?"
"엄마는 일하러 갔어."
"그럼 탁아소에 전화해서 늦는다고 말해."
"전화도 했어."
유디트는 초조하게 말했다.
"그럼 됐네. 안 그래?"
아니, 그렇지 않아, 하고 유디트는 생각했다. 하지만 미하엘이 유디트의 속사정을 알 리 없었다.
미하엘은 유디트를 힐끗 보았다. 뭐가 잘못된 거지? 이상했다. 유디트는 정신이 완전히 딴 데 팔려 있는 것 같았다. 마당을 뛰어다니며 술래잡기를 하는 쌍둥이 형제에게도 관심을 보이지 않았다. 혼이 쏙 나간 애 같아서 미하엘은 마음이 편치 않았다.
"혼날까 봐 그러는 거야?"
미하엘의 입에서 무심코 말이 튀어나왔다.
유디트는 나쁜 짓을 하다가 들킨 사람처럼 미하엘을 빤히 쳐다보았다.
"누…… 누가 혼을 낸다고?"
"누구긴 누구야? 너희 아빠지."
유디트는 한숨을 쉬고 왠지 안심이 되는 표정을 지었다.
"난 아빠가 없어. ……그러니까, 있긴 있는데 한 번도 본 적이 없어. 이혼하셨거든."
"아."

미하엘은 갑자기 타이어에 넋이 빠진 것처럼 굴었다.
"이제 공기만 넣으면 되겠군."
그렇게 중얼거리면서 미하엘은 자전거를 뒤집었다.
다비드와 프랑크는 뛰기를 멈추고 미하엘이 수리하는 모습을 구경하러 왔다.
"미하엘은 뭐든지 할 수 있어. 엄마 시계도 고쳤는걸. 그렇지, 미하엘? 나한테는 영어를 가르쳐 줬어. 미국에서 산 적이 있거든. 누나도 미국에서 살았어?"
다비드가 유디트에게 자랑스럽게 말했다.
"아니."
"누나랑 같이 가도 돼?"
프랑크가 물었다.
"다음에 그렇게 하자. 지금은 동생을 데리러 가야 해."
"동생 이름이 뭐야?"
두 아이가 한꺼번에 물었다.
"데니스. 이제 두 살이야."
"와, 진짜 어리다. 우리는 열 살이야, 둘이 합쳐서."
다비드가 말했다.
미하엘이 펌프질을 마쳤다.
"추리된 거야?"
프랑크가 물었다.
"추리가 아니라 수리야."
다비드가 고쳐 말했다.

유디트가 웃었다.

"정말 재미있는 동생들이다."

"친동생이 아니야. 사촌들이지."

"사촌이라고? 그럼 여기 놀러 온 거야?"

"아니, 난 여기에 살아."

미하엘이 너무 침울하게 말했기 때문에 유디트도 더는 물어보지 못했다.

"도와줘서 고마워. 내일 보자."

유디트가 재빨리 말했다.

"내일 봐."

미하엘은 이렇게 중얼거리고 슬렁슬렁 집으로 들어갔다.

미하엘의 옛 친구

　미하엘은 제 방으로 가서 침대 위에 몸을 쭉 뻗고 누웠다. 좋았던 기분이 왜 갑자기 나빠졌는지 알 수 없었다.
　손을 베고 누워 벽에 붙은 스포츠 포스터를 뚫어지게 쳐다보았다. 이 방은 정리가 아직 끝나지 않았다. 사실 이곳으로 이사한 지 벌써 여섯 달이 지났지만 다른 방도 마찬가지였다. 아직도 끄르지 않은 상자들 안에 많은 물건이 들어 있었다.
　"괜찮을 거야. 너도 알게 되겠지만 필요한 게 있으면 상자만 열면 되니까!"
　엘리 이모는 미하엘을 안심시키듯이 말했다.
　미하엘은 도저히 웃지 않을 수 없었다. 엘리 이모에게는 모든 것이 '괜찮았다'. 이모는 요란스레 구는 적이 거의 없었다. 정말 그럴 필요가 있다고 느낄 때를 빼놓고는. 그럴 땐 아무도 이모를 못 말려, 미하엘은 생각했다. 이모가 아빠를 상대했을 때의 일이 떠올랐다.

엘리 이모, 보브 이모부와 함께 산 지도 어느새 삼 년이 지났다. 다비드와 프랑크에게 미하엘은 친형과 다름없었다.

미하엘은 한숨을 쉬었다. 왜 갑자기 기분이 엉망이 되었을까? 유디트한테 그런 말을 해서일까?

"혼날까 봐 그러는 거야?"

그런 말이 불쑥 튀어나오다니.

그때 유디트는 아주 곤혹스런 표정을 지었다. 정말 이상한 아이였다, 유디트라는 애는. 유난히 말이 없고 부끄럼을 탔다. 반에 있는 다른 여자애들과 정말 달랐다. 스테피와 그렇게 많이 닮지 않았다면 유디트가 있는지도 몰랐을 것이다.

왜 그 애에게 그런 말을 했을까? 미하엘은 아빠한테 매를 맞은 적은 없다. 만약 그랬다면 대들었을 것이다. 물론 그럴 배짱이 있었다면 말이지만.

하지만 미하엘은 자기가 결코 이기지 못할 것을 알고 있었다.

아빠는 지금도 미국에 있다. 미하엘은 전화로만 아빠의 목소리를 들을 수 있었고, 언제나 못마땅한 투의 높은 그 목소리는 느닷없이 말을 멈추곤 했다. 그 목소리는 결코 머뭇거리는 법이 없다. 아빠는 머리가 비상하다. 큰 미국 회사에서 변호사로 일하고 있다. 회사가 어려움에 빠지면 언제나 아빠가 해결했다. 아빠는 어떤 건이든 맡았다하면 재판에서 승소했다. 왜 미하엘은 이런 아빠가 자랑스럽지 않은 것일까? 왜 이렇게 오랜 시간이 지나서까지 아빠가 두려운 걸까?

미하엘은 아빠와 함께 미국으로 떠나던 날을 생생하게 기억한다.

떠나기 몇 달 전에 엘리 이모의 언니, 즉 미하엘의 엄마가 세상을 떠났다. 온 집안이 갑자기 너무 조용하고 텅 빈 것 같았다.

그때 엘리 이모가 왔다. 이모는 대학에 다니고 있었고 결혼도 하지 않았다. 이모는 미하엘을 돌보러 왔지만 오히려 미하엘이 이모를 돌보게 되었다. 이모는 집안일을 썩 잘 하는 편이 아니었다. 하지만 크게 신경 쓰지 않는 것 같았다. 이모는 미하엘에게 모든 일을 맡겼고, 심지어 저녁밥까지 짓게 했다. 두 사람은 앞쪽에 철망을 친 토끼집을 함께 만들기도 했다. 엘리 이모가 있으면 미하엘은 언제나 자신이 어른스럽게 느껴졌다. 미하엘은 이모와 함께 엄마에 대해서 많은 이야기를 나누었다. 엘리 이모와 함께라면 엄마가 못 견디게 그립지는 않았다.

모든 것들이 제자리를 찾아갈 무렵 아빠는 미하엘과 함께 미국으로 간다고 선언했다. 그날 이후, 미하엘의 삶은 완전히 바뀌었다.

스키폴 공항. 춥고 칙칙한 오후. 출발 한 시간 전. 아빠는 미하엘이 등 뒤에 비닐봉지를 숨기고 있는 것을 알았다.

"그거 뭐니?"

"곰돌이."

미하엘이 속삭였다.

다 큰 아이가 곰 인형을 갖고 놀면 되느냐고 아빠는 몇 번이나 잔소리를 했었다. 곰 인형은 아기들의 장난감이었다. 아빠가 미하엘을 내려다보며 물었다.

"몇 살이지, 미하엘?"

"여섯 살."

"여섯 살이면 커, 작아?"

미하엘은 어깨를 으쓱하면서도 희미한 긴장감이 슬슬 자기를 휘감는 것을 느꼈다.

"여섯 살이면 다 큰 거야."

아빠가 말했다.

미하엘은 그 말을 들으니 매우 기뻤지만 아빠의 의도는 달랐다.

"다 큰 아이는 큰 아이답게 행동해야지?"

미하엘이 고개를 끄덕였다.

"큰 아이는 곰 인형을 가지고 놀지 않아. 지금이야말로 곰돌이하고 작별해야 할 때야, 미하엘. 우리는 미국으로 가서 새 삶을 시작할 거야. 곰돌이는 빼고 우리 둘이서 말이야. 우리끼리도 충분히 잘 지낼 수 있어."

아빠가 단호하게 말했다.

미하엘은 말없이 아빠를 바라보면서 비닐봉지 속의 눈 한 짝, 귀 한 짝을 잃은 곰 인형을 가슴에 꼭 품었다.

"알았어. 네가 직접 버리고 싶다고?"

아빠가 말하면서 회색 쓰레기통을 손가락으로 가리켰다.

미하엘은 고개를 세차게 가로저었다.

"그럼 내가 해 줄게."

아빠는 약간 실망한 듯이 말했다.

아빠의 손이 곰 인형에 닿으려는 찰나 미하엘은 돌아서서 달아났다. 다른 승객들을 밀치고, 앞도 보지 않고 계단을 뛰어올라 맨 처음

눈에 띈 문을 열고 들어갔다. 안에서는 여자들이 머리를 빗거나 손을 씻고 있었다.

한 여자가 미하엘을 보고 웃더니 알아들을 수 없는 말을 했다. 다른 여자가 물었다.

"무슨 일이니? 엄마를 잃어버렸어?"

미하엘은 대답하지 않고 헐떡거리며 주위를 둘러보았다.

"이거 샤넬 넘버 파이브야."

한 여자가 말하면서 병을 꺼내 몸에 뿌리기 시작했다.

달콤한 냄새가 코를 간질일 때 아빠의 목소리가 들렸다.

"미하엘…… 미하엘……."

미하엘은 생각할 겨를도 없이 병을 든 여자에게 달려들어 필사적으로 허리를 부둥켜안았다. 여자의 손에서 병이 미끄러져 바닥에서 산산조각이 났다. 냄새가 진동했다. 여자가 소리쳤다.

"아니, 이게 무슨 짓이야? 얼마나 비싼 향수인데! 도대체 여자 화장실에서 남자애가 뭘 하는 거니?"

여자는 화가 나서 눈을 부라렸다.

"미하엘!"

문 바로 밖에서 아빠의 목소리가 들렸다.

여자는 미하엘의 어깨를 붙들고 물었다.

"네가 미하엘이니?"

여자는 미하엘을 앞세우고 복도로 나갔다.

"당신이 이 애 보호자인가요?"

여자가 물었다.

"그렇습니다."

"아이 단속 좀 제대로 하시죠. 방금 얘가 내 비싼 향수병을 깨뜨렸어요!"

"보상해 드리겠습니다."

아빠가 지갑을 꺼냈다.

여자는 건성으로 돈받기를 거절하다가 결국 받았다. 구역질이 날 것 같은 강한 향수 냄새가 벽처럼 세 사람을 둘러싸고 있었다.

"비행기 타는 게 무서운 모양이에요."

여자가 미하엘에게 눈길을 주면서 말했다. 화가 누그러든 음성이었다.

아빠는 얼른 고개를 끄덕이고 미하엘의 팔을 붙잡고는 아무 말 없이 계단을 내려왔다. 그리고 층계 밑에서 멈춰 섰다. 여전히 미하엘의 팔을 꼭 붙들고 있었다.

"이제 이런 어린애 같은 장난은 하고 싶지 않다, 미하엘. 알았니?"

아빠는 차분하고 흐트러짐 하나 없는 목소리로 말했다.

미하엘은 고개를 끄덕였다. 목이 꽉 잠겼다.

두 사람은 출발 대기 장소를 지나쳤다. 쓰레기통 가까이 왔을 때 아빠가 다시 멈춰 섰다.

"자아."

가슴이 두근거리고 눈에 눈물이 그렁그렁했다. 미하엘은 비닐봉지를 쓰레기통에 버렸다.

"이젠 정말 다 컸네."

아빠가 말했다. 어깨에 올려진 아빠의 손이 납덩이처럼 무겁게 느꺼졌다.
 비행기 안에서 미하엘은 아무것도 먹을 수 없었다. 여승무원이 아무리 다독거려도 소용이 없었다.
 "너무 들떠서 그럽니다."
 아빠의 설명이었다.

 그로부터 몇 해를 미국에서 보내게 되었다.
 처음 몇 달 동안 미하엘은 콧소리가 많이 섞인 이상한 말소리에 몹시 놀랐지만 오래지 않아 미국 사람처럼 말하게 되었다. 어느 때는 아빠와도 영어로 말했다.
 미국 학교에 다니게 되었다. 처음에는 재미있었지만 금방 사정이 달라졌다. 그토록 순해 보이는 알파벳이 가장 악랄한 적이 된 것이다. 미하엘은 읽거나 쓸 때 언제나 실수를 저질렀다. 단어의 순서를 뒤바꾸고, 글자를 빠뜨리고, 위아래를 뒤집어서 쓰기도 했다. 언어는 미하엘이 도무지 풀지 못할 수수께끼가 되었다.
 하지만 무엇보다 견디기 힘든 것은 아빠의 태도였다. 아빠는 미하엘이 고집불통이거나 아니면 게으른 탓이라고 생각했다.
 "이 문제를 해결해야 할 때가 됐다."
 아빠는 이렇게 말하고 학교가 끝나는 대로 아빠 사무실에 와서 숙제를 하라고 했다.
 "내 평생 너처럼 배우기를 싫어하는 사람은 보질 못했다. 넌 일부러 실수를 하는 것 같구나."
 아빠는 미하엘이 실수한 것을 보면서 말했다.

"아니야. 정말로 일부러 그런 게 아니라고."
미하엘은 의기소침해져서 말했다.
미하엘은 말까지 더듬게 되었다. 수업 시간에 큰 소리로 책을 읽을 때면 문장과 문장 사이에서 갈피를 잡느라 진땀을 흘렸고 아이들은 킥킥거렸다. 미하엘이 말을 더듬거려도 아빠는 결코 재촉하거나 신경질을 내지 않았다. 하지만 아빠의 돌 같은 침묵 때문에 미하엘은 더욱 긴장했다. 미하엘은 아프기 시작했다. 원인을 알 수 없는 등과 배의 발진과 갑작스럽게 높아지는 열에 시달렸다. 아파서 침대에 누워 있을 때조차 아빠는 읽을 책과 공부할 거리를 주었다. 당연히 텔레비전도 볼 수 없었다.
한번은 래시라는 개가 나오는 영화를 보다가 아빠한테 들켜서 벌을 받았다. 일요일에 초대받은 친구 피터의 생일 파티에 못 가게 한 것이다. 미하엘은 친구에게 전화를 걸어서 갈 수 없다고 말하다가 자기가 벌을 받는 중이라고 말해 버렸다.

"누가 벌을 주는데?"
"아빠."
"왜? 뭘 잘못해서?"
피터가 꼬치꼬치 캐물었다.
"텔레비전을 봤어. 영화."
"밤늦게?"
"아니. 오후에."
"왜 그런 것 때문에 벌을 받아야 돼?"
피터가 큰 소리로 물었다.

다음 날 반 아이 모두가 이 사실을 알게 되었다. 미하엘은 네덜란드에서는 여덟 살이 안 된 어린이는 텔레비전을 볼 수 없다고 이야기를 꾸며내었다. 모두들 정말 안타까운 일이라고 생각했다. 그때 수전이 나서서 거짓말이라고 했다. 수전은 긴 머리를 늘 뒤로 묶고 다니는 영리하고 자그마한 여자애였는데, 네덜란드에 사는 다섯 살짜리 자기 사촌은 보고 싶은 만큼 텔레비전을 본다고 말했다.

"걔는 여자애니까 그렇지. 남자애들은 달라."

미하엘은 필사적으로 변명을 하며 친구들을 설득하려고 했다. 하지만 소용이 없었다. 아이들은 미하엘을 믿지 않게 되었다.

미하엘과 아버지는 네 번이나 이사를 했다. 그때마다 학교를 옮겼고 새로운 아이들을 만났다.

그러다가 스테피를 만났다. 스테피는 옆집에 살았고 회색 눈이 커다랬다. 스테피는 말을 많이 했고 책도 잘 읽었다. 가끔 맑고 높은 목소리로 시를 읽어 주었고 미하엘은 마음에 드는 시가 있으면 다시 읽어달라고 부탁했다. 미하엘은 그렇게 시를 듣고 통째로 외워 버렸다. 스테피는 어떻게 그럴 수 있는지 정말 의아해했지만 미하엘 자신도 설명할 수 없었다. 미하엘은 막연하게 스테피의 목소리 때문일 거라고 생각했다.

스테피는 모든 걸 미하엘에게 나눠 주었다. 초콜릿 바나 막대 사탕 따위가 있으면 언제나 반을 잘라 주었다.

"왜 항상 나눠 주는 거야?"

어느 날 스테피가 구슬을 한 줌 주었을 때 미하엘이 물었다.

"재미있잖아. 뭔가를 나누면 두 사람이 같이 갖게 되니까."

스테피는 자기 말이 맞느냐고 묻듯이 커다란 회색 눈으로 미하엘을 바라보았다.

"텔레비전을 혼자 보면 엄마하고 같이 볼 때보다 훨씬 재미없어."

스테피가 말을 이었다.

"같이 보면서 엄마가 웃으면 나도 더 많이 웃게 돼."

미하엘은 고개를 끄덕였다. 아빠 생각이 났다. 두 사람은 한 번도 텔레비전을 같이 본 적이 없었다. 미하엘 혼자서 보는 것도 허락되지 않았다.

스테피가 미하엘의 생각을 짐작한 듯이 물었다.

"너 아빠 좋아해?"

"아니."

미하엘이 대답했다. 그러나 뒤늦게 자신의 말을 깨닫고 죄지은 기분이 들었다.

"왜?"

스테피가 물었다.

"아빠가 내 인형을 버리게 했어. 그래서 싫어."

곰 인형에 대해서 다른 사람에게 말하기는 처음이었다.

"어떤 인형?"

"나한테는 인형이 딱 하나뿐이었어. 도들러라는 곰 인형. 미국에 올 때 아빠가 도들러를 가져오지 못하게 했어. 다 큰 아이는 인형을 갖고 노는 게 아니라고 했어."

"아기만 인형을 갖고 놀라는 법이 어디 있어? 우리 아빠는 아직도 장난감이 얼마나 많다고. 곰 인형만 해도 다섯 개나 돼. 정말 오래 된 인형인데 얼마나 아끼는지 몰라. 아빠는 가끔 그 인형을 가지고 나랑 놀면서 그 인형들이 예전에는 어땠는지 얘기해 주곤 해. 그중의 한 마리는 굉장한 개구쟁이였대. 북극곰이었지. 자는 걸 너무너무 싫어해서 잠잘 시간만 되면 도망쳤기 때문에 아빠가 매일 밤 찾아다녔대."

스테피는 그렇게 말하면서 깔깔거렸다.

그러더니 느닷없이 일어나서 집으로 뛰어들어갔다.

"잠깐만 기다려!"

스테피는 미하엘을 돌아보며 소리쳤다.

잠시 뒤 스테피는 두 손을 뒤에 감추고 미하엘 앞에 나타났다.

"눈 감아 봐."

스테피가 하라는 대로 했다.

손에 보드라운 것이 만져졌다.

"됐어. 눈 떠."

손 위에 자그마한 인형이 앉아 있었다. 호주에서 온 코알라라고 했다.

"요 작은 녀석들이 사는 무지 큰 나라야. 내가 제일 좋아하는 인형인데 넌 하나도 없으니까 가져. 난 여섯 개나 더 있어."

미하엘은 너무 기뻐서 아무 말도 할 수 없었다.

"정말 귀엽다고?"

미하엘의 마음을 헤아리는 듯이 스테피가 물었다.

미하엘은 고개를 끄덕였다. 느닷없이 울음이 터질 것 같았다. 스테피가 다가와서 미하엘을 팔로 감쌌다.
 정말 행복한 오후였다.
 미하엘의 아빠에게 맞선 것도 스테피였다. 일요일 아침에 미하엘은 철자 공부를 하고 있었다.
 누군가 문 앞에 와 있었다. 아빠가 일어나 현관으로 나갔다.
 "마이클(미하엘의 미국식 이름—옮긴이)하고 놀려고 왔어요."
 스테피가 말했다.
 "나중에 오렴. 마이클은 바쁘다."
 "뭐 하는데요?"
 "숙제."
 "오늘은 일요일이잖아요! 일요일은 숙제를 하는 날이 아니에요. 노는 날이죠!"
 스테피가 큰 소리로 말했다.
 "마이클도 숙제를 마치면 나가서 놀 거다."
 아빠는 문을 닫았다.
 한 시간 뒤에 벨이 다시 울렸다.
 "숙제 다 했어요?"
 스테피가 물었다.
 "아니."
 "다 하려면 얼마나 걸릴까요?"
 "마이클에게 달렸지. 열심히 하면 금방 끝난다."
 세 번째로 벨이 울리자 아빠는 스테피에게 그만두라고 했다.
 "마이클하고 놀고 싶단 말이에요."

"마이클은 공부해야 된다니까."
"하지만 오늘은 일요일이라고요."
스테피가 고집스럽게 말했다.
아빠가 다시 문을 닫으려고 했을 때 스테피가 외쳤다.
"아저씨는 정말 멍청해요!"
잠시 침묵이 흘렀다. 미하엘은 숨을 죽였다.
"정말 버릇없는 꼬맹이로구나!"
아빠가 대꾸했다.

아빠는 돌아와서 스테피에 대해서는 한 마디도 하지 않았지만 미하엘이 대화를 들은 것을 아는 눈치였다.

미하엘은 오후 늦게 나가도 좋다는 허락을 받았다.

미하엘은 스테피 집으로 달려가서 벨을 눌렀지만 아무도 나오지 않았다. 집 뒤로 돌아가 보니 스테피가 쓴 쪽지가 부엌문에 붙어 있었다. 크고 둥글둥글한 글씨로 '엄마 아빠하고 나간다.'라고 씌어 있었다.

미하엘은 풀이 죽어서 터벅터벅 집으로 돌아왔다. 그날 밤 미하엘이 침대로 갔을 때 아빠가 다시 이사를 갈 거라고 했다. 이번엔 워싱턴이었다.

미국에서 보낸 마지막 한 해……. 미하엘은 그때를 생각하면 지금도 밀려오는 무력감에 짓눌려버리곤 한다.

스테피가 곁에 없는 미하엘은 더욱 외로웠다. 학교생활은 날이 갈수록 나빠졌고 미하엘이 더듬거릴 때마다 아이들은 대놓고 웃어

댔다. 난 어디가 잘못되었나 봐, 미하엘은 생각했다. 머리가 없거나 모자란 거지. 그렇지 않고서야 다들 할 줄 아는 읽기, 쓰기를 못할 리가 없잖아.

이상한 꿈을 꾸기 시작했다. 이제는 어렴풋하게만 생각나는 엄마의 꿈이었다. 꿈에서 미하엘은 엄마를 찾으러 텅 빈 방을 끝도 없이 헤맸다. 문을 열면 텅 빈 방이 나타나고 다시 문을 열면 또 텅 빈 방이 나타났다. 하지만 미하엘은 끝내 엄마를 보지 못했다. 갈수록 다리가 느리게 움직였고 숨쉬기가 힘들 정도로 공기가 탁해졌으며, 모든 문 뒤에는 끔찍한 공허가 기다리고 있었다.

악몽을 다시 꾸게 될까 봐 두려워서 잠들지 못하는 밤도 있었다. 악몽을 꾸면 땀에 흠뻑 젖어 깨어났다.

아빠는 어느 때보다도 힘들게 일했고 인내심이 줄어들기 시작했다. 하지만 미하엘은 아빠가 화내는 것은 두렵지 않았다. 말로 표현하지 않는 경멸감이 더욱 참기 어려웠다. 성적표를 내밀면 아빠는 한 마디도 하지 않고 서명했다. 하지만 미하엘은 아빠의 불만을 들을 수 있었다. 펜으로 종이를 긁는 소리에서도.

어느 날 미하엘은 나쁜 성적을 받고 차마 아빠의 얼굴을 볼 수 없어 집에서 나왔다. 몇 시간 동안 낯선 거리와 공원을 헤매다가 저녁이 되었다. 미하엘은 잠그지 않은 차고를 발견했다. 안에는 차가 한 대 있었다. 미하엘은 뒷자리로 기어 들어가자마자 깊은 잠에 빠졌다. 아침까지 자고 나서 어떤 아줌마의 목소리에 깨어났다.

"어머, 손님이 있는 줄 몰랐구나."

서둘러 차에서 빠져나와 도망치려 했지만 아줌마가 미하엘의 팔을 붙잡았다.

"잠깐. 진정해. 너 누구니?"

아줌마가 물었다. 미하엘은 모르겠다는 듯 어깨를 으쓱했다.

"근사한 아침을 먹으면 생각날지도 몰라."

아줌마가 스스럼없이 말했다.

"들어와."

아줌마가 내민 손을 잡자 단단하고 굳센 기운이 느껴졌다. 이끄는 대로 부엌으로 따라 들어갔다.

"토스트를 먹을래, 콘플레이크를 먹을래?"

"토스트요."

갑자기 배가 고팠다. 토스트 냄새를 맡자 쥐어짜듯이 배가 조여드는 것 같았다.

"앉아. 기다리는 동안 우유 한 잔 마셔."

아줌마가 말했다.

작은 부엌은 아늑하고 따스했다. 마당의 사과나무에는 사과가 잔뜩 달려 있었다.

"저걸 혼자서 다 따세요?"

미하엘이 나무를 가리키며 물었다.

"사과? 응. 그것도 일이라고 꽤 힘드네."

아줌마가 오렌지 주스를 만들며 말했다.

"사과로 뭘 하세요?"

"거의 다 이웃에 나눠 줘. 대부분은 애플파이를 만들더구나."

젊지도 늙지도 않은 아줌마는 미하엘의 아침 식사를 탁자에 놓고 맞은편에 앉았다.

"맛있니?"

미하엘이 고개를 끄덕였다.

"아직도 이름이 생각나지 않아?"

"미하엘이에요."

학교에서 불리듯이 '마이크'라고 하지 않고 네덜란드식으로 말했다.

"나는 헬렌이야. 어디서 왔니?"

"네덜란드요."

"지금은 어디에 사니?"

미하엘은 접시를 내려다보았다. 말하면 모든 게 끝장이다.

"너, 집을 나왔구나."

헬렌이 말했다.

미하엘이 고개를 끄덕였다.

"왜 그랬니?"

"전 멍청하니까요."

"왜 그렇게 생각하는데?"

헬렌은 팔꿈치를 탁자에 대고 몸을 기울여 다정한 눈빛으로 미하엘을 바라보았다. 연한 초록색 눈이었는데 그 안에서 작은 금빛 점들이 반짝거렸다.

"또 나쁜 성적을 받았어요. 언제나 성적이 나빠요."

미하엘이 우울하게 털어놓았다.

헬렌의 표정이 바뀌었다. 입가에 주름살을 만들며 인정할 수 없다는 표정을 지었다. 하지만 그 순간에도 헬렌은 여유를 잃지 않았다.

"무슨 과목에서 나쁜 점수를 받았니?"

"거의 전부 다요."

"체육도?"

"아뇨. 체육은 아니에요. 하지만 소용없어요. 중요한 과목이 아니잖아요."

"누가 그렇게 얘기하던?"

"아빠요."

헬렌은 잠시 말이 없었다.

"엄마는? 엄마는 뭐라고 하셔?"

"전 엄마가 없어요."

"오."

다시 침묵.

"그럼 너는 어때? 넌 체육이 중요하다고 생각하니?"

"저요? 네. 체육은 좋아요. 특히 수영이 재미있어요."

"흠, 그것 참 위안이 되는 말이구나."

헬렌은 한숨을 내쉬고 기쁜 표정을 지으며 말했다.

"사실 난 체육 선생님이거든. 그리고 넌 전혀 멍청하지 않은 것 같아. 사실은 굉장히 똑똑해 보여. 게다가 대단한 수완가잖아."

미하엘을 놀리는 것일까? 아니, 그렇지는 않았다. 헬렌의 표정을 보면 똑똑히 알 수 있었다. 헬렌이 미하엘의 나이를 물었다.

"여덟 살이에요."

그러자 헬렌은 집에서 나와 차고를 찾아서 잠을 잘 수 있을 정도로 똑똑한 여덟 살짜리는 본 적이 없다고 했다.
"너는 머리가 굉장히 좋은 것 같아. 어제처럼 힘든 상황에서 잠을 잘 수 있는 안전한 장소를 찾아내다니! 누구든 재미삼아 가출을 하지는 않으니까."
헬렌은 과일이 담긴 그릇에서 사과 하나를 꺼내 베어 물었다.
"그런데 순전히 성적이 나빠서 가출한 거니?"
미하엘이 고개를 끄덕였다. 도저히 자초지종을 설명할 수 없었다.
"아빠가 걱정하시겠다."
미하엘은 전혀 그렇게 생각하지 않았다! 오히려 자기가 없어져서 기뻐하고 있을지도 모른다고 생각했다. 하지만 나중에 밝혀졌듯이 아빠는 걱정을 많이 했다. 아빠의 신고를 받은 경찰이 몇 시간이나 미하엘의 행방을 찾기도 했다. 헬렌이 전화를 걸자 아빠는 단숨에 달려왔고, 미하엘을 보고 안심하는 듯했다.
"아드님이 참 똑똑해요. 그리고 체육을 좋아해요. 특히 수영요."
헬렌이 그들을 배웅하며 말했다.
아빠 귀에 과연 그 말이 들어갔을지 미하엘은 의심스러웠다.

그날 이후 어떤 누나가 미하엘을 돌보러 매일 집에 왔다. 이름은 샐리였다. 샐리는 몇 시간씩 전화기를 붙잡고 앉아 있었고 집에 남자친구를 불러들였다. 미하엘은 아빠에게 입도 벙긋하지 않았다. 그 대가로 텔레비전을 볼 수 있었다.
어느 날 밤, 아빠가 집에 일찍 도착했다. 샐리는 그 자리에서 해고 되었다.

그리고 엘리 이모와 보브 이모부가 쌍둥이를 데리고 와서 잠시 머물렀다. 엘리 이모 가족의 방문은 모든 것을 뒤바꾸었다.

엘리 이모와 아빠는 계속 싸웠다. 어느 날 밤, 미하엘은 이모가 소리치는 것을 들었다.

"눈이 삐었어요? 형부가 저 불쌍한 아이한테 무슨 짓을 하고 있는지 보이지 않아요?"

끝도 없는 논쟁이 이어졌고, 어느 날 아빠는 미하엘에게 선택권을 주었다. 미국에 계속 머무르든가, 이모네 식구와 함께 네덜란드로 돌아가든가.

미하엘은 두 번 생각할 필요도 없었다.

지난 삼 년 동안 많은 일들이 있었다. 미하엘은 이제 더는 학교에 가는 것이 두렵지 않았다. 지금은 자신의 '멍청함'이 어디에서 비롯되었는지 알고 있고, 전혀 자기 탓이 아니라는 것도 안다. 미하엘은 개인 교습을 받았고 차츰 말 더듬는 버릇을 고쳤다.

엘리 이모와 보브 이모부가 자기를 있는 그대로 사랑한다는 것도 안다. 두 사람은 미하엘을 수영 교실에 등록시켜 주었고 농구팀에 들게 해 주었다. 엘리 이모는 미하엘을 무시하는 일이 절대 없었다. 미하엘이 하는 일을 언제나 격려하고 가족의 일원으로 느끼게 해 주었다.

미하엘이 한창 생각에 빠져 있을 때 쌍둥이가 계단이 무너져라 뛰어올라와서 방문을 벌컥 열었다.

"형, 저녁 준비!"

쌍둥이가 외쳤다.
미하엘은 몸을 일으키며 앓는 소리를 했다.
"왜 항상 내가 해야 돼?"
"형은…… 형이니까."
다비드가 말했다.
"애들은 편해서 좋겠네."
미하엘이 중얼거렸다. 그리고 몸을 굴려 침대에서 내려와 쌍둥이를 따라 계단을 내려갔다.

의문투성이 소녀, 유디트

탁아소에 도착했을 때는 숨이 턱에 닿았다.
"그렇게 서두를 필요 없었는데."
소피는 유디트의 달아오른 뺨을 바라보며 고개를 절레절레 흔들었다.
"데…… 데니스가 말썽을 부리진 않았어요?"
유디트가 헐떡거리며 물었다.
"전혀. 아주 잘 놀았어. 그렇지, 데니스? 내가 허드렛일을 하는 동안 걸레를 들고 따라다녔지. 정말이지, 당찬 꼬마 일꾼이라니까!"
데니스는 의자를 닦는 데 정신이 팔려서 유디트와 집에 가는 건 생각도 하지 않는 것 같았다.
"소피랑 있어."
데니스가 고집스럽게 말했다.
"봤지? 우린 단짝이라고."

소피가 장난치듯이 말했다.

"마실 것 좀 줄까?"

"네."

데니스가 잘 있는 것을 본 유디트는 기분이 나아졌다.

소피가 콜라를 건네주었다. 유디트는 단숨에 마셔 버렸다.

"얘, 그러다 체하겠다."

소피가 말했다.

"목이 너무 말랐거든요."

"더 줄까?"

유디트는 수줍게 고개를 끄덕였다.

"매일 동생을 데리러 오는구나. 한 번도 늦은 적이 없는 것 같아. 그러면 네 시간이 없지 않니?"

소피가 다시 콜라를 따르며 말했다.

"이, 있어요."

거짓말이었다. 나를 위한 시간이라……. 데니스를 데리고 집에 가면 할 일이 언제나 산더미처럼 쌓여 있다. 엄마가 하루 종일 직장에 나가 있기 때문이다.

"언제 짬이 나니?"

"아, 저…… 주말에요. 주로 친구네 집에 가서 놀아요. 친구가 놀러 오기도 하고요."

"그래, 다행이다. 친구 이름이 뭐야?"

"디아나요."

상상 속에서나 가능한 일이다! 자기 집에 있는 디아나나, 디아나

집에 있는 자기의 모습은. 그런 일은 한 번도 없었다. 유디트는 학교 친구를 집에 데려와도 되느냐고 엄마에게 물어볼 배짱도 없었다.

"미하엘 집에도 가겠구나?"

"미하엘을 안 지는 그렇게 오래 되지 않았어요. 자전거 바퀴에 구멍이 난 걸 보고 고쳐 준 것뿐이에요."

이번에는 거짓말할 필요가 없어서 기뻤다.

"바퀴의 구멍을 때울 수 있는 남자애하고는 같이 다닐 만하지."

소피가 빙그레 웃었다.

"나도 그렇게 해서 남자 친구를 만났어. 일 년 전이었는데, 한밤중에 어떤 미친 녀석이 내 타이어를 칼로 그어 버린 거야. 어찌나 화가 나던지! 갈 길은 먼데 아무리 둘러봐도 개미 한 마리 얼씬거리지 않고. 가로등조차 없더라니까! 꽤 으스스했지. 그런데 갑자기 한 남자가 자전거를 타고 다가와서는 묻는 거야. '무슨 문제라도?' 목소리로 봐서 이상한 사람 같진 않더라고. 그래서 말했지. '네. 누가 내 타이어를 망가뜨렸어요. 양쪽 다.' 남자는 '그럼, 곱빼기 문제로군요.'라고 하더라. '제가 태워드리죠. 낡고 비틀거리는 이 녀석의 뒷자리에 타도 괜찮으시다면.' 그래서 '뭘 타든 타지 않는 것보단 낫겠죠.'라고 말했어. 그렇게 해서 모든 게 시작된 거야. 그 사람이 내 자전거의 타이어를 고쳐 줘서 우린 그때부터 함께 살게 되었지!"

소피가 스스럼없이 대했기 때문에 유디트는 기분이 점점 편안해졌다.

"유디트, 내 말 들어 봐."

소피는 유디트가 데니스에게 코트를 입히는 것을 거들며 말을 이었다.

"학교가 끝나고 나서 친구네 집에 가고 싶으면 언제든 나한테 말해, 응? 데니스는 내가 봐줄게. 그렇지 않아도 여긴 항상 할 일이 많거든. 날 믿어. 나도 집안일을 많이 거들어 봐서 네 사정을 잘 알아. 어릴 때 식구가 꽤 많았어. 여섯 형제니까 말 다 했지! 게다가 내가 만딸이었단다. 내가 얼마나 바빴을지 짐작할 수 있을 거야. 널 보면 내 어린 시절이 떠올라. 많은 일을 하느라 나를 위해선 거의 시간을 낼 수 없었어. 그러니까, 잊지 마. 내 도움이 필요하면 언제든 그렇다고 말해."

유디트가 얼굴을 붉혔다.

소피가 웃으며 유디트의 어깨를 붙잡고 장난치듯이 흔들었다.

"약속하지?"

"아야!"

또 한 번 아프다는 소리가 튀어나왔다.

"어머, 내가 아프게 했니?"

소피가 깜짝 놀라 물었다.

"어제 어깨를 찧었거든요. 아직까지 쑤셔요."

유디트가 말했다.

"어디 좀 보자. 빗장뼈를 다쳤을지도 몰라."

"괘…… 괜찮아요. 저절로 나을 거예요. 이제 정말 가봐야 해요."

유디트가 서둘러 말했다.

"내가 한 말 잊지 않았지?"

유디트가 고개를 끄덕였다.

"그런데 엄마한테는 말하지 않을 거죠?"
갑자기 유디트가 물었다.
"자전거 바퀴에 구멍 난 거랑, 제가 늦게 온 거요."
소피를 쳐다보는 눈빛이 너무나 간절했다.
"물론이지. 너랑 나만 아는 일이야."
소피가 말했다.
유디트의 얼굴에 안심하는 표정이 떠올랐다.
소피는 아이들을 현관까지 바래다주고 떠나는 모습을 지켜보며 잠시 복도에 서 있었다.
도대체 왜 그러지? 소피는 의아했다. 왜 자전거 바퀴에 구멍이 난 걸 엄마에게 숨기려는 걸까?

유디트는 데니스를 자전거 뒷자리에 태우고 함께 웃고 떠들며 걸었다. 얼마나 근사한 하루였던가! 베크만 선생님의 작문 숙제가 문제없이 해결되었고, 미하엘이 자전거 바퀴를 때워 주었으며, 소피도 친절했다. 노래를 부르고 싶을 정도였다.
집에 와서도 흡족한 기분이 여전히 남아 있었다. 그러다 갑자기 어젯밤 일이 생각났다. 너무 늦었기 때문에 침대보를 세탁소에 맡길 수 없다. 내일 해야 할 것이다. 하지만 지금 엄마가 없으니까 옷장에서 깨끗한 침대보를 꺼낼 수 있다. 엄마는 전혀 눈치 채지 못할 것이다.
유디트는 재빨리 침대를 정리하고 숙제를 하려고 의자에 앉았다.

엄마는 어디에 있을까? 계속 시계를 쳐다보았다. 9시 30분이 다

되어가고 있었다. 데니스를 간신히 침대에 눕혔다. 가끔은 동생이 속수무책일 때도 있다. 다행히 냉장고에 어젯밤에 남긴 음식이 있어서 동생에게 데워 주었다. 유디트는 아직 저녁을 먹지 못했다.

엄마에게 무슨 일이 생긴 건 아닐까? 창가로 가서 거리를 훑어보았다. 엄마 자동차는 그림자도 보이지 않았다. 점점 더 허기가 졌다. 결국 그걸 먹어야 하는 걸까…….

조리대에서 땅콩 버터 샌드위치를 만들었다. 좋아하는 음식은 아니었지만 달리 먹을 것이 없었다. 샌드위치를 들고 막 자리에 앉았을 때, 현관문이 쾅 닫히는 소리에 이어서 계단에서 목소리가 들려왔다.

유디트는 복도로 달려가서, 비틀거리며 계단을 올라오는 엄마를 보았다. 얇은 레인코트를 입은 남자가 따라오고 있었다. 엄마는 두 볼이 발그레했고 어지러운 것 같았다. 자꾸 층계 난간을 붙잡고 몸을 휘청거렸다.

"이봐, 아들이 있다고 들은 것 같은데? 우리가 생각보다 술을 많이 마셨나 봐. 아무리 봐도 쟨 여자앤걸."

남자가 말했다.

엄마가 킬킬거렸다.

"여자애가 맞아. 난 딸도 있어."

엄마는 계단을 다 올라와서, 코트를 벗으려고 애를 썼다.

"내가 도와줄게, 자기. 난 옷을 입히는 것보다 벗기는 데 소질이 있어."

남자가 헤벌쭉이 웃으며 말했다.

"입 조심해. 알았어? 애가 듣잖아!"

엄마가 벌끈 소리를 질렀다. 그러고는 거실로 휘청휘청 들어갔다.
"오오, 성격이 꽤나 화끈한데."
남자가 놀렸다. 남자는 엄마를 따라 거실로 들어가서 문을 닫았다. 낮은 웃음소리가 났다. 잠시 후 엄마가 다시 나왔다. 엄마는 평소처럼 말하려고 했지만 자꾸 말이 헛나왔다.
"이런…… 이렇게 늦게까지 있으면 안 되지. 데니스가…… 데니스는 어떠니?"
발음이 분명하지 않았다.
"저녁 먹이고 목욕 시킨 뒤에 재웠어요."
"잘했다. 자, 이제…… 너도 자라."
엄마가 우물우물 말했다.
유디트는 이제까지 엄마를 기다렸고 샌드위치밖에 먹은 게 없다고 말하고 싶었지만 엄마는 짬을 주지 않고 다시 거실로 사라졌다.
엄마가 웃는 소리가 들렸다. 억지로 웃는 듯한, 부자연스러운 웃음소리였다. 어쩌면 엄마가 웃는 일이 거의 없기 때문에 그렇게 들린 것인지도 모른다.

같은 날 저녁, 베크만 선생님은 학생들의 작문을 검토하고 있었다.
"부탁 하나만 들어줄래?"
부인이 커피 한 잔을 들고 들어섰을 때 선생님이 말했다.
"벌써 한 가지는 들어줬는걸."
부인이 선생님 앞에 커피잔을 내려놓으며 말했다.
선생님이 웃었다.

"고마워. 그런데 하나만 더 부탁해. 이 글을 한번 읽어 볼래?"
"왜? '어린이 천재 작가'라도 발견한 거야?"
"아니, 전혀 아니야! 그냥 당신 생각이 궁금해서 그래."
선생님이 부인에게 종이 한 장을 내밀었다.
"유디트 반 헬더르."
부인이 소리 내어 읽었다. 글씨가 깨알같이 작고 고르지 못한데다가 띄어쓰기가 제대로 되지 않았다.
"오후의 나들이."
글의 제목이었다. 부인은 앉아서 읽기 시작했다.
"어떻게 생각해?"
잠시 후에 선생님이 물었다.
"가슴이 뭉클하다. 이상적인 엄마에 대한 글이네. 모든 아이들이 바라는 엄마 말이야. 이 학생 엄마는 어떤 사람이야?"
부인이 생각에 잠겨 물었다.
"몰라. 이제까지 그 엄마를 쪽지로밖에 못 만났거든. 게다가 늘 같은 메시지야. 딸이 두통이 있으니 체육 수업에 참여할 수 없다는 거지. 유디트가 우리 반에 들어온 지는 그리 오래 되지 않았어. 겨우 여섯 주."
"모범생이야?"
"아니. 한 해 유급되어서 다른 아이들보다 나이가 조금 많아. 그런데 더 어려 보여. 그 애를 보면 뭔가에 잔뜩 시달리는 꼬마라는 생각이 들어. 아이들과도 잘 어울리려고 하지 않아."
"아르노, 내가 그 애의 담임이라면, 관심을 가지고 지켜볼 거야."

"왜 그렇게 생각해?"

부인은 어깨를 으쓱했다. 그리고 종이의 뾰족뾰족한 글씨들을 뚫어져라 내려다보았다.

"나도 몰라……. 하지만 당신도 이 아일 걱정하는 게 틀림없잖아. 그렇지 않다면 굳이 이걸 읽어 보라고 하지도 않았을 거고."

"역시 당신은 날 훤히 꿰뚫고 있다니까."

선생님은 미소를 지으며 부인이 돌려주는 종이를 받았다.

"자기, 이상한 얘기 들어 볼래?"

그날 밤, 소피가 남자 친구인 리하르트에게 말했다.

하지만 그는 듣고 있지 않았다. 리하르트가 눈을 고정시키고 있는 텔레비전 화면에서는 축구 선수들이 밝은 초록으로 덮인 운동장을 뛰어다니고 있었다.

"거기 아무도 없어요?"

소피가 장난스럽게 말했다.

"어? 무슨 일이야?"

리하르트가 얼굴을 찡그리고 올려다보았다.

"이상한 얘기 좀 들어 볼래?"

"내가 정말 이상하다고 생각하는 게 뭔지 알아? 자기는 텔레비전에서 정말 중요한 시합이 있을 때마다 날 귀찮게 한다는 거야. 이따가 얘기하면 되잖아?"

"왜 자기는 텔레비전 보면서 말을 못해? 우리가 입을 꾹 다물고 있다고 선수들이 경기를 더 잘 하는 것도 아니잖아."

소피가 불평했다.
"난 집중해서 보는 중이라고. 저봐, 골이다! 젠장, 못 봤잖아!"
리하르트가 외쳤다.
"걱정 마세요, 아저씨. 적어도 오십 번은 반복해서 보여 줄 거니까. 하여간 축구라면 끔찍하게 생각하지."
소피는 한숨을 쉬며 다리미와 다리미판을 꺼냈다.
리하르트는 소피의 말을 듣지 않았다. 다시 화면을 쳐다보고 있었다. 골이 여러 각도에서 되풀이되어 나왔다.
"좋아. 뭐가 그렇게 이상한데?"
잠시 후 리하르트가 화면에 눈을 고정시킨 채 물었다.
"그 바보 같은 경기를 자기 부모님 집에 가서 보지 않는 게 이상해. 가는 김에 엄마한테 셔츠도 다려달라고 하면 되잖아."
소피가 뾰로통하게 말했다.
리하르트가 싱긋 웃었다.
"자기하고는 한시도 떨어질 수 없어, 소피. 자기도 잘 알잖아. 그 잔소리조차 그리울 거라고. 자, 뭐가 그렇게 이상한지 말해 줄래?"
"누군가 자전거 바퀴에 구멍이 났는데 자기 엄마한테 말하는 걸 너무나 두려워해."
"엄마 자전거라 그걸 타면 안 됐나 보지."
"아니, 그건 그 애 자전거야."
"그럼 걔 엄마가 꽤나 극성스러운 모양이지."
"아니. 그것도 아니야. 난 그 애 엄마를 알아. 아침마다 아들을 탁아소에 데려오거든. 문제가 있다면 오히려 걱정이 너무 많다는 거지."

"다른 말로 하면, 신경질이 많다는 거야."

리하르트는 화면을 힐끔거리며 말했다. 선수들이 운동장 중앙에서 공을 차고 있었다.

"무슨 뜻이야?"

"신경질이 많다고. 아마 이혼했겠지. 애지중지하는 아들을 탁아소에 맡겨 놓고 지겨운 직장으로 곧장 달려가는데 상사라는 위인은 하루 종일 달달 볶아 대고……. 그러니 딸애가 그 대가를 치르는 거야. 그 엄마도 누군가에게 스트레스를 풀어야 하니까. 딸을 엄청나게 패는 게 틀림없어."

"리하르트, 제발 좀 진지해질 수는 없는 거야?"

소피가 내뱉었다. 소피는 화난 눈으로 다림질하던 티셔츠를 내려다보았다.

"진지하게 말하는 거야. 여, 방금 패스 봤어? 어라, 저 멍청이, 그걸 놓치냐! 그러게 내가 뭐랬어? 집에 가서 발 닦고 잠이나 자라니까!"

"왜 그 엄마가 딸을 때릴 거라고 생각해?"

심판이 전반전의 끝을 알리는 호각을 불자 소피가 물었다.

"왜 그렇게 생각하느냐고? 친구 아빠가 기분이 나쁠 때면 아들을 두들겨팼거든. 나말고는 아무도 그 사실을 몰랐어. 나도 말하지 않기로 굳게 다짐했지. 누구든 그 사실을 알게 되는 날에는 친구가 아빠한테 죽도록 맞을 테니까. 친구가 자기 입으로 한 말이야. 열 번째 생일날, 친구는 자전거를 선물로 받았어. 하지만 일요일에만 타도록 허락을 받았고 주중에는 절대 탈 수 없었지. 그런데 어쩌다 한 번 평일에 타다가 자전거 바퀴에 그만 못이 박힌 거야. 타이어에 굉장히 큰 구멍이 났지. 자기도 그 애의 표정을 봤어야 하는 건데……. 말로는 설명을 못해. 그래서 내가 제안했지. 내가 창고에서 자전거를 꺼내서 타다가 그랬다고 아저씨에게 말하겠다고. 그런 제안을 하다니, 진짜 순교자가 된 기분이었어. 그리고 너무 무서워서 정신이 나갈 지경이었는데도 약속을 지켰어. 걔네 아빠는 항상 굳은 표정을 짓고 있는데다가 눈빛이 얼음장처럼 차가웠거든. 게다가 엄청난 술꾼이라는 것도 알고 있었기 때문에 결코 쉬운 일이 아니었어. 모든 게 잘 풀리나 싶었는데 친구 동생이 자기 아빠한테 사실을 다 말해 버렸어. 그날 밤 무슨 일이 있었는지는 몰라. 하지만 다음 날 아침에 죽었어. 내 친구 말이야. 어떻게 죽었냐고? 창문에서 뛰어내렸어. 7층에 살고 있었거든. 신문에서는 그 애가 몽유병을 앓았는데 자다가 창문에서 떨어졌다고 보도했지. 그게 믿어져? 난 절대로 못 믿겠어."

"세상에."

소피는 기가 막혔다.

"정말 믿기 힘든 일이지."

리하르트는 잠시 그 자리에 앉은 채 허공을 응시했다.

"프랑크. 그 친구 이름이야. 아이들은 프랑키라고 불렀어. 프랑키 비어링하. 정말 볼품없이 작은 아이였지. 그래도 목소리는 근사했어. 아직도 생각이 나. 여자애처럼 높은 목소리였는데 정말 독특했지……. 하지만 그게 다 무슨 소용이람?"

리하르트는 이내 말을 잃었다. 선수들이 다시 축구장으로 돌아왔고

후반진이 시작되었다.

  소피는 다리미의 플러그를 뽑고 리하르트 옆으로 가 바짝 달라붙었다.

"자기가 축구 팬인 줄은 몰랐네."

리하르트가 말했다.

"나도 몰랐어. 사람은 바뀌기도 한다는 걸 보여 주려고."

소피가 말했다.

행복을 맛보는 점심 시간

유디트의 엄마가 하품을 하며 침실에서 나왔다. 살짝 부은 눈을 비비고 있었다.

"오늘은 일하러 안 간다. 술이 덜 깼어. 데니스를 탁아소에 데려다 주고 가."

엄마는 부엌으로 터덜터덜 걸어가며 말했다.

유디트는 시계를 보고 무척 당황했다. 데니스를 데려다 주면 지각할 것이다. 하지만 감히 거절할 수 없었다.

유디트는 서둘러서 동생에게 아침을 먹이기 시작했다. 엄마가 오트밀을 만들어 놓았지만 데니스는 먹고 싶지 않은 모양이었다. 숟가락을 가져갈 때마다 고개를 돌리면서 입을 앙다물었다.

"하…… 학교에 늦으면 어쩌지……."

유디트가 조심스럽게 말을 꺼냈다.

"괜찮아. 이번 한 번뿐인걸."

엄마는 입을 쩍 벌려 하품을 하고, 직접 데니스를 먹이려고 했지만 별 소용이 없었다.

엄마는 데니스에게 오트밀을 먹이면서 간밤에 있었던 일을 죄다 털어놓기 시작했다. 일이 끝나고 사무실의 여직원과 술을 한잔하러 나간 얘기였다. 바에서 엄마는 니코를 만났고 보자마자 서로 반했다.

이상해……. 좋아하는 남자를 만날 때마다 엄마는 딴사람이 되는 것 같아. 엄마는 유디트가 여자 친구라도 되는 양, 시시콜콜한 것까지 늘어놓았다.

"니코는 보험 상품을 팔아. 자, 데니스, 더는 질질 끌면 안 돼요. 어디 우리 아들이 한 그릇을 다 비우는지 보자. 어쨌든, 니코는 나를 데리고 나가서 저녁을 사 줬어. 정말 재미있었어! 끊임없이 이야기를 나눴지. 와인을 계속 주문하면서. 그러다가 정신을 차려 보니까 9시더라. 내가 늦는다고 걱정하지는 않았겠지?"

"조금 걱정했어."

유디트가 말했다.

"그럴 필요 없었는데. 네가 데니스를 잘 데리고 있을 줄 알았어. 니코한테도 말했는걸. '걱정 마. 내 딸이 알아서 잘 하고 있을 테니.' 하고."

유디트는 엄마의 칭찬을 듣고 기분이 좋았다. 거짓말인 줄 알고 있었지만 말이다. 딸이 있는 줄 몰랐다고 니코가 말하지 않았던가!

"니코가 오늘 전화하기로 약속했어. 정말 전화할까?"

"당연하지."

유디트는 니코가 전화하기를 진심으로 바랐다. 그렇지 않으면 엄마 기분이 아주 나빠질 것이다.

"그리고 빌러마 말이다. 엄마 직장 동료 있잖니? 글쎄, 걔가 질투를 하는 거야. 기억나니? 곱슬머리 아줌마 말이야. 전에 한 번 봤잖니. 그 아줌마 얼굴이 하얗게 질리더라고. 니코가 자기가 아닌 나한테 데이트 신청을 했거든. 두고 봐라. 이제 일주일 동안 나를 쳐다보지도 않을걸!"

엄마는 고개를 흔들어 긴 금발을 뒤로 넘기며 승리감에 도취되어 낄낄거렸다.

유디트는 아무 말도 하지 않았다. 전에 한 번 본 빌러마 아줌마는 얼굴이 넓적하고 눈이 쑥 들어갔다. 아줌마는 유디트와 엄마를 경계하는 듯한 눈빛으로 쳐다보았다.

"네가 유디트구나."

빌러마가 유디트를 위아래로 훑으며 말했다.

유디트는 고개를 끄덕였다.

"도대체 왜 그래? 꿀 먹은 벙어리야?"

엄마가 쏘아붙였다.

"안녕하세요, 아줌마."

유디트는 재빨리 작은 소리로 말했다.

유디트는 자기 방으로 올라가면서 엄마의 말을 들었다.

"쟤는 무슨 짓을 할지 도통 모르겠어. 자꾸 신경에 거슬린다니까."

그 뒤에도 마지막 말 한 마디가 자꾸 생각났다. 내가 잘못한 게 뭘까? 어떻게 해야 엄마 마음에 들까?

"빌러마는 잔뜩 약이 올랐지."

엄마가 말을 이었다.
"니코가 자기가 아니라 나한테 반했거든. 그걸 참을 수 없는 거야. 자, 자, 데니스. 한 숟가락만 더 먹어라. 어이구, 우리 아들 다 컸네."
엄마는 데니스의 입을 닦고 안아 주었다. 유디트는 말없이 그 모습을 바라보았다.
"얘, 뭘 그렇게 멍청하게 서 있어? 엄마 좀 도와주면 어디가 덧나니? 가서 데니스 재킷 가져와."
유디트가 재킷을 갖고 오자 엄마가 말했다.
"오후에는 내가 데니스를 데려올게. 넌 신경 쓸 것 없다."
유디트는 시계를 마지막으로 한 번 더 쳐다보았다. 적어도 십오 분 지각이다.

유디트는 데니스를 자전거 뒤에 태우고 끌고 갔다. 데니스가 떨어질까 봐서 자전거를 타고 달릴 수 없었다.
1층의 창문 앞을 지날 때 유디트는 커튼이 움직이는 것을 보았고 이어서 등에 꽂히는 반 클라버런 부인의 시선을 느꼈다. '염탐꾼들'. 엄마는 1층에 사는 노부부를 그렇게 불렀다.
"저기 가네요."
할머니가 할아버지에게 일러주었다.
"누가?"
할아버지는 뻔히 알면서도 그렇게 물었다.
"위층 여자애 말이에요. 동생하고요."
"엄마도 같이?"

"아뇨."

할머니는 류머티즘을 앓고 있기 때문에 온종일 창가의 의자에 앉아서 시간을 보냈다. 할아버지는 할머니를 보살피고 장을 봤다. 한 주에 한 번 젊은 여자가 그들을 도와주러 들렀다. 이름은 틸리였다.

"서투르기 짝이 없어."

하루는 할머니가 불평했다.

"적어도 다정하게 웃어 주긴 하잖아."

할아버지가 말했다.

"누가 그런 데 신경이나 쓴다나? 나 같으면 덜 웃고 청소를 더 하겠어요!"

할머니가 신경질적으로 대꾸했다.

하지만 할아버지는 할머니가 투덜거려도 신경 쓰지 않았다. 오랜 세월 함께 살면서 익숙해진 할아버지는 그런 말에 거의 무신경해졌다.

"쟤 엄마가 어젯밤에 남자를 데리고 왔어요."

할머니가 말했다.

"그러면 법에 걸리나?"

할머니가 다리를 살살 움직였다. 부어오른 발목이 쑤셨다.

"저 불쌍한 것이 남동생을 탁아소로 데려가야 하네요. 엄마는 엎어져 자고 있는데."

"그걸 어떻게 알아?"

할아버지가 물었다.

"차가 아직도 바깥에 서 있잖아요. 보여요? 저 집은 뭔가 단단히 잘못됐어."

할머니는 유디트가 모퉁이를 도는 것을 바라보았다.
 할아버지는 다음에 이어질 말을 알고 있었고, 하도 많이 들어서 귀에 딱지가 앉을 지경이었다.
 "저 여자가 애를 때리……."
 할머니가 말문을 열었다.
 "자, 자, 제발 침소봉대하지 맙시다. 아버지도 이따금 우리 형제들에게 매를 대곤 하셨지. '매를 아끼면 자식을 버리느니.' 하고 입버릇처럼 말씀하셨어."
 할아버지가 할머니를 얼렀다.
 "옳아, 그래서 당신이 이 모양이군요!"
 "우리한테 방해가 되진 않잖아? 하루 종일 나가 있으니까."
 "하지만 저 자그마한 애가 소리치고 우는 건 어쩌고요?"
 "텔레비전을 너무 크게 틀어놓는 모양이지. 그리고 말이야, 트루더, 닫힌 입에는 파리가 날아들지 않는 법이야."
 할아버지가 말했다.
 "그건 또 무슨 소리예요?"
 "입을 꾹 다물고 상관하지 말라는 얘기야. 딸자식을 어떻게 키우든 그건 그 여자 소관이지, 우리가 알 바 아니라고. 허, 틸리가 오는군!"
 "또 늦는구먼."
 "안 오는 것보단 늦는 게 낫다네."
 "당신은 무슨…… 철학자라도 되는 모양이죠?"
 할머니가 비꼬듯이 말했다.
 할아버지는 대화의 방해꾼이 나타난 것이 못내 기쁜 듯 현관으로 천천히 걸어가서 틸리가 벨을 누르기도 전에 문을 열어 주었다.

똑똑, 교실 문을 두드렸다.
"들어오세요."
선생님이 대답했다. 스물다섯 쌍의 눈이 유디트를 향했다.
"어…… 엄마가 아프셔서, 그래서 도…… 동생을 탁아소에 데려다 주느라 늦었어요."
"알았다, 유디트. 자리에 가서 앉아. 역사 수업을 하는 중이었다."
유디트는 쭈뼛거리며 자기 자리로 가 역사책을 꺼냈다. 수업에 집중하려고 애를 썼지만 디아나가 자기를 보는 것을 의식하지 않을 수 없었다. 디아나는 줄곧 유디트를 보다가 미하엘을 보다가 다시 유디트를 바라보았다. 선생님이 칠판에 뭔가를 쓰려고 등을 돌리면 디아나가 로베르트에게 뭐라고 속닥거렸고, 두 아이는 유디트를 바라보며 킥킥 웃었다.
쉬는 시간에 아이들이 모두 학교 운동장으로 쏟아져나왔다. 미하엘이 유디트에게 다가왔다.
"안녕! 집에는 잘 갔니?"
미하엘이 애써 태연한 척하면서 말했다.
유디트는 수줍게 고개를 끄덕였다. 자기도 뭔가 할 말이 있으면 좋겠는데 아무 말도 떠오르지 않았다. 그때 디아나가 유디트를 끌고 가서 미하엘에 대해 온갖 질문을 퍼부었다. 어디에 사니? 어제는 뭘 했어?
유디트가 줄곧 대답을 흐리자 디아나는 결국 자제심을 잃고 말았다.

"너한테 물어본 내가 잘못이지!"
 디아나는 분통을 터뜨리고는 성큼성큼 다른 여자아이들에게 가 버렸다.

 이틀 뒤 유디트가 학교 식당으로 가고 있을 때 미하엘이 불쑥 나타났다.
 "같이 갈래?"
 미하엘이 물었다.
 "어딜?"
 "우리 집에. 거기서 네 샌드위치를 먹어도 되잖아."
 유디트는 믿을 수 없다는 표정으로 미하엘을 빤히 바라보았다. 진담인가?
 "갈래, 안 갈래?"
 미하엘은 문을 향해 고개를 까딱했다.
 "갈래!"
 유디트는 기쁜 마음으로 외쳤다. 아직도 믿기지 않았지만 잠시 뒤 유디트는 미하엘과 함께 자전거를 타고 운동장을 가로질러 자전거 도로를 향해 가고 있었다.

 전에도 그랬던 것처럼 대문이 열리자마자 다비드와 프랑크가 달려 나왔다.
 "유디트! 유디트!"
 쌍둥이 형제는 오랜 친구를 만난 것처럼 반겼다.

"우리랑 놀려고 온 거야?"

형제는 유디트의 재킷을 잡아당겼다.

"애들아, 유디트 좀 놔 줘. 우린 먼저 점심을 먹어야 해."

"그런 다음 놀 거지, 응?"

아이들은 잔뜩 기대를 품은 눈으로 유디트를 바라보며 물었다.

"시간이 되면."

유디트가 약속했다.

"네가 무슨 말을 하는지나 알아? 넌 이제 꽉 잡혔다!"

미하엘이 경고하듯 말했다.

미하엘의 이모는 부엌에서 수프를 만들고 있었다. 아기는 엄마 옆에 서서 쌀 크래커를 와작와작 깨물어 먹었다. 또 한 번, 유디트는 이모가 미하엘에게 뽀뽀를 하고 머리를 헝클어 놓는 것을 보았다.

"안녕, 유디트. 점심 먹으러 왔니?"

이모는 한 손은 내밀고 다른 한 손은 유디트의 어깨에 올렸다.

"안녕하세요, 아줌마."

유디트가 나지막이 인사했다.

"저…… 저는 제가 먹을 샌드위치를 가지고 왔어요. 미하엘이 물어봐서 저는 그저……."

유디트는 말을 더듬기 시작했다.

"그럼 수프 한 그릇하고 같이 먹는 게 어떠니?"

유디트가 고개를 끄덕였다.

"그래. 너희 둘 식탁 좀 차려 줄래?"

유디트는 기쁜 마음으로 거들었다.

"전에도 해 본 솜씨로구나."

유디드가 재빨리 접시와 컵을 놓는 것을 보고 미하엘의 이모가 웃으며 말했다.

"네, 아줌마."

"아이들은 언제나 죽도록 일을 해야 한다니까. 날 보란 말이야. 진공청소기를 돌리고, 침대를 정리하고, 설거지를 하잖아. 이 집에는 식기세척기도 없어. 이게 말이나 되냐?"

미하엘이 말했다.

"네가 하는 일이 많긴 해. 그런데 장보기는 빼먹었구나."

이모가 인정했다.

"아, 맞아……. 장보기도 내 몫이지. 그 무거운 쇼핑백들 하며……어휴."

미하엘은 응석을 부리듯 큰 소리로 한숨을 쉬었다.

"게다가 정원 일도 있지."

엘리 이모가 덧붙였다.

"참, 동생들도 잊지 말아요. 그 녀석들을 실제로 키우는 건 바로 나라고요!"

미하엘이 앓는 소리를 했다.

미하엘은 막내 사촌 동생을 훌쩍 들어올려 조리대에 앉혀 놓고 서랍에서 아기 턱받이를 찾았다.

"비하엘, 비하엘……."

아기가 오빠의 머리카락을 당기며 즐겁게 옹알거렸다.

"얘는 언제나 'ㅁ'를 'ㅂ'로 바꿔서 말해. 매트는 배트가 되고,

마늘은 바늘이 돼. 일부러 그러는 게 틀림없어. 왜냐하면 엄마라는 말은 아무 문제 없이 발음하거든."

미하엘이 유디트에게 설명해 주었다.

"엄마."

아기는 자기 엄마를 손으로 가리키며 미하엘을 따라 했다.

"무슨 말인지 알겠지?"

미하엘이 웃었다.

"아가야, 넌 이름이 뭐니?"

유디트가 물었다. 질문이 그렇게 술술 나오는 것이 신기했다.

"비헬레! 비헬레!"

아기가 외쳤다.

"'미헬레'라는 애기야."

미하엘이 통역해 주었다.

"미하엘하고 똑같은 이름이야. 하지만 여자애라서 미헬레가 된 거야."

쌍둥이 중의 한 아이가 말했다. 유디트는 아직도 두 아이를 구별하지 못했다.

"맞지, 엄마?"

이모가 고개를 끄덕였다.

"난 왜 쟤 이름이 미헬레인지 알아. 왜냐하면 미하엘이……."

다른 아이가 의미심장하게 말했다.

"다비드, 좀 빨리 먹지 그러니? 그러다가 저녁 먹을 때까지 여기 앉아 있겠다."

미하엘이 끼어들었다.

하지만 다비드는 고집스러웠다.

"왜냐하면 미하엘이……."

"그래, 그래, 다 아는 이야기잖아."

미하엘이 다시 다비드의 말을 잘랐다.

"유디트는 모르잖아! 미하엘이 미헬레를 데려왔어. 그렇지, 엄마?"

화가 난 다비드가 외쳤다.

"데려와? '아기를 받았다'는 얘기겠지."

이모가 웃으며 말했다.

"맞아. 엄마 배에서."

다비드(아니, 프랑크였나?)가 엄마의 배를 가리키며 자랑스럽게 말했다.

미하엘은 얼굴이 빨개져서 샌드위치만 씹으면서 생각했다.

다비드는 왜 그 얘기를 꼭 남 앞에서 꺼내는 거야?

유디트는 다비드가 무슨 말을 하는지 전혀 모르겠다는 표정을 지었다. 엘리 이모도 그것을 알아차렸다.

"아기가 갑자기 나와서 의사를 부를 시간이 없었어. 그래서 미하엘이 산파 역할을 한 거야. 얘가 바로 그 결과이고."

엘리 이모가 미헬레의 머리에 손을 얹고 찬찬히 설명해 주었다.

"게다가 미헬레는 목에 밧줄을 감고 있었어. 그렇지, 엄마?"

다비드가 흥분해서 큰 소리로 말했다. 그렇게 많은 시간이 흘렀는데도 여전히 흥미진진한 이야기였던 것이다.

"탯줄을 말하는 거란다. 탯줄이 목에 세 번이나 감겨 있었어. 미헬레는 처음에 울지 않았어. 너도 알다시피, 아기들은 태어나자마자 울게 되어 있잖니. 미하엘이 뭔가 잘못되었다는 걸 금방 알아채고 손을 썼지. 의사도 그보다 잘 할 수는 없었을 거다. 아무튼, 그러고 나니까 아기가 집이 떠나가도록 큰 소리로 우는 거야!"

엘리 이모가 설명했다.

"와우!"

유디트가 할 수 있는 말은 이 말 한 마디뿐이었다. 정말 놀라웠다. 미하엘이 한 일 때문만은 아니었다. 가족들이 이렇게 툭 터놓고 이야기하는 것도 놀라웠다.

"땅콩 버터 샌드위치를 먹고 싶어. 그러니까 누나가 하나 만들어야 해."

다비드는 유디트의 접시에 빵 한 조각을 올려놓았다.

"너도 만들 수 있잖니, 다비드."

이모가 말했다.

"유디트 누나도 만들 수 있어요. 날 위해서."

"저런 게 바로 논리라는 것이지."

미하엘이 말했다.

유디트는 웃었다. 다비드에게 샌드위치를 만들어 주고, 프랑크에게도 하나를 만들어 준 다음 미헬레가 우유를 엎지르자 탁자를 닦아 냈다. 유디트의 얼굴에서는 미소가 떠나지 않았다. 따뜻한 수프, 웃음소리, 쌍둥이가 흥분해서 재잘거리는 소리, 이 모든 것이 유디트의 마음을 따뜻하고 유쾌하게 만들었다.

모두 식사를 마치자 유디트와 미하엘은 재빨리 탁자를 치웠다.

"어떤 걸 할래? 씻기? 아니면 행주로 닦기?"

유디트는 개수대에 물을 채우고 세제를 풀면서 물었다.

"양쪽 다 거절."

미하엘이 웃었다.

"좋아, 네가 닦아."

유디트는 행주를 미하엘의 손에 쥐어 주고는 수세미로 접시를 문지르기 시작했다.

"빨리 끝났다."

미하엘이 설거지를 끝내고 말했다.

"그래서 날 부른 거지?"

유디트가 장난스럽게 말했다. 유디트가 농담을 하다니, 점심을 잘못 먹기라도 한 것일까?

"잘 아네."

미하엘이 말했다.

쌍둥이와 놀 시간은 없었다.

"내일 또 올 거야?"

프랑크가 물었다.

유디트는 뭐라고 해야 할지 알 수 없었다. 우물쭈물하며 미하엘의 이모를 쳐다보았다.

"오고 싶으면 언제든 와도 좋아. 그렇지, 얘들아?"

이모가 말했다.

쌍둥이가 고개를 열심히 끄덕였다.

유디트는 얼굴을 붉히며 말했다.

"그럼, 내일 보자."
함께 자전거를 타고 학교로 돌아가면서 유디트가 말했다.
"참 좋은 이모다."
"엘리 이모는 멋있어."
미하엘이 동의했다.
"보브 이모부도 멋져. 그리고 동생들도 나쁘진 않은데 가끔 혀를 너무 나불거려서 사람을 돌게 만들지."
두 아이는 횡단보도의 빨간 불을 보고 멈췄다.
"아무한테도 말하지 않을 거지?"
미하엘이 느닷없이 물었다.
유디트는 미하엘을 쳐다보았다. 미하엘은 신호등만 보고 있었다.
"미헬레에 대한 얘기 말이야? 네가 받았……."
"응."
"나, 비밀은 잘 지키는 편이야."
"그럴 줄 알았어."
그러나 실제로 약속을 얼마나 잘 지키는지는 몰랐다.

엄마의 눈물

그날 오후, 유디트는 자전거를 타고 신나게 집으로 달렸다. 얼마나 멋진 하루였던가! 미하엘의 집에서 처음 점심을 먹고, 글짓기에서 A를 받았다. 베크만 선생님은 숙제를 돌려주며 이렇게 말했다.

"아주 잘 썼구나, 유디트."

유디트가 사는 골목이 눈에 들어왔다. 조금만 더 달려가면 집이다. 유디트는 자전거에서 폴짝 뛰어내려 커브를 돌았다. 1층 창가를 지날 때 커튼이 움직였다. 유디트는 저도 모르게 손을 흔들었다. 정말 기분이 좋아서 누구에게나 손을 흔들고 싶을 정도였다.

반 클라버런 부인의 표정이 바뀌었다. 할머니는 주저하듯 천천히 손을 들어 유디트의 인사에 답했다.

"누구한테 손을 흔드는 거요?"

할아버지가 물었다.

"위층에 사는 불쌍한 꼬마요. 오늘은 남동생하고 같이 오지 않았구려.

엄마가 데려올 모양이네. 십오 분 전에 차를 타고 나가던데."

유디트는 집을 둘러싼 좁다란 길을 따라 창고로 갔다. 창고의 벽은 기우뚱거렸고 그 위에 얹혀 있는 지붕은 비가 샜다. 유디트는 자전거에 자물쇠를 단단히 채웠다. 집으로 들어가기 전에 다시 손을 흔들자 할머니가 이번에는 확실히 미소를 지었다. 어쩌면 그렇게 나쁜 할머니가 아닐 거라는 생각이 들었다. 말 많고, 탈 많고, 참견하기 좋아하는 노인네라고 엄마는 불평했지만, 하루 종일 창가에 앉아 지내야 한다면 달리 뭘 할 수 있을까?

집 안은 조용했다. 엄마가 데니스를 데리러 간 것이 틀림없었다. 유디트는 위층으로 뛰어올라갔다. 복도에 가방을 팽개쳐 놓고 거실 문을 연 유디트는 놀란 표정으로 방 안을 두리번거렸다. 서랍이 열려 있었다. 서류가 들춰져 있었다. 누군가 집을 수색한 것 같았다. 서류는 바닥에도 뒹굴고 있었다. 도대체 무슨 일이지?

유디트는 재빨리 서류를 모아서 탁자에 가지런히 올려놓았다. 아래층에서 문을 쾅 닫는 소리가 났다. 엄마랑 데니스가 왔나? 하지만 목소리가 들리지 않았다. 팔짝팔짝 계단을 뛰어오르는 작은 발소리도 없었다.

잠시 뒤에 거실 문이 활짝 열렸다. 꼼짝없이 걸렸구나, 유디트는 생각했다. 두려움 때문에 몸이 점점 뻣뻣해졌다. 엄마가 창백한 얼굴로 입을 꾹 다물고 서 있었다. 그러다가 유디트에게 똑바로 걸어왔다. 겁에 질려 움찔하는 유디트의 팔을 붙들고 복도로 끌고 갔다.

"위층으로 올라가."

엄마가 치밀어오르는 화를 억누르는 듯 낮게 말했다. 유디트는 가슴이 방망이질치고 다리가 후들거렸다. 위층으로 올라가라는 말은 더 심하게 때린다는 뜻이었다. 위에서는 소리를 질러도 아무도 들을 수 없기 때문이다. 하지만 유디트는 엄마 말대로 자기 방으로 서둘러 올라갔다. 그 방 역시 온갖 것이 뒤집혀 있었다. 옷, 책, 공책. 심지어 돼지 저금통까지 바닥에 떨어져 부서져 있었다. 한쪽 구석의 옷장 문이 활짝 열려 있었다. 문득 침대보가 떠올랐다. 엄마가 그 침대보를 찾아낸 것이다.

유디트는 완전히 체념하고 처음 날아오는 주먹을 피하려고도 하지 않았다. 엄마는 얼굴에 강한 주먹을 먹였다. 유디트는 비틀거렸다. 엄마는 두 손으로 유디트를 붙들고 앞뒤로 흔들기 시작했다.

"이 망할 도둑년. 돈 내놔!"

유디트는 제대로 생각할 수 없었다. 돈이라니? 무슨 돈?

"당장 내놓지 못해?"

엄마는 다짜고짜 추궁했다. 손바닥으로 유디트를 쳤다.

"나 돈 없어."

유디트가 숨을 삼키며 얼굴을 손으로 가렸다.

"내 지갑에서 훔쳤잖아!"

엄마가 을러댔다.

"아니, 엄마. 아냐……. 난 돈 없어. 정말……."

유디트가 빌었다.

"아직도 나 모르게 못된 짓이냐? 내가 모를 줄 알았지?"

"난 아무 짓도 안 했어."

울음이 터져나왔다. 아, 제발 그만 때렸으면…….

갑자기 엄마가 손찌검을 멈췄다.

"이건 또 뭐야?"

엄마가 숨을 몰아쉬며 말했다. 옷장에서 꺼낸 구겨진 침대보를 전리품이라도 되는 듯이 유디트의 코앞에 바짝 들이밀었다.

"아주 꼭꼭 숨겨놨던데. 내가 못 찾아낼 줄 알았겠지. 눈에 안 띄게 하려고 애를 썼던데. 지갑에서 꺼내간 백 길더도 마찬가지잖아. 어디 있는지 말 안 하면 다리몽둥이를 분질러 버릴 거야!"

"난 돈이 없어. 엄마, 진짜예요! 안 돼요, 얼굴은. 엄마, 제발……."

유디트는 얼굴을 침대에 묻으며 주먹을 피하려고 애썼다. 엄마는 망치질을 하듯이 등과 옆구리를 사정없이 때렸다.

"그만, 엄마…… 제발."

유디트는 울음을 터뜨렸다.

"어서 말해!"

"난 안 훔쳤어."

유디트가 울부짖었다.

엄마가 갑자기 주먹질을 멈추더니 밖으로 뛰어나갔다.

유디트는 덜덜 떨면서 일어나 문을 잠갔다. 그리고 겁에 질린 채 기다렸다.

계단을 오르는 발소리가 집 안에 울려퍼졌다. 헐떡거리는 엄마의 숨소리가 들렸다.

"문 열어……."

엄마가 윽박질렀다.

"엄마, 전 아무것도 안 훔쳤어요. 제발 믿어 주세요."
유디트가 애원했다.
"어서 열어!"
엄마는 낡은 나무문에 몸을 세게 한 번 부딪쳤다. 두 번, 세 번…….
네 번째에 문이 열렸다. 엄마는 앞으로 꼬꾸라지며 방으로 들어왔다. 진공청소기의 금속 파이프를 들고 있었다.
"제발…… 엄마, 제발……."
유디트는 멍한 상태에서 중얼거렸다. 어느새 등과 팔과 엉덩이는 쏟아지는 매를 맞고 있었다. 매질은 영원히 계속될 것 같았다. 유디트는 침대로 기어가 베개 밑에 머리를 묻었다. 공포에 질려 몸을 잔뜩 웅크렸다.
마침내, 끝이 났다.
유디트는 꼼짝 않고 그 자리에 누워 있었다. 더는 울음도 나지 않았다. 온몸이 욱신거렸다. 귀에서 피가 솟아나왔다. 등과 엉덩이는 불이 난 것처럼 화끈거렸다. 유디트는 자기가 존재하지 않았으면, 태어나지 않았으면 좋았겠다고 생각했다.

멍한 귀로 아무 소리도 들려오지 않았다. 유디트는 일어나 앉으려고 했다. 입에서 신음이 새어 나왔다. 아프지 않은 곳이 없었다. 현기증을 느끼며 허공을 쳐다보았다. 주위가 지저분한 것도 아랑곳하지 않았다. 현관문이 닫히는 소리를 듣고 몽롱한 상태에서 퍼뜩 깨어났다. 데니스의 높은 목소리가 들렸다. 엄마가 탁아소에서 데려온 것이다.

엄마의 눈물 95

유디트는 귀를 기울이며 아래층에서 무슨 일이 벌어지고 있는지 마음속으로 그렸다. 데니스가 웃옷을 벗고 있구나. 데니스는 항상 옷을 제가 걸고 싶어하지. 이제 종종거리며 부엌으로 가서 마실 것을 달라고 하는구나.

잠시 뒤 다락방을 오르는 무겁고 느린 발소리가 들렸다. 유디트는 바짝 긴장한 채 기다렸다.

문이 빼꼼히 열렸다가 이내 활짝 열렸다. 유디트는 고개를 들 수도 없었다. 그런데 기다려도 아무 일도 일어나지 않아서 머리를 들었다.

창백한 엄마가 눈에 핏발을 세우고 서 있었다. 엄마는 유디트 옆으로 다가와 침대에 주저앉았다.

처음에 엄마는 아무 말도 없었다. 유디트는 바닥만 보았다. 엄마의 실내화가 눈에 들어왔다. 유디트처럼 발가락이 안으로 곱았다. 난데없이 낮은 울음소리가 들렸다. 엄마가 울고 있었다. 유디트 때문에, 유디트가 돈을 훔쳤다고 생각해서 우는 것이다.

"나…… 나는 그러지 않았어, 엄마. 정말이야. 난 훔치지 않았어."

유디트는 엄마가 믿어 주기를 간절히 바라며 말했다.

"그리고 침대보는…… 나도 어쩔 수 없었어……."

유디트는 말을 더듬기 시작했다.

"어떻게 그런 일이 생겼는지 모르겠어. 자고 있었는데, 일어나보니까 다 젖어 있었어. 세탁소에 맡기려고 했는데…… 세탁 요금은 내 돈으로 내려고 했어……. 그…… 그런데……."

엄마의 울음 때문에 더 긴장되어서 말을 제대로 이을 수 없었다.

"오, 유디트, 우리는 어떻게 하면 좋니?"

엄마는 울다가 이따금씩 숨을 삼켰다.

유디트는 무슨 뜻인지 이해할 수 없었다.

"난 돈을 훔치지 않았어, 엄마."

유디트가 다시 말했다.

"그게 아니야, 그래서 그러는 게 아니야……."

엄마는 몸을 앞뒤로 흔들면서 울었다.

"나도 너를 아프게 하고 싶지 않아."

목멘 소리였다.

"너를 때리고 싶지 않아. 하지만 널 때리려는 충동이 나보다 강해. 나 자신을 멈출 수가 없어."

유디트는 할 말이 없었다.

"내가 너무 아프게 했지?"

용서를 비는 말투였다. 엄마는 눈물을 훔쳤다.

유디트는 아무 말도 하지 않았다.

엄마는 주저하다가 유디트의 어깨에 팔을 둘렀다.

"널 아프게 하고 싶지 않아."

엄마는 아까 한 말을 되풀이하고 다시 울기 시작했다.

"울지 마, 엄마."

유디트의 목소리가 떨렸다.

"넌 모를 거다. 넌 몰라. 네가 어떻게 알겠니? 나도 나를 이해할 수 없는걸."

엄마는 두 손으로 얼굴을 감쌌다.

완전히 녹초가 되었는데도 유디트는 잠을 이루지 못했다. 뒤척일 때마다 몸 구석구석이 아팠다. 지난 몇 시간에 대해서 생각했다. 사실 아주 즐거운 시간이었다. 엄마는 유디트의 기분을 풀어 주려고 최선을 다했다. 생크림 케이크까지 사왔다. 하지만 그 케이크 때문에 배가 아팠다니 묘한 일이었다. 생크림은 너무 기름지고 달았다. 유디트는 위장이 거부반응을 일으키는 것을 느꼈다. 하지만 오랜만의 화기애애한 분위기를 망치고 싶지 않아서 제 몫으로 준 큰 조각 하나를 억지로 입에 넣었다. 때맞춰 화장실에 가서 먹은 것을 다 토해 냈다. 다행히 엄마는 화를 내지 않았다.

"며칠 동안 집에서 쉬어야겠구나. 내일 학교에 전화해서 배가 아프다고 말해 둘게."

엄마가 결정을 내렸다.

엄마는 자기가 생각해 낸 변명에 꽤 만족하는 것처럼 보였다. 적어도 결석에 대해 다른 이유가 생긴 셈이었다. 며칠 쉬다 보면 등과 팔의 부기가 가라앉을 것이고 눈 밑의 멍도 사라질 것이다.

엄마는 침대보에 대해서도 더는 화내지 않았다.

"세탁기에 집어넣자. 그러라고 있는 거니까. 걱정 마. 누구나 그런 실수를 한단다."

그날 밤늦게, 함께 텔레비전을 보고 있을 때 니코가 전화를 했다. 엄마는 아주 오랫동안 통화했다.

"내 지갑에서 백 길더가 없어졌어. 아마 그 바에서 도둑맞았을 거야. 기억나? 가방을 의자 등받이에 걸어 놨잖아. 뭐라고? 아이, 그런 소리 마. 왜 당신이 그래야 해? 괜찮아. 말만이라도 고마워."

엄마가 말했다.

이렇게 말하는 소리도 들렸다.

"내일은 안 돼, 니코. 딸이 아프거든. 배탈이 단단히 났어. 내일모레가 좋겠어."

전화를 끊고 나서 엄마는 갑자기 생기발랄해졌다.

"니코가 뭐라고 했는지 아니? 글쎄, 마음이 아프다면서 자기가 백 길더를 주면 안 되겠냐는 거야. 소매치기한테 당한 것 같대. 그런 짓을 하는 것들은 배짱도 크지? 아무리 조심해도 당해 낼 수가 있나."

엄마는 잠자리에 들 때까지 명랑했다. 유디트도 엄마처럼 기분이 좋기를 바랐지만 여전히 속이 울렁거렸다. 잠자리에 들었을 때 엄마가 따뜻한 물병을 건네주었다. 유디트가 추위를 몹시 탔기 때문이다.

유디트는 가만히 어둠 속을 바라보았다. 눈이 따끔거렸다. 엄마가 잘해 줄 때마다 울고 싶은 기분이었다. 바깥 소리에 귀를 기울였다. 고양이가 살그머니 지붕을 타고 있었고 오토바이가 요란한 소리를 내며 거리를 내달렸다.

내일 학교에 가지 못하게 되었으니 미하엘의 집에도 가지 못할 것이다. 안타까운 일이다. 미하엘네는 정말 재미있는데. 어쩌면 나 대신 다른 애를 데리고 갈지도 몰라……. 한숨이 나왔다. 자, 그 생각은 하지 말자. 유디트는 꼼짝도 않고 누워 있다가 마침내 잠에 빠져들었다. 하지만 몸을 뒤척일 때마다 등을 찌르는 통증을 느꼈다. 아침이 되기 전에 유디트는 소스라치게 놀라 깼다. 이번에는 무슨 일이 일어났는지 금방 알아차렸다. 또 오줌을 싼 것이다.

작지만 소중한 선물

미하엘은 유디트의 자리가 비어 있는 것을 보고 적잖이 실망했다. 그냥 늦는 걸까? 아니면, 또 아픈 걸까? 유디트는 결석을 너무 자주 한다. 미하엘은 지리 수업에 집중하려고 애를 썼다. 베크만 선생님은 열대우림의 소중함에 대해 말하고 있었다. 좋아하는 지리 시간이었는데도 미하엘의 마음은 딴 곳을 헤맸다.

미하엘은 유디트에 대해서 많은 것을 알지는 못했다. 유디트는 스테피, 적어도 미하엘이 기억하는 스테피와 비슷하게 생겼지만 다른 것은 하나도 닮지 않았다. 스테피는 명랑하고 개방적이었지만 유디트는 수줍음이 많고 내성적이었다. 몇 년 전에 내가 그랬지. 미하엘은 문득 깨닫게 되었다. 하지만 이해할 수 없었다. 유디트는 아빠가 없는걸. 엄마하고 남동생뿐이잖아.

미하엘은 유디트가 어디에 사는지 모르지만 주소를 알아내는 건 전혀 어렵지 않을 듯했다. 선생님께 여쭈어 볼 수도 있고, 전화번호부에서 찾아볼 수도 있다. 하지만 유디트네 전화번호가 나와 있지 않으면 어떻게 하지? 그래, 제일 좋은 방법은 베크만 선생님께 여쭤 보는 거야. 잘하면 오후 수업을 마치고 유디트네 집에 갈 수도 있을 거야! 이렇게 생각하자 기운이 났다.

"미하엘, 듣고 있니?"

선생님이 물었다.

"네, 선생님."

미하엘이 얼른 대답했다.

선생님은 학생들이 딴생각하는 걸 어떻게 알아채는 것일까? 정말 불가사의한 일이었다.

그때부터 선생님이 틀어 놓은 다큐멘터리 영화에 정신을 집중했다. 포악한 괴물 같은 불도저들이 열대우림을 파헤치고 있었다. 동력 톱이 기분 나쁜 소리로 울부짖고 나자 키 큰 나무들의 몸통이 트럭에 실렸다. 몇백 년 동안 숲에서 종족의 삶을 이어온 사람들이 카메라를 향해 말했다. 분노하는 사람들은 숲을 지키기 위해 그 어떤 위험도 감수할 각오를 하고 있었다. 미하엘은 그 사람들에게 깊은 공감을 느꼈다. 원주민과 오랫동안 살면서 그들의 언어로 말하는 영국 사람이 있었다. 그는 숲의 파괴를 막으려고 벌목 작업을 방해했다. 그의 목에는 막대한 현상금이 걸려 있었지만 오랜 시간이 지나도 누구 하나 그 사람을 신고하지 않았다. 그 사람은 숲에 숨어, 여기저기로 옮겨 다니며 원주민들의 도움을 받았다.

영화가 끝나자 미하엘을 비롯한 반 아이들은 일제히 한숨을 내쉬었다. 끝종이 울리는 것이 아쉬웠기 때문이다.

모두 밖으로 달려나갔지만 미하엘은 교실에 남았다.

"야, 안 나가? 축구 한 게임 할 시간 있는데."

로베르트가 불렀다.

"먼저 가. 금방 따라갈게."

미하엘은 혼자 남게 되자 선생님한테 다가갔다. 갑자기 쑥스러워져서 괜한 헛기침을 했다.

"흠…… 흠…… 여쭤 볼 게 있어요."

"그래."

"유디트 주소 아세요?"

"외우진 않아. 하지만 네가 알고 싶다면 찾아봐야지."

선생님은 책상 서랍을 열어서 주소록을 꺼냈다.

"유디트가 또 아프다고 아침에 어머니께서 전화를 하셨어. 유디트네 들러 볼 생각이니?"

"어쩌면요."

미하엘이 어깨를 으쓱하며 우물쩍거렸다.

"유디트 주소는, 음, 여기 있구나. 전화번호하고 같이 적어 줄게. 내 안부도 전해 주고, 상태가 어떤지 내일 나에게 알려 주렴."

"네, 베크만 선생님."

미하엘이 나가려고 돌아섰다.

"아, 잠깐만, 미하엘…… 이거."

선생님은 다시 서랍을 뒤지더니 작은 감초사탕 봉지를 꺼냈다.

"이거, 유디트에게 전해 줘. 빨리 나으라는 선물이야."

미하엘이 망설였다.

"갈지 안 갈지 아직 잘 몰라요."

"혹시라도 가면 말이야."

미하엘은 사탕 봉지를 받아서 주머니에 넣고 복도로 달려나갔다.

"뭐 했어?"

로베르트는 좀이 쑤시는 듯 축구공을 튕기며 건물 앞에서 기다리고 있었다.

미하엘은 빙긋 웃을 뿐 대답하지 않았다.

"유디트 때문이지. 응?"

"그래."

"아유, 제발 좀 그만 해라. 오늘은 학교에 오지도 않았잖아. 도대체 어디가 그렇게 좋은 거야?"

"궁금하냐?"

미하엘은 웃으며 로베르트의 손에서 축구공을 잡아채서 프로 선수처럼 머리로 통통 치기 시작했다. 미하엘은 몇 시간이라도 그렇게 할 수 있었다.

로베르트는 어깨를 으쓱했다. 미하엘 녀석…… 가끔 종잡을 수가 없다니까.

유디트는 초인종 소리를 듣고 깜짝 놀랐다.

"아무도 들이지 마라. 초인종이 울리거든 그냥 내버려 둬. 문을 열지 마. 그리고 너도 바깥에 안 나갔으면 좋겠다. 데니스는 내가 오후에 데려오마."

엄마가 출근 전에 당부했던 것이다.

거울을 한 번만 쳐다봐도 왜 유디트를 밖으로 내보내려 하지 않는지 알 만했다. 눈 밑의 멍은 이제 무지개 빛깔로 변해가고 있었다.
엄마는 계속 걱정되는 모양이었다. 사무실에서 전화를 걸어 상태가 어떤지 묻기도 했다.
"괜찮아, 엄마."
유디트는 엄마를 안심시켰다.
"그리고 빨래는 계단에 널었어."
이렇게 말하면 유디트가 보통 때 빨래를 너는 발코니에도 나가지 않았다는 것을 짐작할 것이다. 어젯밤에 있었던 일에 대해서는 두 사람 다 입도 벙긋하지 않았다.
오늘 집에 있어서 좋은 것이 하나 있었다. 젖은 침대보를 빨 수 있었던 것이다. 오줌을 다시 싼 것을 엄마가 알지 못할 것이다. 유디트는 침실 창문을 열고 매트리스를 창가에 세워 말렸다.
다시 한 번, 벨소리가 집 안에 날카롭게 울려 퍼졌다. 이번에는 계속 울려대서 유디트는 신경이 잔뜩 곤두섰다. 도대체 누구지?
갑자기 소리가 뚝 그쳤다. 뭐가 쑥 빠져나간 것처럼 조용해졌다. 유디트는 창가로 가서 베니션 블라인드 사이로 흘끔거렸다. 현관에 누가 서 있는지 보이지 않았다. 창문을 열어야 했다. 살짝 열린 틈새로 차가 줄지어 선 길이 보였다. 차들 사이에 청록색 재킷을 입은 남자아이가 서 있었다. 아이는 막 자전거에 올라타고 있었다. 유디트가 보고 있는데, 그 애가 뒤돌아 유디트 쪽을 올려다보았다. 미하엘이었다!
유디트는 흠칫 놀라서 뒤로 얼른 물러섰다. 미하엘이었구나! 나를 보러 들른 거겠지.

유디트는 소파에 털썩 주저앉았다. 아야, 아파. 유디트는 입술을 깨물었다.

유디트는 미하엘을 집에 들이지 않아 다행이라고 생각했다. 어쩌다 그렇게 멍이 들었냐고 물어볼 것이 뻔하고, 그러면 친구에게 거짓말을 해야 한다. 하지만 한편으로는 자기가 너무 나쁜 짓을 했다는 생각이 들었다. 자기를 위해 일부러 찾아온 친구를 모른 척하다니. 이 학교에서는 유디트를 찾아온 아이가 한 명도 없었다.

전화벨이 울렸다. 생각에 잠겨 있던 유디트는 소스라치게 놀랐다. 엄마가 또 전화한 걸까?

"여보세요?"

유디트가 초조한 목소리로 물었다.

"야, 뭐 하는 거야?"

반대편 수화기에서 짜증 섞인 목소리가 나왔다.

잠시, 유디트는 할 말이 없었다. 미하엘이었다.

"나…… 난……."

유디트가 입을 열었다.

"벨소리 못 들었어?"

"나…… 난……."

유디트가 다시 더듬거렸다.

"너 어디야?"

"모퉁이에 있는 정육점이야. 아저씨가 전화를 쓰게 해 주셨어. 이 분 내로 간다."

뭐라고 말할 틈을 주지 않고 미하엘이 전화를 끊었다.
유디트는 생각을 짜내야 했다. 어떻게 하지? 일단 아무 일 없다는 듯이 태연하게 행동해야 돼. 뺨에 든 멍은…… 어제 길에서 어떤 애하고 싸운 거야. 걔가 주먹으로 때려서 멍이 든 거지.
생각할 시간은 그리 길지 않았다. 벨이 세 번 연달아 울렸다.
"맙소사! 도대체 그게 뭐야? 네 뺨."
미하엘이 소리쳤다.
"아, 이거……. 싸웠어……."
유디트는 태연하려고 애쓰며 말했다.
유디트는 미하엘보다 앞서서 층계를 올라갔다.
"싸우다니? 누구하고?"
"아, 이 근처에 사는 애들이야. 못 지나가게 막더라고."
"몇 명이나 있었는데?"
"셋, 아니…… 한 네 명쯤."
"맙소사."
미하엘이 되풀이해서 말했다.
"순 나쁜 놈들 아냐. 얼굴이 멍투성이다."
흥분한 나머지 이상한 목소리가 나왔다. 미하엘은 재킷을 아무렇게나 벗어서 난간에 걸쳐 놓으며 걱정스럽게 물었다.
"많이 아파?"
"그렇게 아프진 않아."
유디트가 말했다. 둘은 거실로 들어갔다.
"집에 혼자 있는 거야?"

미하엘이 물었다.
"응."
"되게 지겹지?"
"조금."
갑자기 미하엘이 여기 온 것이 무척 기뻤다. 멍에 대해서는 더 묻지 않았으면 좋겠다.
"우리 집은 어떻게 알았어?"
"베크만 선생님께 여쭤 봤지. 아참…… 줄 게 있어."
미하엘은 주머니에서 감초사탕 봉지를 꺼냈다.
"베크만 선생님이 전해 주라고 하셨어."
"와, 고맙기도 해라!"
유디트가 얼굴을 붉히며 소리쳤다.
"이건 다비드와 프랑크가 주는 거야."
미하엘은 다른 쪽 주머니에서 구겨진 그림 두 장을 꺼냈다.
"와."
유디트가 탄성을 연발했다. 쌍둥이가 그린 그림들을 보았다. 다비드는 빨간 기차를, 프랑크는 파란 기차를 그렸다. 두 기차에는 일곱 사람이 타고 있었다.
"비슷하지도 않지만, 우리를 그린 거래. 이건 보브 이모부야. 미헬레를 안고 있는 건 엘리 이모. 여긴 너하고 나야. 가장 좋은 자리를 차지한 건 쌍둥이고."
미하엘이 웃으며 조그마한 형체들을 가리켰다.
유디트는 기뻐서 붕 뜨는 기분이었다. 다비드와 프랑크는 유디트를 한 식구인 것처럼 그려 준 것이다.

"아, 맞아. 엘리 이모도 너한테 선물을 갖다 주랬어."

미하엘은 복도로 가더니 사과 두 개를 들고 왔다.

"와."

벌써 세 번째로 지르는 탄성이었다.

"넌 다른 말은 할 줄 모르냐?"

미하엘이 물었다.

"응."

유디트가 웃으면서 대답했다.

미하엘은 새삼스럽게 유디트를 바라보았다. 어떻게, 이런 소박한 선물에 저렇게까지 기뻐하는 걸까? 행복해하는 유디트의 얼굴은 밝게 빛났다. 이런 모습은 처음이었다.

"마실 것 좀 줄까?"

유디트가 물었다.

"좋지."

미하엘이 소파에 털썩 앉으며 말했다. 유디트는 서둘러 부엌으로 들어가 냉장고 문을 열었다.

"오렌지 소다 줄까? 아니면 차를 끓여 줄까?"

유디트가 큰 소리로 물었다.

미하엘이 부엌으로 갔다.

"오렌지 소다."

"케이크도 있어."

"좋지."

미하엘이 말했다.

유디트는 어젯밤에 먹고 남은 케이크를 꺼냈다.

"이야…… 생크림 케이크구나! 엘리 이모 집에서는 언제나 몸에 좋은 것만 먹어야 해. 무슨 말인지 알지? 사과파이에서 비타민 냄새가 날 정도라고. 당연히 유기농법으로 재배한 사과를 쓰고. 과자를 달라고 하면 말린 과일을 줘. 보브 이모부하고 나는 말린 과일에 물리곤 해. 작년 여름에 보브 이모부가 말이야……."

미하엘이 웃기 시작했다.

"여름에 이모가 정원에 물을 주라고 부탁하니까 이모부가 이러는 거야. '난 당신이 말린 것만 좋아하는 줄 알았는데!'"

유디트도 따라 웃으며 말했다.

"너희 이모는 정말 좋은 분이셔."

"맞아, 꽤 괜찮은 편이지. 지금 말한 것만 빼놓고."

미하엘이 인정했다.

"다행히 보브 이모부가 우리를 가끔 맥도널드에 데리고 가. 그래서 튀긴 감자하고 햄버거를 먹을 수 있지. 그럴 때 엘리 이모를 한번 봐야 하는 건데. 다른 사람보다 이모가 더 많이 먹는다니까! 이렇게 말하면서. 마요네즈가 좀 많다. 그치, 애들아?'"

유디트는 다시 웃으면서 케이크를 한 조각 잘라서 미하엘에게 주었다.

"넌 안 먹어?"

"응. 난 안 먹는 게 좋아. 간밤에 속이 거북했거든."

"그 나쁜 자식들 때문일 거야. 엄마는 뭐라고 하시니?"

미하엘이 거실로 돌아가며 물었다.
"아주 화를 많이 냈어."
유디트가 말했다. 사실이 그랬다!
"상상이 된다. 그래, 정확히 무슨 일이 있었던 거야?"
유디트는 친구가 질문을 그만 하면 좋겠다고 생각했다.
"응, 처음엔 그냥 저희들끼리 시시덕거렸어. 그러더니 한 아이가 나를 때리기 시작했어."
유디트는 분명치 않게 대답했다.
"얼굴 한가운데를 말이지. 나쁜 자식 같으니. 다른 데도 때렸어?"
유디트는 고개를 저었다.
"말리는 사람은?"
유디트가 다시 고개를 저었다.
"어처구니가 없군. 깡패놈들이 아이 하나를 두들겨패는데 아무도 돕는 사람이 없었다니!"
미하엘은 버럭버럭 성을 내었다.
"순식간이었어."
유디트는 미하엘이 제발 다른 얘기를 시작하길 바랐다.
"학교는 어땠어?"
유디트가 물었다.
"그냥 그랬어."
미하엘이 어깨를 으쓱했다.
"아참, 지리 시간은 꽤 재미있었어. 그런데 좀 슬픈 이야기이기도 했지……. 열대우림에 대해서 배웠어. 그리고 사람들이 나무를 모조리

베어 가는 영화를 봤어."

미하엘은 유디트에게 이야기를 늘려주기 시작했다. 이야기하는 데 빠져들어서 케이크 먹는 걸 잊을 정도였다. 유디트는 조용히, 그리고 귀 기울여 미하엘의 이야기를 들었다. 미하엘은 이야기를 하다 말고 불쑥 이런 말을 꺼냈다.

"그런 표정을 짓고 있으니까, 스테피하고 똑같아!"

"스테피? 그게 누구야?"

"워싱턴으로 이사 가기 전에 옆집에 살던 여자애."

"아."

잠시 유디트는 어떻게 반응해야 할지 망설였다.

"자주 같이 놀았지. 제일 친한 친구였어. 나한테 인형도 줬어."

"어떤 인형?"

유디트가 물었다.

"코알라. 오스트레일리아에만 산대."

"알아. 병에 자주 걸린대. 그래서 멸종될까 봐 사람들이 걱정한대."

유디트가 말했다.

"정말?"

"응. 텔레비전에서 봤어. 인형은 생일 선물로 준 건가 보지?"

"아니. 그냥 줬어…… 자기 인형을. 그것도 제일 좋아하는 걸로. 아주 어릴 때였어. 아마, 일곱 살 때쯤이었을 거야."(사실은 여덟 살이었다.)

미하엘은 왜 이런 이야기를 유디트에게 하는지 알 수 없었다.

"왜 너한테 인형을 준 거야?"

유디트가 물었다.

미하엘이 어깨를 으쓱했다.

"그냥."

"자기가 좋아하는 인형을 그냥 주는 법은 없어."

유디트가 말했다.

미하엘은 유디트의 시선을 피하며 남은 케이크를 깨끗이 먹어치웠다. 다 먹은 뒤에는 접시에 남은 빵 부스러기를 조심스럽게 긁어냈다.

"숙제할래?"

미하엘이 물었다.

"나야 좋지."

유디트가 말했다. 미하엘은 인형에 대해서 더 말하고 싶어하지 않는 것 같았다.

"위층에 가서 책을 가져올게."

유디트가 돌아왔을 때 미하엘은 텔레비전 위에 놓인 데니스의 사진을 보고 있었다.

"동생인가 봐?"

"응."

"너랑 하나도 안 닮았다."

"아빠가 달라. 데니스의 아빠는 벤 아저씨야."

유디트가 말했다.

"그래?"

"응. 그런데 엄마랑 헤어졌어. 지금은 다른 사람하고 살아."

체념한 목소리였다.

"벤 아저씨는 정말 좋은 사람이었어."

유디트가 덧붙였다.

"네 아빠는?"

"한 번도 만난 적 없어. 독일 어딘가에 살고 있는 것 같아. 엄마랑 아빠는 내가 한 살 때 이혼했대."

"아빠가 없는 게 그렇게 나쁜 건 아니지. 엄마하고만 있는 게 더 나을 수도 있어. 엄마가 있다면 말이지만."

"무슨 소리야?"

"난 아빠가 있어. 그치만 순전히 내 맘대로만 할 수 있다면 다시는 만나지 않을 거야!"

미하엘이 불쑥 내뱉었다.

유디트는 미하엘을 유심히 바라보았다. 어떻게 그런 말을 할 수 있지?

"왜 그러는데?"

"아빠는 언제나 내 잘못을 꼬집기만 했어. 아빠 앞에서 난 뭐 하나 제대로 하는 게 없었고."

"그래서 이모네 식구랑 사는 거야?"

미하엘이 고개를 끄덕였다.

"응. 몇 년 전에 이모랑 이모부가 미국에 와서 우리 집에 잠깐 있었거든. 엘리 이모는 내가 학교에 적응하지 못한다고 야단이었지. 하지만 나한테 화가 난 게 아니었어. 아빠한테 화가 났었지……."

미하엘의 목소리가 쩌렁쩌렁 울렸다.

"아무도 아빠와 맞설 배짱이 없었어. 무엇이든 아빠는 다른 사람보다 더 잘 알았으니까. 그래도 엘리 이모 기를 꺾을 수는 없었지. 이모는 아빠를 호되게 나무랐어!"

미하엘은 신경질적으로 손을 움직였다. 손가락을 뚝뚝 꺾었다.

"어른들은 일이 어떻게 돌아가는지 내가 모를 거라고 생각했지. 어른들은 애들에 대해 항상 그따위로 생각하잖아. 엘리 이모조차도 그 점에서는 정말 한심했어. 하지만 자기 잘못을 인정했기 때문에 난 이모를 탓하지 않아. 그런데 아빠는 안 그래. 절대로. 자기가 잘못했다는 것을 인정하는 법이 없어. 언제나 자기가 옳은 줄만 알아……."

미하엘은 다시 손가락을 꺾어서 소리를 냈다.

"엘리 이모가 아빠한테 이야기했던 게 바로 그거였어. 언제나 자기가 옳다는 생각. 이모가 너무 큰 소리를 쳐서 내 방까지 다 들렸어. 아빠가 계속, 내가 고집불통이고 학습이 더딘 아이라고 하니까, 이모가 뭐랬는 줄 알아? '헛소리 집어치워요.'라고 말했어. 아빠한테 '헛소리'라고 말했다고!"

미하엘은 주먹으로 탁자를 내리쳤다.

"그러더니 둘이 싸우기 시작했지! 나중엔 이모부까지 끼어들었다니까. 그리고 오랫동안 이야기를 나누었어. 그때는 목소리가 너무 작아서 들을 수 없었지. 듣고 싶었지만 말이야. 아빠가 언제나 그랬듯이 자기 주장만 내세울 거라고 생각했는데 내 짐작이 틀렸어! 다음 날 아빠가 날 부르더니 이모네 식구하고 네덜란드로 돌아가고 싶냐고 묻는 거야. 믿을 수 없었지! 아빠가 묻자마자 바로 네, 하고 대답했지. 아빠한테서 벗어날 수 있다면 뭐든지……."

미하엘은 말을 멈췄다. 왜 이런 이야기까지 유디트에게 하는지 알 수 없었다. 스테피랑 너무 닮아서 그런 걸까?
"그 뒤로 미국에 간 적 있어?"
유디트가 잠깐 뜸을 들이다 물었다.
"아니. 아빠가 올 여름에 오라고 했는데 가고 싶지 않아. 그래서 아빠가 이리로 올 거야."
"아빠가 많이 보고 싶니?"
"무슨 소리야?"
미하엘은 기가 막힌 듯이 웃었다.
"난 아빠가 싫어서 얼굴을 봐도 말을 거의 안 해. 한번은 나한테 뭐라고 했는지 알아?"
미하엘은 아빠의 목소리를 흉내 냈다.
"'내 생각에 넌 말하는 법을 완전히 잊어버린 것 같다.' 진짜 비열해. 왜냐하면, 그때 난 말을 굉장히 더듬었거든. 하지만 네덜란드에 와서 고쳤지……."
"그래서 뭐라고 했는데?"
"뭐라고 했냐고?"
미하엘이 소리쳤다.
"아무 말도 못했어! 감히 하질 못했지. 왜 그런지는 모르겠지만 아빠가 있으면 혀가 꽉 묶여버리는 것 같아."
유디트는 미하엘의 표정을 조심스럽게 살폈다. 화가 나서 얼굴이 벌겠다. 그러다가 갑자기 표정이 바뀌었다.
"왜 이런 걸 시시콜콜 얘기하는지 모르겠다. 바보처럼."

"바보 같지 않아. 정말이야."

유디트가 말했다.

"야, 지금 또 스테피랑 똑같아 보였어. 스테피는 정말 좋은 애였어. 그런데…… 너도 그래."

미하엘이 말했다.

유디트는 당황해서 눈을 어디에 두어야 할지 몰랐다.

"케이크…… 케이크 더 먹을래?"

유디트는 수줍어하며 어눌하게 물었다.

미하엘이 웃었다.

"케이크 먹으려고 그런 말을 한 건 아니야. 하지만 사양하지는 않을게."

유디트는 벌떡 일어서다가 얼굴을 찡그렸다. 등이 아픈 걸 까맣게 잊었던 것이다.

"왜 그래?"

미하엘이 물었다.

"가…… 갑자기 배가 고프네. 나도 좀 먹어야겠다."

유디트는 잽싸게 둘러댔다.

언제나 네 곁에 있을게

정말 이상한 오후였어. 미하엘은 자전거를 타고 집으로 가면서 생각했다. 하지만 뭐가 이상한지 딱히 꼬집어 말할 수는 없었다. 유디트의 엄마는 학교에 전화해서 유디트가 아프다고만 했지 아이들에게 맞았다는 이야기는 하지 않았다. 미하엘은 입을 앙다물었다. 나쁜 놈들 같으니. 내 앞에서 또 한 번 그런 짓을 해 보라지. 더구나 도와주는 사람이 아무도 없었다니! 유디트는 때린 아이들이 셋이나 넷 정도 되었다는 것 이상은 말하고 싶지 않은 눈치였다. 사건 자체를 잊고 싶은 것 같았다. 미하엘은 유디트와 엄마가 곧장 경찰서로 가서 그 지독한 상처를 보이며 신고하지 않은 까닭을 이해할 수 없었다.

유디트가 가방에서 책을 꺼내려고 허리를 구부리던 순간이 떠올랐다. 색이 바랜 긴 소매 티셔츠를 입고 있었는데 몸을 숙이자 티셔츠 자락이 올라가서 등이 보였다. 그 등을 보고 미하엘은 충격을 받았다.

"너, 등이 왜 그래?"

미하엘이 소리쳤다.

유디트는 얼굴을 빨갛게 물들이며 얼른 티셔츠를 끌어내렸다.

"아, 아무것도 아냐."

유디트는 우물거렸다.

"아무것도 아니라니?"

미하엘은 벌떡 일어나서 유디트의 팔을 잡았다.

"아야!"

유디트가 얼굴을 찡그리는데도 미하엘은 소매를 걷어올렸다. 기가 막혔다.

"온통 멍이잖아!"

그 말을 한 미하엘의 얼굴도 붉어졌다. 화가 났다.

유디트는 웃어넘기려고 했지만 사실은 몹시 당황스러웠다.

"아무…… 아무한테도 말하지 않을 거지?"

유디트는 초조해져서 눈을 깜빡였다.

"왜 말하면 안 돼?"

"왜냐하면…… 왜냐하면, 어, 애들이 알까 봐."

"학교 애들 말이니?"

유디트는 고개를 끄덕였다.

"하지만 베크만 선생님한테는 말해도 되지? 응? 그리고 엘리 이모한테도."

유디트는 아무 말도 하지 않고 바닥만 내려다보았다.

"그 사람들한테는 말해도 돼. 이해할 거야. 내 말 들어 봐. 우리 아빠에 대한 모든 이야기, 아빠가 남의 말에 절대 귀를 기울이지 않았다는 이야기…… 그거, 너한테만 들려준 거였어. 다른 사람은 알 필요 없어. 하지만 못된 녀석들한테 곤죽이 되도록 맞았다면 난 사방팔방 떠들고 다녔을 거야!"

미하엘은 심각한 표정으로 페달을 밟았다. 빌어먹을 놈들, 다시는 그런 짓을 하지 않는 게 좋을걸. 또 그러면 후회하게 만들어 줄 테다.

"있잖아, 좋은 생각이 있어. 수업이 끝나면 내가 너희 집까지 자전거를 타고 같이 오는 거야. 어때? 내가 있으면 너한테 손대지 못할 거야."

미하엘은 유디트에게 말했다.

유디트는 처량한 검은 눈으로 말없이 자기를 바라보았다. 손가락은 계속 연필을 돌리고 있었다. 그런 친구가 너무 작아 보였다.

그것 때문인지도 몰라, 미하엘은 생각했다. 유디트를 보면 언제나 편을 들어주고 싶고, 감싸고 싶어진다. 그렇게 해달라고 부탁하지도 않는데. 어쩌면 결코 그런 부탁을 하지 않기 때문일지도 모른다. 스테피는 정반대였다. 스테피는 미하엘의 편을 들어주었다. 그것도 아빠를 상대로. 스테피와 유디트……. 얼굴은 비슷할지 몰라도 나머지는 정반대였다.

유디트와 함께 숙제할 때가 생각났다. 유디트는 조금도 짜증 내지 않고 역사책을 여러 번 읽어서 미하엘이 외우게 해 주었다. 미하엘은 정신을 집중하려고 애썼지만 쉽지 않았다. 자꾸 유디트에게 한눈을 팔게 되었다. 친구가 책을 읽는 모습에 마음이 갔다. 유디트는 진지한 표정으로 고개를 잔뜩 숙이고 검지로 단어를 짚어가며 읽었다. 어려운 단어를 만나면 목소리에 머뭇거리는 느낌이 스며들면서 손가락이 멈췄다. 그리고 천천히, 띄엄띄엄 그 단어를 다시 읽곤 했다. 곧은 금빛 머리가 얼굴 위로 쏟아져 내렸다. 유디트는 연방 머리를 쓸어 넘겼다. 잠을 잘 못 잤는지 눈두덩이 거무스름했다. 그리고 그 멍……. 미하엘은 멍을 볼 때마다 이상스레 가슴이 불뚝거리고 주먹이 꼭 쥐어졌다.

미하엘은 생각에 빠진 나머지 빨간 불인 줄도 모르고 그냥 건널 뻔했다. 순간적으로 브레이크를 잡긴 했지만 자전거를 옆으로 급히 틀다가 옆 자전거를 박고 말았다.

"죄송합니다, 아주머니."

미하엘이 우물거렸다.

"이걸 어쩐다. 난 남잔데!"

친절한 목소리였다.

"아, 이런. 실례했습니다."

미하엘이 우물거렸다.

"내 자전거를 들이받고, 게다가 날 여자라고 착각하다니……. 야, 너 사랑에 빠졌구나. 그렇지?"

남자가 미하엘을 바라보았다. 젊은 남자의 얼굴은 웃음으로 환하게 빛났다.

"어…… 어……."

미하엘이 더듬거렸다.

신호등이 파란 불로 바뀌었다.

"넌 아닐지도 모르지만, 난 사랑에 빠졌다!"

남자는 미하엘의 등을 시원스럽게 두드리고 빠르게 멀어져갔다.

미하엘은 킥킥거리면서 오른쪽으로 돌았다. 사랑? 내가? 말도 안 돼! 문득 야릇한 흥분을 느끼며 집으로 달렸다.

"내 거라고?"
유디트는 도무지 믿어지지 않았다. 엄마가 손에 쥐어 준 비닐가방을 쳐다보았다. 꼭 생일잔치 같다. 모든 사람이 유디트에게 선물을 안겨준다. 엄마까지도!
"난 차."
데니스가 새로 산 소방차를 자랑스럽게 보여 주며 말했다.
"데니스도 선물 받고, 누나도 선물 받고."
엄마가 데니스의 겉옷을 벗기며 말했다.
유디트의 손이 비닐가방으로 들어갔다.
"오오오오……."
빨간 스웨터를 꺼내면서 유디트는 감탄했다.
더 잘 보려고 치켜들었다.
"내 거라고?"
유디트가 다시 물었다.
엄마가 고개를 끄덕였다. 유디트가 뽀뽀하려고 했지만 엄마는 코트를 들고 몸을 돌려 복도로 나갔다. 유디트는 스웨터를 든 채 어색하게 서 있었다.
"고마워요, 엄마."
엄마가 돌아왔을 때 유디트가 우물쭈물 말했다. 다시 뽀뽀를 할까? 틀렸다. 엄마는 다시 부엌으로 가고 있다.

"오늘 별일 없었니?"

엄마가 큰 소리로 물었다.

유디트는 또 머뭇거렸다. 미하엘이 집에 들른 것을 엄마한테 말해야 할까? 아니, 안 하는 게 낫다. 이렇게 좋은 분위기를 망칠 수는 없다.

"아무 일 없었어."

유디트가 대답했다. 미하엘이 가고 난 뒤에 모든 흔적을 철저하게 지웠다. 잔을 닦고, 책을 치우고, 선생님이 준 사탕을 책가방에 숨겼다. 모든 게 깨끗했다. 다만 케이크가 문제였는데, 운이 좋으면 엄마가 알아차리지 못할 수도 있다. 만약에 물으면 자기가 나머지 큰 조각을 먹었다고 대답할 생각이었다.

유디트는 엄마를 따라 부엌으로 들어갔다.

"스웨터가 정말 예뻐, 엄마."

유디트가 말했다.

"게다가 싸구려도 아니지. 진열장에서 그 옷을 보자마자 생각했지. 내 딸한테 사 줘야겠다고."

엄마는 이렇게 말하면서 유디트를 쳐다보지도 않았다. 엄마는 찻주전자한테 말하고 있었다.

"가게로 들어갔어. 종업원이 이렇게 말하더구나. '죄송하지만 그 스웨터를 사려면 일주일은 기다리셔야 합니다, 손님. 진열장에 걸린 것 한 벌뿐인데 지금은 뺄 수 없습니다. 진열장 담당자가 일주일 안에 와서 배치를 새로 할 텐데 그때 꺼내서 보관해 두었다가 드리겠습니다.' 그래서 난 이렇게 말했지. '일주일이나 기다릴 수는 없어요.

지금 당장 사고 싶어요. 내 딸한테 선물로 줄 거란 말이에요.' 그러자 그 여자가 또 진열대 장식 타령을 늘어놓는 거야. 그래서 지배인을 불러 달라고 했지. 지배인이 들어왔어. 정말 뺀질거리는 남자였지. 다른 스웨터를 사라고 부추기지 뭐니? 하지만 난 포기하지 않았어. 그 스웨터를 팔든지 아무것도 팔지 말든지, 라고 했지. 결국 그 사람들이 비쩍 마른 작은 남자를 부르더구나. 너무 말라서 마네킹으로 착각할 정도였다니까! 그 남자한테 스웨터를 꺼내오라고 시켰어. 남자는 기어서 진열장으로 들어갔지. 길 가는 사람들이 다 쳐다보더라! 여하튼 난 내 스웨터를 손에 넣을 수 있었어."

엄마는 찻주전자에 대고 호탕하게 웃었다.

"입어 봐도 돼?"

"그러라고 샀잖아."

엄마가 말했다.

유디트는 복도의 거울 앞으로 달려가서 티셔츠를 벗었다. 등의 통증과 팔과 어깨의 멍은 애써 무시했다. 얼른 스웨터를 집어서 머리를 끼워넣었다. 부드럽고 낙낙했다. 따뜻한 빛깔은 유디트의 얼굴을 환하게 밝혀 주는 것 같았다. 기분 좋게 간질거리는 느낌이 들었다.

부엌으로 돌아갔다.

"엄마, 봐. 얼마나 예쁜지……."

유디트가 외쳤다.

엄마가 돌아서서 유디트를 바라보았다. 엄마의 얼굴이 괴상하게 일그러졌다. 충격과 공포가 섞인 표정이었다. 하지만 그 표정은 금방 사라졌다. 눈빛이 차가워졌다.

"당장 옷을 벗어라. 그리고 데니스를 목욕시켜."

화난 목소리였다.

유디트는 혼란스러웠지만 시키는 대로 했다. 복도로 돌아가 스웨터를 벗어서 조심스럽게 갰다. 새 스웨터를 입은 뒤라 낡은 티셔츠가 너무 평범하게 느껴졌다. 데니스를 욕실로 데리고 가서 물을 받았다. 데니스가 웃기는 말을 쉴 새 없이 재잘거렸지만 유디트는 겨우 절반 정도만 알아들었다. 왜 스웨터를 벗으라고 했을까? 옷이 더러워질까 봐 걱정하는지도 모른다. 그 옷을 사 주려고 엄마는 한바탕 실랑이를 벌여야 했다. 억지로 진열장에서 빼내기까지 한 것이다. "내 딸한테 선물로 줄 거란 말이에요." 하고 엄마는 말했다. '내 딸'에 대해 말할 때 엄마는 항상 유디트가 아닌 다른 누군가에 대해서 말하는 것 같았다. 그리고 그 말을 할 때 엄마는 단 한 번도 유디트를 보지 않았다. 하지만 엄마는 유디트를 때린 다음에는 자기 행동에 대해 보상이라도 하려는 듯 꼭 뭔가를 사 주었다.

유디트는 데니스의 몸을 수건으로 닦고 파자마를 입혔다. 그리고 식탁을 차렸다.

저녁을 먹는 동안 엄마는 아무 말도 하지 않았고, 정신이 딴 데 가 있는 것 같았다. 유디트는 바짝 긴장해야만 했다. 이런 분위기는 언제든 돌변할 수 있다는 것을 알고 있었다.

자러 가기 전에 유디트가 말했다.

"잘 자, 엄마. 예쁜 스웨터 고마워요."

유디트는 다시 한 번 뽀뽀를 시도했지만 엄마가 갑자기 담배를 찾아 더듬거리기 시작했다. 딸각, 라이터가 소리를 냈다.

"됐다, 됐어. 이제 그만 해라."
엄마는 성마르게 중얼거리면서 담배연기를 손으로 날렸다.

아무것도 변한 것이 없는데 모든 것이 달라 보인다고 유디트는 생각했다. 매일 미하엘의 집에 가서 점심을 먹기 때문일까? 점심 시간은 하루 중에 가장 즐거운 시간이었다. 미헬레와 쌍둥이는 유디트가 문을 열자마자 달려 나와 맞이했다. 엘리 이모는 (이제는 미하엘의 이모를 이렇게 불렀다) 유디트를 한 식구처럼 대했다. 무엇보다도 자연스럽게 미하엘 가족에게 받아들여지는 것이 좋았다. 처음에는 당황해서 어떻게 반응해야 할지 망설였다. 엘리 이모는 어깨를 쓰다듬고 뽀뽀를 했다. 전혀 아무렇지도 않게! 지금도 익숙해진 것은 아니었다. 미하엘은 놀라지 않고 지극히 당연하게 여겼다.

재미있는 것은 학교에서도 전보다 소속감을 느끼게 되었다는 것이다. 디아나는 미하엘과의 우정을 질투하면서도 유디트를 다르게 대하기 시작했다. 디아나가 여전히 미하엘에 대해 질문을 퍼부었지만 유디트는 대충 얼버무렸다. 사실 말할 것도 그리 많지 않았다. 특별한 일이 없었던 것이다. 자전거를 타고 미하엘의 집으로 가서 식구들과 함께 점심을 먹었다. 점심을 먹고 나면 미하엘과 함께 식탁을 치우고 접시를 닦았다. 그게 전부였다. 하지만 유디트가 가장 좋아하는 부분은 디아나에게 도저히 설명할 수 없었다. 바로 미하엘의 식구들이 어울려 살아가는 방식이었다. 다툼이 없지는 않았다. 프랑크와 다비드는 언제나 아무것도 아닌 일로 실랑이를 벌였다. 하부는 미하엘이 이모에게 말대꾸하는 것을 듣고 얼마나 놀랐는지 모른다.

"너무 불공평하잖아!"
미하엘이 이모에게 버럭 화를 냈다.
"맞아. 그런데 신경 안 쓸래. 기분이 너무 엉망이거든."
이모도 신경질적으로 대꾸했다.
"누가 그걸 모른대?"
어이없다는 듯 말하면서 미하엘이 웃음을 터뜨리자 이모도 따라 웃었다. 유디트는 믿을 수 없었다. 어떻게 이런 일들이 가능하단 말인가!

학교가 끝나면 미하엘은 보통 유디트네 집 쪽으로 따라와주었다. 어느 날 미하엘은 남자애들이 때린 곳이 어디냐고 물었다. 유디트는 당황스러웠다. 미하엘에게 거짓말하는 것이 죽도록 싫었지만 어쩔 도리가 없었다. 미하엘은 유디트를 탁아소까지 바래다주고, 왔던 길을 되돌아 수영 연습을 하러 갔다. 사실 유디트는 미하엘이 집까지 바래다주지 않는 것을 다행으로 여겼다. 미하엘과 친구로 지내는 걸 엄마가 알게 될까 봐 두려웠기 때문이다.
유디트는 미하엘의 집에 가는 것을 엄마한테 말하지 않았다. 엄마는 아직도 유디트가 학교에서 점심을 먹는 걸로 알고 있었다.
엄마는 이따금 달라진 점을 눈치 채기라도 한 듯 유디트에게 의심스러운 눈길을 보내곤 했다. 하지만 결코 무슨 말을 하는 건 아니었다. 그런 상태가 일주일 넘게 지속되었다. 그러던 어느 날, 저녁을 먹던 엄마가 느닷없이 말을 꺼냈다.
"나한테 숨기는 거 있지?"

유디트는 깜짝 놀라서 음식이 목에 걸릴 뻔했다. 그 순간, 천만다행으로 전화벨이 울렸다. 니코였다.

유디트는 그 아저씨를 두 번 만났지만 옆에 오래 있지는 않았다. 그때마다 엄마가 유디트를 다락방으로 올려보냈기 때문이다. 유디트는 니코 아저씨와 있으면 불편했다. 아저씨가 잘해 주려고 꽤 애를 쓰는데도 말이다. 지난번에는 초콜릿 바를 사다 주기도 했다.

아저씨의 날카로운 목소리 때문일까, 아니면 불안하게 움직이는 눈동자 탓일까? 니코 아저씨는 그날 밤에도 집에 들러 엄마를 데리고 나갔다. 엄마는 기분이 들떠 있었다. 엄마가 그렇게 즐거워하는 것이 보기 좋았다. 자주 있는 일이 아니었기 때문이다.

엄마는 좋은 냄새를 풍겼다. 거실에서 엄마가 나간 뒤에도 오랫동안 공기를 떠다니는 희미한 꽃향기를 맡을 수 있었다.

유디트는 현관문이 닫히는 소리를 듣고 깼다. 이어서 계단을 쿵쾅거리며 오르는 소리와 속삭임과 엄마가 억지로 참는 웃음소리가 들렸다. 복도에 불이 켜져 있었으므로 창백한 노란 빛줄기가 반쯤 열린 문을 통해 유디트의 방으로 들어와 길게 늘어져 있었다. 속삭임과 낄낄 웃는 소리가 다시 들렸다.

"너무 떠들지 마. 데니스가 잔단 말이야."

엄마가 작은 목소리로 경고했다. 그들은 곧 거실로 들어갔다.

그때쯤 유디트는 완전히 잠이 깼다. 자명종을 보니 1시 15분 전이었다. 화장실에 가고 싶었다. 될 수 있는 대로 조용히 침대에서 몸을 빼냈다. 계단 가에 이르렀을 때 거실 문이 열렸다. 니코 아저씨였다.

유디트는 한 발짝 뒤로 물러나서 기다렸다. 집에 가려는 걸까? 유디트는 난간에 기대어 아저씨가 옷걸이 옆에 서는 것을 보았다. 니코의 손이 번개처럼 빠르게 엄마의 가방으로 쑥 들어가서 뭔가를 움켜쥐고는 자기 주머니 속으로 들어갔다. 아저씨는 곧 뒤돌아 화장실로 들어갔다.

유디트는 가슴이 쿵쾅거렸다. 아저씨가 엄마 가방에서 뭘 꺼냈을까? 돈일까? 변기 물 내리는 소리에 이어 아저씨가 거실로 돌아가는 소리가 났다. 계단을 살살 걸어 내려갈 때도 유디트는 여전히 가슴이 두근거렸다. 엄마의 낡은 갈색 가방을 흘끔거렸다. 변기 물이 아직도 뽀글거리고 있었다. 유디트는 오줌을 누고 나서 물을 내리지 않았다. 깨어 있는 걸 들키고 싶지 않았다.

유디트는 방에 돌아와서도 걱정하느라 쉽사리 잠을 이루지 못했다. 엄마가 돈이 또 없어진 걸 알게 되면 어쩌지? 식은땀이 나기 시작했다. 내가 본 걸 말해도 엄마는 믿지 않을 거야. 내가 니코 아저씨를 골탕먹이려 한다고 생각할 거고, 돈이 없어진 것도 내 탓으로 돌릴 거야. 유디트는 어쩔 줄 몰라 주먹을 꼭 쥐었다. 음습한 공포가 스멀스멀 기어올라 목을 죄었다. 유디트는 어둠을 응시했다. 머리가 지끈거리기 시작했다.

2시 30분, 니코가 떠나는 소리가 들렸다. 유디트는 곧 잠에 빠졌지만 갑작스런 공포를 느끼며 자꾸만 깼다. 어지럽고 불안한 꿈에 시달렸다. 마침내 유디트는 깊고 깊은 잠으로 빠져들었다가 아주 먼 곳에서 누가 부르는 소리를 들었다.

"유디트!"

그 소리는 점점 가까워졌다.

유디트는 잠이 덜 깬 채 일어나 눈을 깜빡였다. 엄마가 문가에 서 있었다.

"일어나라, 잠꾸러기야."

엄마가 노래를 부르듯이 말했다.

"일어날 시간이야."

엄마는 유디트의 이불을 젖히고 놀란 얼굴로 침대보를 바라보았다.

"또?"

엄마가 무슨 말을 하는지 물어볼 필요도 없었다. 무슨 일인지 알고 있었기 때문이다. 이불을 적셨다. 또다시.

엄마의 새 애인

미하엘은 역사 수업에 집중할 수 없었다. 선생님의 목소리가 들리기는 했지만 내용이 머리에 들어오지 않았다. 유디트에게 무슨 일이 있는지 걱정되어서 펜을 잘근잘근 씹었다.

그날 아침 유디트는 벨이 울리기 직전에 학교에 도착해서 조용히 자리에 앉았다. 평소에는 교실에 들어오면 뒤돌아서 미하엘에게 살짝 미소를 지었지만 오늘은 그렇게 하지 않았다.

유디트는 남의 눈에 띄지 않으려고 항상 조심해, 미하엘은 생각했다. 유디트를 이해하려면 먼저 그 애를 알아야만 해. 유디트가 말을 많이 하지 않았으므로 미하엘은 종종 몸짓이나 얼굴에 떠오르는 표정을 보고 생각이나 감정을 짐작해야만 했다. 가끔은 상처받은 것 같은, 아주 이상한 표정을 지었다. 상처받은 표정이라……. 도대체 왜 그런 생각이 떠오른 걸까? 미하엘은 곁눈으로 유디트를 흘끔 쳐다보았다. 뭔가를 걱정하는 것 같았다.

그때 선생님과 눈이 마주쳤다. 아무 말씀 마세요, 유디트는 저를 그냥 내버려 두세요, 하고 속으로 빌었다.

"선생님이 말했듯이, 1941년 12월 7일에 일본의 수송선단이 진주만의 미군 기지를 공격했어요. 이 사건으로 인해 미국이 2차 세계 대전에 개입하게 되었지요."

베크만 선생님은 차분하게 강의를 이어갔다.

미하엘은 안도의 한숨을 내쉬고 수업 내용에 집중하려고 했다.

학생들이 문법 연습에 몰두하는 동안 베크만 선생님은 수학 숙제를 검사했다. 이따금 교실을 둘러보았다. 미하엘이 끈기 있게 공부하는 모습이 보였다. 미하엘이 고개를 들며 한숨을 내쉬자 선생님은 격려하듯이 고개를 끄덕여 보였다. 미하엘이 얼굴을 찡그리자 선생님은 미소를 지었다.

베크만 선생님은 미하엘과 유디트 사이에 우정이 싹트는 것을 놓치지 않았고, 무척 기뻐했다. 미하엘은 학습 장애가 있었지만 반에서 인기가 아주 많았다. 미하엘이 누군가를 포용하면 다른 아이들은 그 사실을 받아들였다. 아이들은 두 아이의 우정을 놀림감으로 삼았지만 그런 경우는 아이들 사이에서 흔한 일이었고, 미하엘이 유디트와 사귀는 것을 너무나 당연하게 여겼기 때문인지 놀림은 오래가지 않았다. 언제나 조용한 편인 유디트도 침묵을 지키며 아이들의 말을 못 들은 체했다.

선생님의 시선이 잠깐 유디트에게 머물렀다. 한숨도 못 잔 것처럼 낯빛이 좋지 않았다. 좋은 의도였음에도 여태 유디트의 엄마와 통화하지 못했다. 보름 안에 학부모의 밤 행사가 열릴 예정이었다. 선생님은 유디트의 엄마에게 꼭 오시라는 쪽지를 쓸 생각이었다.

점심시간에 두 아이는 자전거를 타고 미하엘의 집으로 달렸다.
"무슨 일 있니?"
미하엘이 물었다. 두 번이나 되물어서야 유디트는 깜짝 놀란 표정으로 미하엘을 보았다.
"아, 아니……."
유디트는 말을 더듬거리며 몸을 앞으로 숙였다.
틀림없이 무슨 일이 있는 거라고 미하엘은 생각했다. 하지만 말하지 않겠지.
"우리 집에서 점심 먹는 게 싫어?"
그 말을 들은 유디트는 더욱 놀란 표정을 지었다. 자전거가 비틀거리는 바람에 미하엘과 부딪칠 뻔했다.
"그런 거 아냐."
유디트가 말했다. 어떻게 그런 생각을 할 수 있담!
"그럼 무슨 일이 있는 게 틀림없구나."
미하엘이 고집스럽게 말했다.
유디트는 아무 말 않고 고개를 끄덕였다.
미하엘은 브레이크를 잡더니 자전거에서 내렸다.
"바람이 새니?"
유디트가 뒤돌아보았다.
"아니."

유디트도 브레이크를 잡고 미하엘이 오기를 기다렸다.

"도대체 무슨 일인지 왜 말을 안 하는 거야?"

미하엘이 물었다. 마음이 상한 것 같았다.

유디트는 자전거 타이어를 발로 툭툭 차면서 초조한 마음을 숨기려고 했다.

"너무 복잡한 문제라서."

유디트가 한숨을 쉬었다.

"뭐가 그렇게 복잡해?"

"그게…… 우리 엄마가……."

유디트가 머뭇거리며 말하기 시작했다.

"어…… 엄마한테 새 애인이 생겼어. 몇 주 전에 만났어."

유디트는 타이어 차기를 그만두고 스웨터 소맷자락으로 자전거 벨을 문지르기 시작했다.

"그래서 뭐가 문제야? 그 사람이 싫어?"

"썩 좋지는 않아. 하지만 진짜 문제는 그게 아니야."

유디트는 더 열심히 벨을 문질렀다. 미하엘은 조용히 다음 말을 기다렸다.

"얼마 전에 엄마가 백 길더를 잃어버렸어. 니코가, 엄마 애인의 이름이야, 엄마와 함께 외식하러 나갔는데 다음 날 엄마가 지갑을 보다가 돈이 없어진 걸 알았어. 엄마는 니코랑 식당에서 밥을 먹는 사이에 도둑을 맞았다고 생각했어. 니코는 소매치기 짓일 거라고 했지. 자기도 그런 경험이 있다고 했어. 아무튼 엄마랑 니코가 어젯밤에 또 데이트를 했어. 그리고 돌아왔는데……."

유디트는 어젯밤에 본 것을 말했다. 미하엘의 표정은 걱정에서 분노로 바뀌었다.

"어떻게 그런 짓을 할 수가 있어! 엄마한테는 말했니?"

"아니, 아직."

유디트의 목소리는 너무나 우울하게 들렸다. 그 일 때문에 걱정이 많은 듯했다.

"엄마는 아주 오랜만에 다시 남자 친구를 사귀게 되어 무척 기뻐하고 있어. 내가 잘못 보았을지도 몰라. 어쩌면 가방에서 다른 걸 꺼냈을지도 모르잖아?"

유디트가 기대하는 눈으로 미하엘을 보았다.

"곧 사실이 밝혀지겠지. 돈이 없어졌다면 아줌마가 금방 알아챌 거야."

미하엘이 말했다.

유디트의 얼굴이 다시 어두워졌다. 바로 그래서 문제야, 하고 유디트는 생각했다. 그래서 내가 얼마나 두려운지 너는 상상도 못하겠지.

"돈이 없어졌다면 엄마한테 네가 본 걸 바로 말하는 게 좋아."

미하엘이 충고했다.

"하지만 왜 그렇게 걱정하는지는 알겠다. 다른 사람을 일러바치는 건 사실 꺼림칙한 일이니까."

"맞아."

유디트가 한숨을 쉬었다.

두 아이는 자전거를 타고 달렸다. 유디트는 미하엘 집의 부엌에 앉아 쌍둥이에게 정신을 다 빼앗기고 나서야 간신히 시름에서 벗어날 수 있었다.

그날 오후 유디트는 혼자 집으로 갔다. 화요일에는 특별 수영 연습을 하기 때문에 미하엘이 바래다주지 못했다.

"다 잘될 거야."

종이 울리고 아이들이 모두 밖으로 달려나갈 때 미하엘이 유디트의 귀에 대고 속삭였다. 유디트는 그런 미하엘이 고마워서 미소를 지었다. 친구가 자기의 고민을 잊지 않았던 것이다.

탁아소의 벨을 누르자 소피가 문을 열었다.

"어서 들어와. 방금 차를 끓였어. 마실래?"

소피가 따뜻이 맞아주었다.

소피는 킥킥거리며 뒤따르는 아이 둘을 꽁무니에 붙이고 부엌으로 들어갔다.

"데니스가 오늘은 축 처졌어. 감기에 걸린 것 같아. 입맛도 별로 없나 보더라."

소피가 차를 가지고 돌아오면서 유디트에게 말했다.

그때 데니스가 엄지를 입에 물고 문가에 나타났다. 유디트한테 다가와 무릎 위로 기어올라왔다.

"열이 있어요. 좀 뜨거워요."

유디트가 말했다.

소피는 유디트가 동생의 이마에 손을 얹고 머리를 쓰다듬는 모습을 바라보았다. 유디트가 동생을 걱정하는 태도에는 엄마 같은 구석이 있었다. 자기 차를 동생에게 먹일 때에도 그랬다.

"미하엘은? 오늘은 같이 안 왔나 보지?"

소피가 물었다.

"화요일엔 연습이 더 많아요. 미하엘은 수영 클럽 회원인데, 농구까지 해요. 방에 포스터가, 특히 수영 포스터가 많아요."

유디트가 말했다.

"참 괜찮은 애 같아. 딱 한 번 봤지만 맘에 들더라."

"네, 좋은 애예요."

유디트가 맞장구쳤다.

"그 애 이모도 좋아요. 미하엘 집에 있으면 정말 재미있어요."

미하엘네 식구에 대해 열심히 설명하는 유디트는 딴 사람 같았다. 평소보다 어려 보였다. 정말 작은 여자아이야, 소피는 새삼스럽게 생각했다. 프랑크와 다비드, 그 아이들이 그려 준 그림에 대해 이야기할 때 유디트의 눈은 반짝반짝 빛났다. 굉장히 특별한 그림이라도 되는 듯이. 유디트는 계속 수다를 떨었고 소피는 미소를 띠고 말없이 이야기를 들었다.

"유디트는 그 집이 정말 편한가 봐. 미하엘은 이모네 식구랑 사는 거니?"

유디트가 숨을 돌리느라 말을 멈추자 소피가 물었.

"엄마가 안 계시거든요."

"저런, 딱하게도. 그럼 아빠는?"

"미국에 계세요."

"아빠가 보고 싶지 않다던?"

"아뇨. 두 사람은 사이가 별로 좋지 않아요."

생각지도 못한 말이 튀어나왔다.

"그것도 딱한 일이네."

소피가 한숨을 쉬었다.

"하지만 이모랑 이모부가 계셔서 다행이다. 넌 어때? 아빠랑 잘 지내니?"

너무 갑작스런 질문이라서 생각할 겨를도 없었다.

"저…… 전 아빠를 몰라요. 엄마 아빠는 이혼했거든요. 아빠는 독일에 사신대요."

"그럼 아빠는 자기가 뭘 놓치고 사는지도 모르겠구나. 그래도 엄마가 있잖니."

소피가 말했다.

"네."

유디트가 데니스 쪽으로 고개를 숙였기 때문에 소피는 표정을 볼 수 없었다. 데니스는 유디트의 무릎에서 미끄러져 내려와서 소매를 잡아당겼다.

"데니스가 지겨운 모양이야. 집에 가고 싶은가 보다. 가서 바로 침대에 눕히는 게 좋겠다."

소피가 말했다.

소피는 데니스가 웃옷을 입는 것을 거들고 나서 목에 스카프를 세 번 둘러 주었다.

"미하엘에 대해서 엄마한테는 말하지 마세요. 네?"

소피가 문가까지 바래다줄 때 유디트가 부탁했다.

"여태 미하엘 얘기를 안 했어?"

소피가 놀라서 물었다.

"네…… 어…… 얘기하면 놀릴 게 뻔하니까요. 남자 친구가 생겼다고. 학교 아이들도 가끔 그러거든요."

"에이, 그게 뭐 대수냐."

소피가 부추기듯이 말했다.

"그렇죠……. 어…… 그래도 엄마한테는 말하지 마세요. 네?"

유디트가 간청했다.

"한 마디도 안 할게."

유디트의 얼굴에서 걱정이 사라졌다.

소피는 두 아이가 멀어지는 모습을 지켜보며 뭔가 이상하다고 생각했다. 하지만 딱히 뭐가 이상한지는 말할 수 없었다.

집이 너무 조용해서 유디트는 불안했다. 자꾸 시계를 보게 되었다. 5시 10분이었다. 사십오 분 정도 있으면 엄마가 집에 도착할 것이다. 데니스는 팔걸이의자에 축 늘어져 있었다. 침대에 가려고 하지 않았다. 유디트는 데니스가 덮은 담요를 끌어올려 주었다. 그리고 초조하게 방 안을 서성거렸다. 숙제를 시작할까?

수학 문제를 풀려고 했지만 너무 긴장되어서 집중할 수 없었다. 괜히 걱정하는 건지도 모른다고 자신을 타일러보았다. 순전히 오해하고 있는지도 몰라. 그렇다면 왜 이렇게 몸이 차고 손에 식은땀이 나는 걸까?

5시 30분……. 진공청소기를 돌리면 어떨까? 어차피 해야 할 일이기도 하고 불길한 고요함도 몰아낼 수 있을 것이다.

유디트는 복도의 캐비닛에서 진공청소기를 꺼냈다. 잠시 뒤 둔탁한 소음이 거실을 채웠다. 유디트의 팔은 자동인형처럼 앞뒤로 움직였다. 눈은 바닥에 고정되어 있었다. 우웅 우웅, 낮은 소리가 유디트의 머리를 채우자 차차 마음이 차분해졌다. 유디트는 아무 일도 일어나지 않을 거라고 되뇌었다. 정말 아무 일도 아닐 거야.

유디트는 계단을 올라오는 발소리도, 문이 열리는 소리도 듣지 못했다.

느닷없이 손이 다가와 유디트의 머리채를 거세게 잡아서 뒤로 확 젖혔다. 유디트는 아프고 겁에 질려서 비명을 질렀다. 완전히 무방비 상태여서 얼굴을 가리는 것도 잊었다. 엄마가 유디트를 부엌으로 끌고 가서 주먹으로 때리고, 발로 밟고, 마구 차기 시작했다. 유디트는 움직일 수 없었다. 조리대에 쿡 처박혀서 두 팔로 얼굴을 가로막았다.

"역겨운 도둑년."

엄마는 낮은 목소리로 을러댔다.

"사기꾼 같은 계집년."

말을 할 때마다 주먹이 날아왔다.

"엄마, 엄마, 안 그랬……."

"또 돈을 훔쳐?"

엄마의 목소리가 괴상하게 높아졌다.

"내 돈을 훔쳐가는 긴 네년이야. 너, 너, 너라고!"

"난 안 그랬어! 니코 짓이야!"

유디트는 필사적으로 외쳤다.

잠시, 엄마는 할 말을 잃고 유디트를 쳐다보았다. 표정이 어두워졌다. 분노로 얼굴이 보기 싫게 일그러졌다. 서랍을 열더니 밀방망이를 움켜쥐었다. 유디트는 간신히 등을 돌릴 수 있었다. 엄마는 유디트의 등과 어깨를 나무 방망이로 두들겼다. 이어서 머리에 엄청난 충격이…….

미하엘과 아빠의 새로운 만남

　미하엘은 수영장으로 가고 있었다. 있는 힘껏 페달을 밟았다. 수영은 미하엘이 가장 좋아하는 종목이었다. 그 다음이 농구이고, 그 다음이 달리기였다. 세 가지 모두 잘 했지만 수영이 가장 좋았다. 물에 들어가면 자신이 강하고 자유롭게 느껴졌다. 헤이그로 집을 옮겨와서 수영 클럽에 가입한 뒤 오래지 않아, 코치인 로버스 선생님의 주선으로 시합에 참가하여 놀라운 성적을 거두었다.
　"너는 더 잘 할 수 있어. 하지만 그만큼 노력해야 해!"
　로버스 선생님은 말했다.
　수영장에 도착했다. 모래색의 현대식 건물이었다. 자전거를 보관소에 넣고 자물쇠를 채운 뒤 안으로 달려갔다. 벌써 여러 사람의 목소리가 타일 벽에 부딪혀 울리고 있었다. 누가 다이빙을 하는지 물이 튀는 요란한 소리와 로버스 선생님의 날카로운 호루라기 소리가 함께 들렸다.

미하엘은 탈의실에 들어가 몇 분 만에 수영복으로 갈아입고 나왔다. 로버스 선생님은 풀 가장자리를 따라 활보하면서, 수영하는 한 소년에게 큰 소리로 지시를 내리고 있었다. 선생님은 미하엘을 보고 손을 들어올려 아는 체를 하더니 이내 풀 안의 소년에게 눈길을 돌렸다. 미하엘은 다이빙을 하고 미끄러지듯 앞으로 나아갔다. 오늘은 정말 열심히 해서 좋은 기록을 낼 작정이었다. 미하엘은 로버스 선생님의 마음에 들기 위해 언제나 최선을 다했다. 아이들이 기록을 향상시킬 때마다 선생님의 얼굴은 뿌듯함으로 환히 빛났다. 미하엘은 가끔 이해가 가지 않았다. 누가 십분의 일 초 따위에 신경을 쓸까? 하지만……

귀에 익은 호루라기 소리가 들렸다. 물 밖으로 고개를 내밀자 로버스 선생님이 손짓하는 것이 보였다.

"잠깐 나와 볼래? 할 말이 있다!"

선생님이 소리쳤다.

미하엘은 풀 밖으로 나와 젖은 머리를 털었다. 로버스 선생님이 앉아 있는 벤치로 갔다.

"페테르 스테이언 알지?"

그걸 말이라고! 페테르를 모르는 사람은 없었다. 클럽의 청소년 부문 챔피언이었다.

"당연하죠!"

"그 빌어먹을 자식이 뉴질랜드로 간단다. 그것도 이민을. 도대체 그런 데를 뭣 하러 가고 싶은 건지!"

로버스 선생님은 애꿎은 미하엘을 추궁하듯이 바라보았다.

"그 녀석이 떠나는구나. 나한테서……."

선생님은 팔꿈치를 무릎에 대고 몸을 앞으로 기울여 스톱워치를 만지작거리기 시작했다.

"널 남겨 놓고서."

선생님은 말을 마저 하면서 미하엘을 바라보았다. 미하엘은 선생님의 코가 크고 넓적하다는 것을 처음 알았다. 얼굴에 코밖에 없는 것 같았다.

"무슨 뜻인지 알지? 네가 그 녀석의 자리를 맡아야 해."

로버스 선생님은 미하엘이 이 상황을 당장 이해해야 한다는 듯이 성급하게 말했다.

"제가요? 페테르 스테이언은 챔피언이에요!"

미하엘은 숨을 삼켰다.

"그래서?"

로버스 선생님이 날카롭게 쏘아붙였다.

"전 한 살이나 어려요."

미하엘의 목소리가 갈라졌다.

"잘됐지. 이제부터 적어도 세 배는 더 열심히 해야 한다. 빈둥거릴 여유도 없어. 똥줄이 빠지게 연습하는 거다. 매일 연습하러 와라. 아침 저녁으로."

"마르턴은 어때요? 걔한테 시키면 되잖아요? 지난주엔 저보다 기록이 더 잘 나왔어요."

미하엘은 방금 탈의실로 사라진 마르턴을 가리켰다.

"그거야 네가 제대로 집중하지 않으니까 그렇지."

로버스 선생님의 말이 맞다는 생각이 퍼뜩 들었다. 사실 집중하지 않았다.

"네 녀석은 마르턴보다 강인하고 체력도 좋아."

미하엘은 말문이 막혔다. 선생님 입에서 칭찬이 나오다니.

"왜? 할 말이라도 있냐?"

로버스 선생님은 얼굴을 찡그렸다.

"정말…… 정말로 제가 할 수 있다고 생각하세요?"

로버스 선생님은 그 큰 코를 미하엘의 얼굴에 위협적으로 바짝 들이대었다.

"생각? 생각이라고? 단지 생각만 했다면 이런 말은 하지도 않았지. 생각한 게 아니라 알고 있는 거야!"

선생님은 미하엘의 팔을 꽉 잡고 풀 가장자리로 데려갔다.

"들어가. 벌써 시간을 많이 허비했다."

선생님이 명령했다.

삼십 분이 지나 미하엘은 숨을 몰아쉬며 풀 밖으로 나왔다. 코치 선생님의 지시를 그대로 따랐더니 녹초가 되었다.

하지만 로버스 선생님에겐 충분하지 않았다.

"한심하기 짝이 없네!"

선생님이 고함쳤다.

"내일은 제대로 하길 바란다. 정확히 아침 6시 45분에 여기 와 있어. 다리 동작을 연습할 거다."

선생님의 넓적한 코가 만족스러운 듯이 번들거렸다.

두 사람은 탈의실 쪽으로 걸어갔다. 갑자기 미하엘이 발걸음을 멈췄다. 피가 거꾸로 솟았다. 타일 벽에 대놓은 벤치에 아빠가 앉아 있었다! 아빠는 일어나서 두 사람을 향해 걸어왔다.

"안녕, 미하엘!"

미하엘은 저도 모르게 뒤로 한 발짝 물러났다.

"안녕, 아빠."

미하엘이 중얼거렸다. 탈의실로 급히 시선을 옮겼다.

"금방 올게. 옷 좀 갈아입고."

미하엘은 짤막하게 말하고 자리를 떴다.

로버스 선생님은 어리둥절했다. 저 녀석이 뭘 잘못 먹었나? 코치는 옆에 서 있는 남자에게 돌아섰다.

"미하엘의 아버님이십니까?"

"네."

"대단한 녀석이에요. 아드님은 타고난 수영 선수입니다. 훈련만 충실히 하면 더 잘할 겁니다. 지금보다 훨씬 잘할 수 있어요."

두 사람은 벤치에 앉았다. 로버스 선생님의 말에 귀를 기울이며 미하엘의 아빠는 눈을 탈의실 문에 고정시키고 있었다. 오래지 않아 미하엘이 다시 나왔다. 머리카락이 엉클어졌고 어깨가 구부정했다. 미하엘은 문가에서 기다렸다.

두 남자는 미하엘에게 다가왔다. 로버스 선생님은 미하엘의 어깨에 얹은 손에 격려하듯이 힘을 주었다.

"내일 다시 해 보자. 알았지, 미하엘?"

"네, 로버스 선생님."

미하엘이 시무룩하게 대꾸했다. 미하엘은 바닥만 내려다보다가 아빠를 따라 출입문으로 갔다.

로버스 선생님은 코를 문지르며 생각에 잠겼다. 갑자기 매 맞은 개처럼 구는군. 매 맞은 개라! 도대체 왜 저럴까?

미하엘과 아빠는 아무 말 없이 길을 걸었다. 모퉁이를 돌 때에야 미하엘은 수영장에 자전거를 놔두고 온 것이 생각났다.

"자전거를 깜빡했어."

미하엘은 더듬거리며 말하고는 뒤돌아 달려갔다. 미하엘은 지금도 충분히 바보 같지 않아서 이러는 건가 생각했다. 아빠는 여전히 나를 멍청이라고 여길 거야. 초조하게 주머니를 뒤져 열쇠를 찾아 자물쇠에 꽂았다.

돌아왔을 때 아빠는 한 마디도 하지 않았다. 할 말을 다 쌓아 두는 거라는 생각이 들자 미하엘은 씁쓸했다. 집에 가서 한꺼번에 퍼부어 대려고 말이야. 미하엘은 아빠를 힐끔 보았다. 머리가 새기 시작했고 옷차림이 달라졌다. 한결 편해 보이는 차림새였다. 늘 입던 셔츠와 넥타이 대신 스웨터를 입고 있었다. 휴가를 나온 사람 같았다.

"뭐 좀 마실까?"

아빠가 제안했다.

"응."

미하엘이 무심하게 대답했다.

잠시 후 두 사람은 카페에서 마주 보고 앉았다. 아빠는 차를, 미하엘은 콜라를 주문했다.

"아빠가 네덜란드에 온 거, 이모랑 이모부가 알아?"

미하엘이 물었다.

"그럼. 네가 연습을 한다면서 이모가 수영장 위치를 가르쳐 줬어. 수영을 그렇게 잘 할 줄 몰랐구나."

미하엘은 어깨를 으쓱했다. 아빠가 모르는 게 어디 한두 가지겠냐고 생각하며 창 밖을 보았다. 나무에 벌써 새싹이 돋아나고 있었다.

"운동이 뭐 대순가?"

미하엘은 딱 맞는 톤을 찾아냈다고 생각했다. 그보다 더 무관심할 수는 없는 심드렁한 말투.

"누가 그런 소릴 하던?"

"아빠가 그랬잖아!"

미하엘은 벌컥 화를 냈다. 오, 정말 대단하시기도 해라. 이제는 그런 말을 한 적도 없다는 듯이 말하네!

아빠는 차를 한 모금 천천히 마시고 잔을 내려놓았다.

"그래."

아빠는 고개를 절레절레 흔들며 말했다.

"그러니 내가 얼마나 멍청했니."

깜짝이야! 미하엘은 수상쩍은 눈으로 아빠를 바라보았다.

"정말 꽉 막혔지. 그렇지 않니?"

지금 진담이야, 아니면 덫을 놓는 거야?

"내가 운동에 썩 재능이 있는 것은 아니지만, 그렇다고 운동이 대수롭지 않다고 말해서는 안 되지."

아빠는 잠깐 말을 멈췄다.

"내가 정말 미울 때도 있었을 거야, 미하엘. 그건 네 탓이 아니야."

미하엘은 아무 말도 하지 못했다. 자기 귀를 믿을 수가 없었다. 어쩌면 속임수일 거야. 날 미국에 데려가려는 건지도 몰라!
"코치 선생님께선 널 믿고 계셔. 너한테 재능이 있다고 말씀하시더라. 하긴 수영장에서 그분이 네게 말씀하시는 걸로 봐선 넌 그런 사실을 모를 테지만."
미하엘의 표정이 바뀌었다. 긴장과 의심이 사라졌다.
"정말 그래. 욕쟁이 선생님이라니까! 페테르 스테이언한테도 그래. 클럽 챔피언인데도 별의별 심한 말을 다 들어. 하지만 페테르가 싫어서 그러는 건 아니야. 더 많이 야단칠수록 더 많이 좋아한다는 뜻이야."
미하엘이 말했다.
아빠는 미소를 지었다.
"농구도 계속 하니?"
"응. 하지만 이제부턴 많이 못할 거야. 로버스 선생님이 매일 훈련하러 오라고 하시거든. 그래도 학교에서는 농구를 할 수 있어. 달리기도 그렇고."
"조깅?"
"응. 하지만 진짜 달리기가 더 좋아. 운동회 때 시합을 했어. 우리 반에서는 세 명이 나갔어."
"너도 거기 끼었니?"
미하엘은 고개를 끄덕였다. 어떻게 이런 상황이 가능한지 알 수 없었다. 아빠가 맞은편에 앉아서 스포츠에 대해서 나에게 묻다니…….
전에는 조금도 관심을 보이지 않던 아빠다.

"나도 조깅을 시작했어."
아빠가 말했다.
"아빠가?"
미하엘의 입이 떡 벌어졌다.
"그래, 아빠가."
아빠는 수줍음까지 타면서 스푼을 만지작거렸다.
"나도 몸 관리를 해야 할 때가 되었다고 생각했지."
미하엘은 완전히 혼란스러웠다. 시간이 지날수록 상황 파악이 어려워진다.
"놀라는 것도 무리는 아니지."
아빠가 말했다.
"놀랍고말고! 사실 좀 달라 보이긴 해. 더…… 좀 더……."
미하엘이 머뭇거렸다.
"어떤데?"
"더 편안해 보여."
"실제로 마음이 편하단다."
아빠가 맞장구쳤다.
"조깅을 해서 그런 거야?"
"그래, 그것도 이유가 될 수 있겠지. 하지만 헬렌 덕을 많이 본 것 같다."

대화가 끊어졌다. 미하엘은 갑자기 기분이 상해서 빈 컵만 내려다보았다.

그렇군. 아빠한테 애인이 생겼구나. 어쩌다 보니 미하엘은 아빠를 항상 혼자 있는 사람으로만 생각했다. 물론 처음엔 엄마가 있었다. 하지만 엄마의 기억은 너무 희미했다. 그 후로는 언제나 크고 강한 아빠 혼자뿐이었다. 결코 대항할 수 없는 아빠 앞에서 미하엘 자신은 항상 작고 멍청하게 느껴졌다. 느닷없이, 이 케케묵은 감정이 다시 미하엘을 사로잡으며 목을 졸랐다. 아빠가 원하는 게 뭐야? 미국으로 날 다시 데려가려고? 절대 안 돼!

아빠는 미하엘을 찬찬히 바라보았다. 얼굴에 경계심이 이는 것을 보았다.

"너도 오래 전에 한 번 만난 적이 있지. 워싱턴에서."

미하엘은 대꾸하지 않았다. 생각할 수가 없었다. 생각하고 싶지도 않았다. 아빠의 여자 친구가 누구든 내가 무슨 상관이람.

"가출했을 때 생각나니? 집에 안 들어온 날 밤 말이다. 난 네가 사고를 당한 줄 알고……."

아빠의 목소리가 약해졌다.

"다음 날 아침에 어떤 분이 전화를 했지. 자기 차고 안의 차에서 네가 밤을 지냈다고……. 그분이 헬렌이야."

미하엘은 가슴이 두근거렸다. 애꿎은 유리컵만 노려보았다. 그날 있었던 일이라면 하나하나 생생하게 떠올릴 수 있었고, 얼마나 겁이 나고 외로웠는지도 뚜렷하게 생각났다. 다음 날 아침 주인 아줌마한테 들켜서 부엌으로 따라 들어갈 때는 얼마나 무서웠던가. 아줌마는 부엌에서 아침을 차려 주었다.

"너, 집을 나왔구나. 왜 그랬니?"

아줌마가 물었다.

"전 멍청하니까요."

미하엘이 대답했다.

하지만 아줌마는 미하엘이 멍청하다고 생각하지 않았다. 오히려 잠기지 않은 차고로 들어와 차에서 잘 정도면 영리하다고 생각했다. 아줌마는 매우 친절했고 작은 부엌엔 햇볕이 가득했다. 그런데 그 아줌마, 헬렌이라는 그 아줌마가 아빠의 여자 친구가 된 것이다.

"응, 생각나."

미하엘은 애써 무관심한 목소리로 중얼거렸다.

"헬렌도 널 기억해."

아빠가 말을 이었다.

"우연히 약국에서 마주쳤어. 내가 발령을 받아 워싱턴으로 다시 돌아간 뒤의 일이야. 헬렌은 내 뒤에 줄을 서 있다가 어깨를 톡톡 두드렸단다. '미하엘의 아버님이시죠?' 하고 묻더구나. 다른 미국 사람처럼 마이크라고 하지 않아서 놀랐지. 분명히 미하엘이라고 했어. 미국 억양으로. 참 듣기 좋더구나. 어쨌든 난 헬렌을 알아보지 못했어. 그날 아침에 널 찾게 되어 안심한 나머지 돌보고 있던 사람에겐 거의 신경도 쓰지 못했어. 물론 무척 감사했지. 꽃을 보내 주기도 했으니까. 그것도 헬렌이 말해 줘서 안 거야. 난 꽃을 보낸 일도 까맣게 잊고 있었단다. '요즘에도 가출을 하나요?' 하고 헬렌이 물어서 생각났어. 네가 어떻게 지내냐고 묻기에 네덜란드에 살고 있다고 대답해 줬지. 정신을 차려보니 햇볕을 쬐고 커피를 마시면서 헬렌과 온갖 이야기를 하고 있더구나. 지난 몇 년 동안 다른 사람과 있으면서 그렇게 편안했던 적이 없었어."

이번엔 긴 침묵이 이어졌다.

"아줌마는 아직도 그 집에 살아?"

미하엘이 물었다.

"응."

"마당에는 아직 사과나무가 있고?"

"그래. 사과나무도 여전하지."

"아직도 체육 선생님이야?"

아빠가 웃음을 터뜨렸다.

"그렇고말고. 내가 체육을 대수롭지 않다고 한 걸 그때까지 기억하고 있더라고. 정말 얼간이 같은 소리라고 생각했대. 그런데 나를 보니까 왜 내가 그런 생각을 하는지 알겠더라고 했어. 내가 건강하고는 거리가 멀어 보이잖니. 그때쯤 조깅을 시작했어. 휴, 얘기가 길어졌구나."

아빠는 우스꽝스럽게 어깨를 으쓱했다.

"콜라 한 잔 더 마실래, 미하엘? 아니면 뭐 다른 거라도?"

아빠가 물었다.

"아니, 괜찮아."

미하엘은 잠시 머뭇거리다가 미심쩍다는 듯 물었다.

"아빠한테 애인이 생겼다고 해서 내가 미국으로 돌아가야 하는 건 아니지?"

"그래, 물론 그렇지 않아."

이번에는 아빠가 머뭇거렸다.

"하지만 오고 싶으면 아무 때나 올 수 있어. 언제⋯⋯ 언제든 놀러 와서 함께 방학을 보냈으면 좋겠다. 그러면 기회를 가질 수도 있지 않을까……. 서로에 대해서 다시 알 수 있는 기회 말이야."

미하엘은 고개를 크게 끄덕였다. 아빠가 자기에게 아무것도 강요하지 않는 것을 보고 안심했다.

"네덜란드에는 얼마나 있을 거야?"

"하룻밤. 그게 전부야. 프랑크푸르트 가는 길에 잠깐 들른 거라서."

"우리 집에서 잘 거야?"

"아니. 호텔을 예약해 놨어."

"저녁 먹으러는 올 거지?"

"그래."

"그럼 별 기대는 하지 마. 요리는 아빠하고 내가 해야 할 테니까."

미하엘이 정색을 하고 말했다.

"요즘에는 요리가 거의 내 차지인걸."

아빠가 말했다.

"아빠가?"

"그래, 내가. 나한테 요리사 기질이 있는 걸 몰랐구나?"

"전혀."

미하엘이 웃으며 말했다.

아빠가 웨이터를 불러서 계산서를 달라고 했고 값을 치른 다음 두 사람은 밖으로 나왔다.

미하엘은 침대에 누워 정말 이상한 저녁이었다고 생각했다. 밤이

깊었지만 잠이 오지 않았다. 떠오르는 생각이 너무 많았다.

아빠가 어떻게 된 건지 도무지 알 수 없었다. 갑자기 평범한 사람이 된 것 같았다. 엘리 이모와 보브 이모부도 눈을 동그랗게 뜨고 아빠를 바라보곤 했다.

"무슨 일 있어요, 디러크?"

저녁을 먹으며 엘리 이모가 물었다.

"무슨 소리야?"

"오늘 저녁에는 기분 나쁜 말을 전혀 안 하잖아요."

아빠가 나지막이 웃었다.

"안 그래도 처제의 요리 솜씨에 대해 한 마디 하려던 참이었는걸."

"아, 다행이군요! 잠깐이지만 형부의 까다로운 성미가 완전히 사라진 건 아닐까, 얼마나 걱정했다고요."

엘리 이모는 웃으면서 아빠가 요리한 스파게티를 한 입 먹었다.

"형부한테 애인이 생긴 게 분명해. 어떻게 생각해, 보브?"

"난 생각이란 걸 할 수 없어. 너무 바빠서 말이야. 언제쯤 우리 아들이 제대로 밥 먹는 법을 깨칠까?"

보브 이모부가 중얼거렸다. 이모부는 다비드의 머리에서 스파게티 가닥을 떼어 내고 있었다.

"시간이 해결해 주겠지."

무슨 걱정이냐는 듯이 이모가 말했다.

"아무튼 형부, 애인이 생긴 게 맞죠?"

하지만 아빠는 수수께끼 같은 미소를 지으며 아무 대답도 하지 않았다.

"틀림없이 그런 거야. 전 벌써부터 그분이 마음에 드네요. 형부 모습이 전보다 훨씬 좋아졌거든요."

이모가 단정하듯이 말했다.

"내가 그렇게 별로였어?"

아빠가 물었다.

"그럼요. 그런데 증명할 방법이 없네요."

"나도 분명히 노력은 했다고."

엘리 이모가 빙그레 웃었다.

"도대체 그분이 어떻게 형부한테 빠졌는지 모르겠네요."

"내 요리에 빠진 거야. 세계적으로 유명한 처제의 요리법으로 대접했거든."

그들은 이런 식으로 대화를 이어나갔다. 마침내 보브 이모부가 소리쳤다.

"두 사람, 이제 그만 좀 할 수 없어요?"

미하엘은 앉아서 듣기만 했다. 예전에는 엘리 이모가 자꾸 놀려 대면 아빠는 잘 받아들이지 못했다. 아빠가 신랄한 말로 이모를 몰아붙이다 보면 두 사람은 언제나 논쟁으로 대화를 끝냈다. 하지만 그날 밤 그런 일은 되풀이되지 않았다. 모두 마음이 아주 편했다.

미하엘은 미헬레와 쌍둥이가 잠자리에 든 뒤에도 어른들과 함께 있도록 허락받았다(아빠는 심지어 시간에 대해서도 전혀 말하지 않았다). 엘리 이모가 말했다.

"자, 이제 들어 봅시다."

"뭘 들어 봐?"

아빠가 시치미를 떼며 물었다.

"어떤 여성이 형부의 넥타이를 풀어 내고 그 스웨터를 사 입혔는지에 대해서."

"사준 건 어떻게 알았어?"

"형부 취향은 그렇게 좋지 않잖아요."

아빠가 웃었다.

"처제는 호기심이 너무 많군?"

"우리 모두 호기심이 많죠. 그렇지, 미하엘?"

"미하엘은 이미 다 알고 있다네."

아빠가 놀리듯이 말했다.

"뭐요? 농담하는 거죠!"

엘리 이모는 의자에서 벌떡 일어나 미하엘에게 얼굴을 찡그렸다.

"무슨 일이 벌어지고 있는지 나한테 말하지 않았어. 왜 아무 말 안 했니?"

"그럴 새가 있었나요? 장보고, 식탁 차리고, 저녁 만드는 거 돕고, 접시까지 닦아야 했는걸."

미하엘이 투덜거렸다.

모두 웃었다.

아빠가 이모와 이모부에게 들려준 이야기는 오후에 미하엘에게 해준 것보다 훨씬 자세했다. 하나도 빠뜨리지 않았고, 미하엘이 하룻밤 가출했던 일까지 다시 말했다. 그 이야기는 이모와 이모부도 이미 속속들이 알고 있었다.

"그러고 보면 순전히 미하엘 덕에 헬렌을 만났군요."

엘리 이모가 꼬집었다.

"그런 셈이지."

아빠와 미하엘은 눈을 살짝 마주쳤다.

"이거 술 한잔 해야겠는걸. 그리고 미하엘, 너는 이제 가서 자렴. 수영 연습을 하려면 일찍 일어나야잖아."

이모부가 말했다.

미하엘은 일어나서 언제나 그랬듯이 이모와 이모부에게 뽀뽀하며 안녕히 주무시라고 인사했다. 그런데 아빠에게 다가갔을 때 어떻게 해야 할지 몰라 갑자기 난처했다. 얼굴이 달아올랐다.

아빠는 미하엘이 어색해하는 것을 알아채고 자리에서 일어나면서 이렇게 말했다.

"술은 내게 맡겨, 보브. 자네 주려고 스카치를 한 병 가져왔거든. 가방에서 꺼내 올게. 잘 자라, 미하엘."

아빠는 미하엘의 어깨에 손을 얹고 가방이 놓인 복도까지 걸어나왔다.

미하엘은 하품을 하면서 옆으로 누웠다. 아래층에서 도란도란 말소리가 들리더니 현관문이 닫히는 소리가 났다. 아빠가 떠난 것이다. 생전 처음 미하엘은 아빠를 언제 다시 만날 수 있을지 궁금했다.

보이지 않는 출구

다음 날 아침 미하엘은 유디트가 오기를 초조하게 기다렸다. 남동생을 탁아소에 데려다주고 온다는 것을 알고 있었다. 아마 종이 치기 직전에야 나타날 것이다.

그런데 종이 울려도 유디트는 보이지 않았다.

베크만 선생님은 교실을 둘러보았다.

"유디트가 없는 것 같군요."

선생님이 말했다.

"미하엘 옆에는 없는 게 확실해요."

로베르트가 짐짓 정색하고 말했다.

모두 깔깔거리며 웃었다. 미하엘은 저도 모르게 얼굴이 빨개졌다. 로베르트, 자기 일이나 신경 쓸 것이지.

첫 시간은 굼벵이가 기어가듯 천천히 흘러갔다. 유디트는 여전히 나타나지 않았다. 오늘은 오지 않을 모양이다. 실망이었다. 아빠

이야기를 할 수 없게 되었다. 게다가 오늘은 유디트 집에 들를 수도 없다. 수영장으로 곧장 가야 하기 때문이다. 수요일에는 특별 연습을 하게 되어 있었다. 로버스 선생님이 '특급 훈련'이라고 부르는 것이었다. 4시까지 수영장에 가야 하는데, 서두르면 잠깐 들를 수 있을지도 모른다. 아슬아슬하지만 그렇게 하기로 마음먹었다. 유디트 엄마 일이 어떻게 되었는지, 지갑에서 돈이 없어졌는지 궁금해 죽을 지경이었기 때문이다.

반 아이들이 중국에 대한 영화를 보는 동안 미하엘은 아빠 생각을 했다. 부모들이란 정말 알 수 없는 사람들이야! 아빠하고 더는 아무 것도 안 하기로 결심하니까, 다시 나타나서는 그렇게 잘해 주다니.

아빠가 달라져서 좋은 건지 어떤 건지 아직 확신할 수 없었다. 도리어 마음만 복잡했다.

유디트가 생각났다. 그 애는 엄마에 대해 무진장 걱정한다. 사실은 엄마의 애인이 돈을 훔쳤을까 봐 더 걱정이다.

로베르트가 팔꿈치로 쿡 찌르며 속삭였다.

"오후에 축구할래?"

"연습해야 돼."

미하엘도 낮은 목소리로 대답했다.

"농구?"

"아니, 수영."

로베르트는 한숨을 쉬었다. 이제 미하엘은 친구에게 거의 시간을 낼 수 없었다. 그 바보 같은 유디트한테만 빼고.

학교가 끝난 뒤, 미하엘은 최대한 속력을 내어 유디트의 집으로 자전거를 몰았다. 꽤 먼 거리였지만 그날따라 운이 좋았다. 신호등이 모두 때맞춰 파란 불로 바뀐 것이다. 유디트 집에 도착한 미하엘은 헐떡거리며 자전거에서 뛰어내렸다. 1층 창문의 커튼 뒤에서 누군가 훔쳐보는 것을 느꼈다.

벨을 누르고 기다렸다. 창가의 여자는 아직도 미하엘을 보고 있었다. 다시 벨을 눌렀다. 왜 얼른 받지 않는 거야?

미하엘은 뒤로 몇 걸음 물러나서 위층을 올려다보았다. 베니션 블라인드가 쳐져 있는 창문만 조용히 자기를 내려다보고 있었다. 움직이는 것이라곤 아무것도 없었다.

실망한 미하엘은 자전거에 올라타고 골목길을 달리기 시작했다. 모퉁이에 이르렀을 때 마침 낡은 르노 자동차가 커브를 틀어 골목으로 들어왔다. 미하엘은 몸을 돌려 그 차가 유디트의 집 앞에 서는 것을 보았다. 아줌마가 나와 차 문을 잠갔다. 유디트의 엄마일까?

미하엘은 얼른 자전거를 돌려서 차가 서 있는 데로 갔다. 트렁크가 열려 있었고, 아줌마는 식료품을 담은 상자 하나를 집으로 옮기고 있었다.

미하엘이 자전거의 속도를 늦추며 물었다.

"유디트 어머니세요?"

아줌마는 얼굴을 찡그렸다. 왠지 서두르는 기색이었다.

"그래. 그런데 왜?"

"전 미하엘이에요. 벨을 몇 번 눌렀는데 아무도 대답을 안 하더라고요. 상자가 무거워 보이는데 좀 거들어드릴까요?"

"괜찮다. 나 혼자 할 수 있어."

아줌마는 못박힌 듯이 문턱에 서 있었다. 미하엘이 들어오지 못하게 막는 것처럼 보였다. 여전히 그 무거운 상자를 들고 있었다.

"전 미하엘이에요."

이름을 되풀이해서 말했다.

"유디트를 보러 왔어요."

"유디트는 아파."

아줌마가 말했다.

"또 맞은 건 아니죠?"

미하엘이 걱정스럽게 물었다.

"맞다니? 무슨 소리를 하는 거니?"

갑자기 아줌마의 눈에 의심이 가득 찼다.

"저, 얼마 전에 길에서 남자애들한테 당했잖아요. 멍이 들도록 맞았죠."

"아, 그거!"

아줌마가 소리쳤다.

"그래. 집에 왔을 때 유디트는 완전히 제정신이 아니었지. 이 동네에서는 자주 그런 일이 일어난다니까. 게다가 경찰에선 아무 조치도 없고."

아줌마는 상자를 계단에 내려놓고 초조한 듯이 머리카락을 귀 뒤로 넘겼다.

"그건 그렇고 난 지금 올라가봐야 해. 네가 들렀다고 유디트한테 말해 줄게."

"제가 잠깐 올라가서……."
"아니, 안 된다. 유디트는 자고 있어. 두통이 너무 심하단다. 지금 유디트한테는 흥분하지 않고 푹 쉬는 게 약이야."
아줌마는 억지웃음을 지어 보였다.
"잘 가. 참, 이름이 뭐라고 했지?"
"미하엘요."
"아, 맞아……. 그럼, 잘 가, 미하엘."
문이 쾅 닫혔다.

유디트는 미하엘의 목소리를 바로 알아들었다. 계단 꼭대기에 숨어서 엄마와 미하엘이 하는 말에 귀를 기울였다. 미하엘이 자기를 때린 아이들 이야기를 할 때는 너무 무서워서 무릎이 후들거렸다.
엄마가 계단을 오르는 소리를 듣고 소리 없이 얼른 의자로 돌아가 앉아서 책에 푹 빠져 있는 체했다. 엄마가 문을 활짝 밀어 열고 큰 소리를 내며 탁자에 식료품 상자를 내려놓았다. 이어서 유디트에게 성큼성큼 다가와 읽고 있던 책을 빼앗았다.
"이게 무슨 일이냐? 미하엘이 누구야?"
엄마가 소리쳤다.
"바…… 반 친구야."
"도대체 왜 여기서 얼쩡거리는 거지?"
유디트는 어깨를 으쓱했다.
"대답해!"
유디트가 몸을 움츠렸지만 너무 늦었다. 책이 머리에 내리꽂혔다.

유디트는 팔로 머리를 감싸며 외쳤다.
"그냥, 같은 반 애야!"
"여기 온 적 있었지?"
"아니…… 응…… 아야, 엄마…… 제발, 제발, 엄마 부탁이야……. 선생님이 주는 걸 전하러 왔을 뿐이야."
유디트는 비명을 질렀다.
책이 공중에 멈췄다.
"뭘 가져왔는데? 언제?"
"한참 전이야. 엄마가 때…… 아니, 내가 집에 있어야 했을 때. 엄마가 학교에 전화해서 아프다고 했잖아. 그러니까 베크만 선생님이 나한테 감초사탕을 갖다 주라고 미하엘에게 부탁했어."
"벨이 울려도 모른 척하라고 했잖아!"
엄마가 고함을 질렀다.
"모른 척했어, 엄마. 정말이야. 오늘처럼 벨이 울리도록 내버려 뒀다고. 그런데 그때 전화가 왔어. 엄마인 줄 알고 받았는데, 미하엘이었어. 정육점에서 전화를 하는 건데 금방 건너오겠다는 거야. 문을 열어줄 수밖에 없었어."
엄마가 다시 팔을 들어올렸다.
"널 때렸다는 깡패 이야기는 또 뭐야?"
"왜 뺨에 멍이 들었냐고 묻잖아. 그래서 그렇게 말한 거야……. 길에서 어떤 남자애들이 날 때렸다고."
유디트의 목소리가 떨렸다.
"하긴 넌 거짓말엔 도사지, 그치?"

엄마가 빈정거렸다.

"이거 하난 똑바로 알아둬. 네 친구 미하엘은 다시는 이 집에 발을 들여놓을 수 없어. 알았니? 충분히 경고했다만 다른 사람들이 내 일에 간섭하는 건 딱 질색이라고."

"응, 엄마."

유디트가 작은 목소리로 말했다.

"그리고 니코 문제 말인데, 오늘 저녁을 먹으러 여기 올 거다. 그럼 네가 직접 얼굴을 보고 추궁해 봐."

유디트는 울상을 하고 엄마를 바라보았다.

"내가 꼭 말해야 해?"

"당연하지. 안 그럼 누가 하니? 니코가 그 짓을 하는 걸 봤잖아. 안 그래?"

엄마가 비웃듯이 말했다. 그리고 책을 탁자에 내팽개치고 침실로 휑하니 들어갔다. 아직 열이 있는 데니스가 그 안에서 울고 있었.

유디트는 의자에 앉아서 비참한 마음으로 엄마가 데니스를 달래며 재우는 소리를 들었다.

유디트는 자꾸 시계를 쳐다보았다. 삼십 분 안에 니코가 도착할 것이다. 머리의 둔한 통증이 조금씩 심해졌다. 오후 내내 미하엘 문제로 걱정하며 지냈다. 미하엘 집에서 점심 먹는 걸 들켜서는 안 된다. 절대로. 그런데 미하엘이 여기에 오는 걸 막으려면 어떻게 말해야 하지?

어제 엄마가 밀방망이로 때렸을 때 유디트는 기절한 것이 틀림없었다. 오히려 다행이었다. 기절하지 않았으면 더 많이 맞았을 것이다. 그래서 등과 어깨의 통증은 그렇게 심하지 않았다. 그런데 머리가……. 유디트는 뒤통수에 난 혹을 살살 만졌다. 아무도 볼 수 없다는 것이 그나마 다행이었다. 정신을 잃었던 유디트는 찬 기운에 퍼뜩 깨어났다. 엄마가 유디트의 얼굴에 물을 끼얹고 소파에 눕혔던 것이다. 처음에 유디트는 자기가 어디에 있는지 몰라서 어리둥절했다. 방이 낯설었고 그 안을 메운 덜커덕덜커덕하는 이상한 소리 때문에 더욱 혼란스러웠다.

서서히, 그 이상한 소리가 엄마의 목소리라는 것을 깨닫게 되었다. 소리의 조각은 여전히 공중에 떠 있었다.

"니코…… 너무…… 혼자서…… 감당할 수가 없다고…… 뭘 좀 해봐…… 아무도 없어……."

아무도 없어……. 마지막 말이 가슴에 박혔다.

"말 좀 해 봐, 유디트. 말을 하라고!"

말은 긴 터널을 통과한 끝에 유디트의 고막에 와서 닿았다.

유디트는 말을 하려고 무척 애를 썼다. 입술을 달싹거렸지만 아무 소리도 나오지 않았다.

"말을 해!"

"난…… 난……."

유디트가 속삭였다.

"넌, 뭐?"

다급한 목소리였다.

"없는 거나 마찬가지야……."

유디트가 숨을 토해 내며 말했다.

그때 데니스가 자기를 부르는 소리가 들렸다. 작은 목소리는 공중을 떠돌다가 유디트에게 다가와서 정신을 차리게 했다.

"데니스."

유디트가 속삭였다. 문득 자기가 어디 있는지 알게 되었다.

"오, 유디트…… 너 때문에 무서워 죽는 줄 알았어."

섬뜩할 정도로 크게 뜬 엄마의 눈에 눈물이 그득했다.

유디트는 식탁을 차렸다. 머리의 통증 때문에 기분이 나쁘고 손이 떨렸다. 벨이 울리자 엄마는 날듯이 계단을 내려갔다. 현관에서 떠들썩하게 웃음소리가 나더니 이내 잠잠해졌다. 그래서 유디트는 두 사람이 키스하고 있을 것이라고 짐작했다.

엄마는 잠깐 사이에 어쩌면 저렇게도 완벽하게 변할 수 있는지 정말 모를 일이었다.

지난밤에 엄마는 유디트에게 아주 다정하게 대해 주었다. 유디트를 극진히 보살폈고 편하게 해 주려고 일부러 자리를 피해 주기도 했다. 다른 때보다 훨씬 많이 아픈 것도 아니었는데. 엄마는 집을 부산하게 왔다 갔다 하면서 침낭과 베개를 가져온다, 유디트를 소파에서 쉬게 한다며 법석을 떨었다. 배고프지 않다고 말했는데도 수프를 만들어서 먹으라고 재촉했다. 심지어 떠먹이기까지 했다! 그때, 엄마가 자기한테 친절할 때면 늘 그렇듯이 눈에 타는 듯이 뜨거운 느낌이 왔는데, 참지 못하고 눈물을 주르륵 흘리고 말았다.

"아파서 그러니?"

엄마가 걱정스럽게 말해서 유디트는 고개를 끄덕였다. 하지만 아파서 우는 것은 아니었다.

오늘도 미하엘이 초인종을 누르기 전까지는 분위기가 좋았다. 그 분위기가 엉망이 되긴 했지만 적어도 맞지는 않았다. 아니, 맞긴 했지만 심하게 맞지는 않았다.

데니스가 유디트를 부르는 소리가 들렸다. 거의 온종일 침대에서만 지낸 데니스였다. 유디트는 서둘러 침실로 갔다. 자리를 뜰 핑계가 생겨서 니코, 엄마와 함께 있지 않아도 되는 것이 좋았다.

얼른 책을 하나 집어서 데니스에게 읽어 주기 시작했다. 하지만 책 읽기에 정신을 다 쏟지는 않았다. 현관에서 나는 소리를 들어야 했기 때문이다. 조금 있으려니 계단을 오르는 발소리와 복도에 울려퍼지는 니코의 목소리가 들렸다.

"데니스가 아프다고? 그럼 들어가서 한번 봐야지."

침실 문이 열렸다.

"오, 너도 여기에 있구나, 유디트. 동생한테 책 읽어 주는 거야?"

니코는 질문을 하고 대답을 듣기 전에 또 다른 질문을 하는 버릇이 있었다.

"안녕, 데니스. 아프다더니, 좀 어때? 감기 걸린 거야? 자, 니코 아저씨가 선물 가지고 왔다. 자동차야. 맘에 들어?"

"자동차."

데니스는 손을 내밀며 니코의 말을 따라 했다.

"얘, 유디트. 너도 별로 좋아 보이지 않는다."

니코가 큰 소리로 말했다.

"감기 옮은 거 아니냐? 응?"
니코는 유디트의 머리를 쓰다듬다가 소리쳤다.
"세상에, 이게 뭐야? 야구공만 한 혹이 나 있네! 좀 봐도 될까? 이봐, 코니, 당신 딸한테 야구공만 한 혹이 생겼어! 아프지? 어쩌다 그랬어?"
"어제 데니스하고 장난치다가 캐비닛에 머리를 박았어."
엄마가 재빨리 대답했다.
"와우, 정말 세게 부딪힌 모양이구나! 아직도 아프겠다. 그래서 얼굴이 그렇게 핼쑥한 거니? 이걸 먹으면 좀 나을지도 모르겠다. 자, 이건 네 거야."
니코는 동글납작한 감초사탕을 유디트의 손에 쥐어 주었다.
"너 감초사탕 좋아하지, 안 그래? 어서 먹어. 그리고 앞으로 그렇게 거친 장난은 하지 마. 자, 약속."
유디트는 고개를 끄덕이며 중얼거렸다.
"고마워요, 니코 아저씨."
하지만 니코는 이미 돌아서서 부엌으로 가는 중이었다.
"그래서, 저녁은 뭐야? 냄새가 근사하군. 자기 향기처럼 말이야. 하하……. 식탁을 차려 줄까? 어? 벌써 차려 놨어?"
니코의 목소리가 지루하게 이어졌다. 유디트는 그 자리에 감초사탕을 들고 서 있었다.
"나 자동차."
데니스가 자동차를 베개 위로 굴리며 말했다.
유디트는 데니스를 처량하게 바라보다가 감초사탕을 데니스 침대

옆의 탁자에 올려놓았다.

　유디트는 한 입도 삼킬 수 없었다. 하지만 데니스를 먹이고 있었기 때문에 유디트가 먹지 않는 것은 아무도 눈치 채지 못했다. 유디트는 파리하고 긴장된 얼굴로 탁자에 앉아서 니코에게 자기가 본 것을 말해야 하는 순간을 기다렸다. 니코와 엄마는 서로에게 너무 열중해 있어서 유디트에게는 신경도 쓰지 않았다. 니코가 휴가 때 있었던 우스운 일을 말하자 두 사람은 집이 떠나가도록 함께 웃어댔다.
　유디트는 두통이 심해질 때면 종종 그렇듯이 토할 것 같은 기분을 느꼈다.
　웃음소리가 잦아들면서 니코가 유디트에게 몸을 돌렸다.
　"너 정말 아파 보여, 유디트."
　니코가 말했다. 진심으로 걱정하는 듯했다.
　"괜찮니?"
　이번에는 대답을 기다렸다.
　"두…… 두통이 심해요."
　더듬거리며 말하는데, 눈물이 핑 돌았다. 절망스러운 한편 니코가 다정하게 대해 주니까 마음이 또 약해진 것이다.
　"유디트는 늘 어디가 아프다니까."
　엄마가 쏘아붙였다.
　"머리를 찧어서 그런 거야."
　니코가 말했다.
　유디트는 접시를 바라보았다.

"먼저 일어나도 돼? 너무 아파."
유디트는 간청하듯이 엄마를 바라보았다.
"당연히 그렇겠지. 좋아. 들어가렴."
엄마는 의미심장한 눈길을 주며 대답했다.
유디트는 일어나서 얼른 자기 방으로 갔다.

소중한 사람이 곁에 있다는 것

 그날 밤 미하엘은 평소와 달리 말이 없었다. 잠자코 거실 탁자에 앉아서 숙제를 하고 있었다. 보브 이모부는 회의를 하느라 아직 집에 들어오지 않았고 엘리 이모는 쌍둥이를 재우고 있었다. 이모는 잠시 후에 커피를 끓여 와 소파에 털썩 주저앉았다.
 "드디어 나를 위한 시간이 왔구나."
 이모는 한숨을 쉬고 신발을 휘휘 벗어 던졌다.
 미하엘은 이모를 흘깃 보았다. 펜을 잘근잘근 씹으며 '할 말이 있는데 이모가 먼저 얘길 꺼내 줄래요?' 하는 표정을 짓자 이모가 알아차렸다.
 "마음이 복잡한 모양이구나."
 이모는 부드럽게 말을 꺼냈다.
 미하엘이 고개를 끄덕였다.
 "아빠 때문에?"

"네. 조금은."

"아빠는 정말 달라졌어. 옛 모습을 많이 되찾았지. 네 엄마가 살아 있을 때 모습을 말이야."

"그때 아빠가 어땠는지 잘 알아요?"

"그럼, 잘 알다뿐이니. 그때나 지금이나 꽉 막힌 사람이긴 하지만. 그런데 네 엄마에겐 아무 문제가 되지 않았어. 엄마는 항상 아빠 마음에 다가가는 방법을 알고 있었지. 그런데 헬렌도 아빠와 마음이 통하는 법을 아는 것 같아. 아직도 헬렌을 기억하니?"

"네. 엄마보다 더 잘 생각나요. 딱 한 번 봤는데도."

"엄마가 죽었을 때 넌 너무 어렸지."

"엄마는 어떤 사람이었어요?"

지난 몇 년 동안 몇 번이고 같은 질문을 해도 엘리 이모는 언제나 미하엘이 알고 싶어하는 것을 말해 주었다. 이모가 같은 이야기를 해도 미하엘은 싫증나지 않았다. 미하엘은 이모가 간직한 엄마의 기억을 들으면 들을수록 그 기억이 자기 것이 되는 것 같았다.

엘리 이모는 다리를 끌어올려 편하게 앉았다.

"네 엄마?"

이모가 물었다. 이야기는 늘 그렇게 시작되었다.

"네. 이모랑 닮았어요?"

"어떤 면에서는 그랬어. 이를테면, 둘 다 네 아빠를 다룰 줄 알았어. 하지만 나는 아빠와 많이 다퉜어. 네 엄마는 아빠와 잘 지냈지. 나보다 유연하고, 재치가 있었어. 참을성도 더 많았고……."

"참을성은 이모도 많아요."

미하엘이 말했다.

"고맙구나."

엘리 이모가 미소를 지으며 말을 이었다.

"엄마는 남자 친구가 많았어. 그런데 가장 어려운 상대를 선택했어. 네 아빠 말이야. 네 아빠는 다른 남자들보다 나이가 좀 많았는데, 그 옆에 있으면 다른 남자들은 너무 어리고 경험이 없어 보였어. 아빠는 머리도 좋았지. 정말 똑똑해서 어떤 부류의 사람하고든 대화를 할 수 있었어. 난 그 점이 거슬렸지만 네 엄마는 그렇지 않았어. 그게 뭐 대수냐는 듯 굴었지. 오히려 편하다고 생각했을 정도니까. '디러크는 걸어다니는 사전이야.' 하고 말하곤 했지. '사전이나 책을 뒤질 필요가 없어. 그이에게 문제가 있는 유일한 단어는 '애정'이야. 하지만 그 문제도 내가 풀려고 노력하고 있어.' 그즈음에 엄마는 아빠한테 키스하기 시작했어. 그것도 다른 사람들 앞에서 말이야. 네가 아빠 얼굴을 봤어야 하는 건데. 눈을 어디에 두어야 할지 몰라서 쩔쩔매더라고. 네 엄마는 정말 정열적으로 키스를 했거든."

엘리 이모가 웃으면서 말했다.

"이모랑 똑같잖아."

미하엘이 놀랐다.

"그래. 다행히도 보브는 어색해하지 않아."

"어색해하다니."

이번에는 미하엘도 웃었다. 일주일 전에 있었던 일이 떠올랐다. 배관공이 부엌에 들어갔다가 마침 엘리 이모가 이모부에게 잘 다녀오라고 키스하는 것을 보았다.

"두 분께는 안녕하시냐는 인사를 할 필요가 없겠군요. 한눈에 봐도 좋아 보여요!"

배관공이 말했다.

"사실 네 엄마 아빠는 서로 미치도록 사랑했어. 내 생각인데 말이다, 엄마가 죽었을 때 아빠는 가슴이 갈기갈기 찢어지는 것 같았을 거야. 겉으로 드러내지 않은 것뿐이지. 아빠는 그 시련을 자기 나름대로 이겨 내려고 했어. 자신에게 더 엄격해졌고, 너한테도 그랬지. 그것이 어려움을 극복하는 최선의 길이라고 생각했을 거야. 하지만 너에게 어떤 해를 끼치는지는 몰랐지. 똑똑한 사람이긴 하지만 아빠가 알지 못하는 것들도 분명히 있었지. 그 사실을 깨닫기 위해 몇 년이라는 세월이 필요했지만, 이제야 아빠는 엄마의 죽음을 제대로 받아들이게 된 거야. 내 생각에 헬렌도 아빠에게 좋은 영향을 주는 것 같아. 그렇게 편안한 모습을 보는 게 몇 년 만인지. 어젯밤에는 네가 자러 간 다음에 무슨 말을 했는지 아니? '내가 미하엘에게 한 것 중에 가장 잘한 일은 처제 내외에게 녀석을 보낸 거야.' 예전의 네 아빠라면 결코 할 수 없을 말이었어. 가끔 우리는 아빠한테서 널 뺏은 것 같다는 느낌을 받곤 했거든."

미하엘은 생각에 잠긴 채 펜을 깨물었다.

"저에게도 다르게 대했어요. 그런데 전 아직 익숙하지 않아요. 잘 알지 못하는 사람을 대하는 느낌이에요."

"그건 네가 아빠에 대해서 특정한 인상을 가지고 있기 때문이야. 오래 전, 미국에 살 때 기억 말이다. 하지만 부모도 변하는 법이야."

미하엘은 발을 신경질적으로 흔들었다.

"날 돌려보내려는 건 아니죠? 네? 제 말은⋯⋯ 아빠가 헬렌이든 누구하고든 결혼한다고 해서 말이에요."

"지금 농담하니? 어림도 없다! 네가 원하지 않는 한 절대로 보내지 않아. 그건 순전히 너한테 달린 문제야."

엘리 이모가 큰 소리로 말했다.

미하엘은 마음이 놓여 한숨이 나왔다.

"아빠도 그렇게 말했어요. 또 방학 때 미국에 와서 지내면 좋을 것 같다고 했어요. 하지만 별로 좋은 생각 같지는 않아요."

"내 생각엔 좋을 것 같은데."

엘리 이모가 말했다.

"날 보내고 싶단 말이에요?"

미하엘이 당황해서 물었다.

"아니, 네가 가고 싶다면 말이다! 우리 모두 함께 가면 좋을 거야. 미국에서 몇 주 지내는 것도 재미있겠지."

엘리 이모가 웃으며 말했다.

"이모네 가족이랑 같이 간단 말이에요? 와, 정말 근사하겠네요!"

미하엘이 소리쳤다.

"야, 그런데 너 숙제해야 되지 않아?"

엘리 이모가 물었다.

"그렇게 많지 않아요."

미하엘은 머뭇거리며 입을 벌렸다가 다시 다물었다.

엘리 이모는 궁금한 눈빛으로 미하엘을 보았다.

"다른 문제가 있구나?"

"네. 오늘 유디트 엄마를 봤어요."

미하엘이 불쑥 말을 내뱉었다.

"어떤 분이시던?"

"이상했어요. 어떻게 설명해야 할지 모르겠어요. 아줌마는 날 집안에 들이지도 않았어요."

"왜?"

"몰라요. 전 유디트가 또 아프다기에 집에 잠깐 들러서 유디트 엄마 일이 어떻게 되었는지 들어보려고 했죠."

미하엘은 유디트 엄마가 돈을 잃어버린 일과 유디트가 우연히 밤에 보았다는 것을 말해 주었다.

"그것 참 안됐구나. 유디트한테나 그 애 엄마한테나."

엘리 이모가 안타깝다는 듯이 말했다.

"맞아요. 그런데 정말 이상한 건 내가 누군지 아줌마가 모른다는 것이었어요. 아줌마는 내 이름을 물었어요. 미하엘이라고 하니까 그런 이름을 처음 듣는 듯이 행동했어요. 아줌마는 유디트가 애들에게 맞은 뒤로 내가 매일 바래다주는 거랑, 유디트가 여기로 점심 먹으러 오는 걸 알아야 되잖아요. 안 그래요?"

미하엘은 얼굴을 찡그렸다.

엘리 이모도 놀란 것 같았다.

"유디트 엄마가 좀 과로하는 모양이지. 혼자서 가족을 부양해야 하나 보다. 유디트도 일을 너무 많이 하는 것 같고. 잠을 제대로 못 자는지 얼굴이 너무 파리해."

"유디트는 엄마를 도와서 집안일을 해야 해요. 남동생도 돌봐야 하고요."

"그래, 유디트가 그렇게 말했지. 그러니 늘 그렇게 아픈 것도 무리는 아니지. 너 유디트를 정말 좋아하는구나. 그렇지?"

미하엘은 고개를 끄덕였다.

"유디트를 보면 자꾸 스테피가 생각나요. 워싱턴으로 이사하기 전에 옆집에 살았던 여자애 말이에요. 이모한테도 말한 적 있죠? 하지만 다른 점도 많아요. 유디트는 훨씬…… 훨씬 말이 없어요. 그렇다고 지루한 건 아니에요. 유디트를 보면 자꾸만…… 그 애한테 내가 필요하다는 느낌이 들어요."

미하엘은 부끄러운지 의자에 앉은 채 몸을 비틀었다.

"내 생각도 그래. 넌 그 애에게 아주 중요한 사람인 것 같아."

엘리 이모는 미하엘에게 미소를 지었다.

"정말요?"

"응."

그런데 유디트 엄마는 왜 날 모르는 거지? 마음속의 작은 목소리가 미하엘을 괴롭히고 있었다.

코알라 인형

"다시 만나 반갑구나. 쉬는 시간에 교실에 잠깐 남을래? 할 얘기가 있어서 그래."

베크만 선생님이 유디트에게 말했다.

"네, 선생님."

유디트는 당황한 채 자리로 가서 앉았다. 왜 그러실까? 몇 주 뒤면 부활절 방학이라 성적표가 나오는데 성적이 아주 나쁜 모양이다.

유디트는 불안하게 교실을 둘러보았다. 미하엘의 자리가 비어 있었다.

"어, 미하엘이 없네. 미하엘이 어디 있는지 아는 사람?"

베크만 선생님이 놀라서 물었다.

"유디트가 알걸요!"

디아나가 외쳤다.

아이들의 시선이 자기한테 쏠리는 것을 느낀 유디트는 얼굴이 새빨개졌다. 킥킥 웃는 소리가 났다.

"셀러마도 결석이구나."

베크만 선생님은 아무 말도 못 들은 척 말을 이었다.

"셀러마는 감기에 걸렸어요."

누군가가 알려 주었다.

수업이 시작되었다. 유디트는 처음 두 시간 동안 열심히 하려고 애썼다. 집중하려고 무척 노력했다. 베크만 선생님은 유디트가 긴장한 작은 얼굴을 읽기 연습책에 바싹 들이대고 있는 것을 보았다. 선생님은 교실을 돌아다니며 여기저기 멈춰 서서 뭔가를 설명했다. 유디트의 책상에 와서 선생님은 유디트의 어깨에 손을 얹었다. 유디트가 깜짝 놀라 움츠러들었다.

"놀랐니?"

선생님이 물었다.

"네, 선생님."

유디트가 중얼거렸다. 곧 멀어져 가는 선생님의 발소리에 귀를 기울였다. 북을 두드리듯 심장이 뛰었다. 왜 그렇게 어린애처럼 행동했을까? 손바닥이 식은땀으로 축축하고, 너무 떨려서 펜을 쥐기도 힘들었다.

종이 울리자마자 교실은 아이들이 부딪치고, 소리지르고, 발을 질질 끌며 나가는 소리로 가득 찼다.

"나갈래?"

디아나가 물었다.

"조금 있다가. 먼저 할 일이 있어서."

유디트가 말했다.

"아, 됐어, 그럼."

디아나는 토라져서 몸을 홱 돌려 성큼성큼 교실을 나갔다.

베크만 선생님이 문가에 서 있었다. 아이들이 모두 나가자 선생님이 말했다.

"자, 이제야 조용히 얘기할 수 있게 되었구나."

선생님은 자기 책상에 앉아서 유디트에게 의자를 끌어오라고 손짓했다. 그리고 사과 두 개를 꺼내 말없이 껍질을 벗기기 시작했다. 선생님은 사과 한 조각을 유디트에게 주고 하나를 자기 입에 넣었다.

사과를 깎으면서 선생님이 말했다.

"저, 유디트, 지난 몇 달 동안 네가 결석을 자주 했잖니. 어머니께선 네가 아주 심한 두통을 앓는다고 쪽지에 써 주셨고."

"네. 한번은 뇌진탕을 일으켰어요."

유디트가 시무룩하게 말했다.

"오, 세상에. 어쩌다 그랬니?"

"계…… 계단에서 넘어졌어요."

"집에서?"

유디트는 고개를 끄덕였다.

"아, 아뇨. 우리 집이 아니라 이모네 집에서요."

유디트는 재빨리 덧붙였다.

"그 다음부터 두통이 시작된 거예요."

"가엾어라."

베크만 선생님이 안타깝다는 듯이 말했다.

"그건 그렇고, 잊어버리기 전에 물어보자. 전에 다니던 학교 이름이 뭐니?"

"마르흐리트 학교요."

"시내에 있니?"

"네."

유디트는 학교가 있는 동네 이름을 가르쳐 주었다.

"그 전에는 세인트 요세프 학교에 다녔어요."

"학교를 여러 번 옮겼구나."

선생님이 말했다. 그리고 사과를 한 쪽 건넸다.

유디트는 고개를 끄덕였다.

"왜 그랬는데?"

"엄마가 직장을 옮겼거든요."

유디트는 조금씩 기운이 나기 시작했다. 성적표 문제가 아니었던 것이다. 베크만 선생님은 유디트가 전에 다녔던 학교에 대해 알고 싶은 것뿐이었다.

"한번은 벤 아저씨가 우리랑 살게 되어서 이사를 했어요. 아저씨는 데니스의 아빠예요. 데니스는 제 남동생이고요. 그때 살던 집이 너무 좁아서 새 아파트로 옮겼어요. 그런데 그 아파트 세가 너무 비쌌기 때문에, 벤 아저씨가 떠나고 나서는 다른 곳으로 옮길 수밖에 없었어요."

선생님이 고개를 끄덕였다.

"네 아버지는?"

유디트는 고개를 까딱했다.

"아빠하고 엄마는 제가 아기 때 이혼했대요."

"그럼 어머니 혼자서 살림을 꾸려나가시겠구나."

유디트가 고개를 끄덕였다.

"너는 집안일을 거들어야 하고, 남동생을 탁아소에 데려다 주고, 데려오고, 장을 보고……."

"장은 엄마가 볼 때가 많아요. 하지만 남동생을 데려와서 엄마가 집에 올 때까지 돌보는 건 제 몫이죠."

유디트가 말했다.

"그건 보통 일이 아닌데. 너 참 대단하구나."

베크만 선생님이 말했다.

유디트의 얼굴이 달아올랐다.

"아니에요, 제 남동생은 순한 편이에요. 아주 가끔 말썽을 피우긴 하지만요."

선생님은 미소지었다.

"하지만 남동생을 돌보는 것말고도 할 일이 많을 텐데. 더구나 학교 숙제까지 해야 하고. 내 생각에 그건 꽤 힘든 일이야. 네 어머니께서도 그러시겠지. 아주 바쁜 하루하루를 보내고 계실 거야. 직장을 다니면서 혼자 아이 둘을 키워야 하니 결코 쉽지 않겠지."

유디트는 고개를 끄덕였다. 이젠 긴장이 거의 다 풀렸다.

"이거 하나는 기억해 둬. 도움이 필요하면 주저하지 말고 나한테 부탁해. 선생님은 널 돕기 위해 여기 있는 거니까."

"숙제 말이에요, 선생님?"

유디트가 물었다. 그러면서 아무 생각 없이 소매를 걷어올렸다.

"무슨 문제든. 날 믿어도 돼, 유디트. 걱정거리가 있으면 언제든 나한테 와서 말해. 내가 볼 때 넌 아주 진지한 아이야. 책임감도 무척 강하고. 그런데 모든 사람은 가끔 말상대가 필요한 법이야. 내가 네 선생님이긴 하지만 그렇게 나쁜 사람은 아니거든. 언제든지 나한테 오렴."

선생님은 유디트를 격려하듯이 고개를 까딱했다.

"마지막 조각은 네 거야."

선생님이 말했다.

유디트는 사과를 입에 넣었다.

"아니, 어쩌다 이렇게 시퍼렇게 멍이 들었니?"

베크만 선생님이 유디트의 팔을 잡고 물었다.

선생님은 유디트의 몸이 뻣뻣해지는 것을 느꼈다. 유디트는 얼른 손을 빼 소매를 내렸다.

"아, 동생하고 놀다가 캐비닛에 부딪혔어요."

유디트는 사과를 씹어 삼키지도 못한 채 서둘러 말했다. 유디트는 선생님의 눈을 피하고 있었다.

"권투 시합이라도 한 것 같구나."

베크만 선생님은 의자를 밀어 뒤로 뺐다.

"자, 어서 나가서 아이들하고 놀아."

선생님이 말했다.

두 사람은 교실에서 걸어나갔다. 밖으로 나가자마자 유디트는 눈을 깜빡거렸다. 눈에 눈물이 그렁그렁했다. 왜 나는 다른 사람이 잘해줄 때마다 바보처럼 징징 짜지?

점심 시간에 유디트는 자전거를 타고 서둘러 미하엘의 집으로 갔다. 오전 내내 갈까 말까 망설였는데, 종이 울리자마자 저도 모르게 자전거 쪽으로 뛰어가고 있었다.

미하엘의 집에 도착했을 때 숨이 턱에 찼다. 언제나 그랬듯이 집 뒤로 걸어가서 자전거를 창고 벽에 기대어 놓았다. 하지만 그날은 쌍둥이가 유디트를 맞으러 달려나오지 않았다. 부엌에 들어가도 아무 기척이 없었다.

"여보세요! 아무도 없어요?"

유디트가 소리쳤다.

"유디트니?"

엘리 이모의 목소리가 위층에서 들렸다.

"금방 내려간다!"

잠시 후 이모가 미헬레를 안고 왔다.

"몸은 좀 어떠니?"

엘리 이모는 미하엘에게 늘 하듯이 유디트에게 뽀뽀했다. 엘리 이모가 뽀뽀를 하거나 머리카락을 매만질 때 유디트는 아직도 약간 어색했다.

"지금도 얼굴빛이 좋지 않구나. 아무튼 와 줘서 기쁘다. 미하엘이 지금 아프거든. 기분이 아주 엉망이야. 목이 많이 아파서 오늘 하루는 집에서 쉬는 게 좋겠다고 했지. 그런데 어찌나 떼를 쓰던지! 올라가서 만나 볼래? 수프를 갖다 줄게."

엘리 이모가 말했다.

유디트는 몸을 숙여 미헬레를 안았다.

"비하엘 아파. 그런데 비헬레 안 아프다. 비헬레 나았다."

미헬레가 말했다.

"미헬레는 아프지도 않았잖아."

엘리 이모가 웃으면서 말했다.

"다비드랑 프랑크는 어디 있어요?"

"걔네들은 친구네 집에 점심을 먹으러 갔어. 네가 오는 줄 알았으면 절대 가지 않았을 텐데. 널 보고 싶어서 안달이 났거든. 미하엘 방이 어딘지는 알지?"

애정이 넘치는 목소리였다.

"아, 그럼요!"

유디트는 벌써 계단을 반쯤 올라가고 있었다. 문을 똑똑 두드리고 바로 방으로 들어갔다.

"야, 너 왔구나!"

미하엘은 침대에서 일어나 앉으며 희미하게 미소를 지었다. 열이 있는 것 같고 눈도 평소처럼 반짝이지 않았다.

"난 완전히 열받았어. 이모 때문에 아침 수영 연습도 못 갔다니까."

미하엘이 불평했다.

"에고, 불쌍해서 어쩌나."

유디트가 놀렸다.

"목은 좀 어때?"

"아, 괜찮아."

미하엘은 대수롭지 않다는 듯 말했지만 유디트가 보기에는 침을 삼키는 것조차 힘든 것 같았다.
"넌 어때? 다 나은 거야?"
"응."
"너희 집에 갔었어. 문 앞에서 벨을 계속 눌렀지. 바보처럼 말이야. 아무 대답도 없어서 막 떠나려는데 너희 엄마가 차를 몰고 왔어. 네가 잔다고 하시더라."
미하엘이 말했다.
"그래."
유디트는 거짓말을 했다.
"엄마가 널 만났다고 얘기해 줬어."
두 아이는 잠시 아무 말도 하지 않았다. 서로를 쳐다보지도 않았다. 어색해진 유디트는 일어나서 서랍장으로 갔다. 코알라 인형이 있는 자리였다. 미하엘은 이상하다고 생각했다. 유디트는 절대로 물건들을 건드리지 않았다. 바라보기만 했다.
"안아 봐. 그런다고 부서지지 않아."
미하엘이 말했다.
유디트는 조심스럽게 인형을 들고 침대로 돌아와 앉았다.
"이 인형의 어디가 제일 좋은지 아니?"
"글쎄?"
"머리가 점점 벗겨지는 거. 털이 닳아서 없어지잖아."
"그게 왜 좋아?"
"네가 제일 좋아하는 걸 알 수 있으니까."
"스테피도 그 녀석을 좋아했어."

미하엘이 말했다.

"그래. 전에도 들었어."

다시 침묵이 이어졌다. 유디트는 멍하니 인형을 바라보면서 남아 있는 한쪽 귀를 만지작거렸다. 귀 한쪽은 떨어져나가고 없었다.

"참, 엄마 일은 어떻게 됐어?"

미하엘은 몸을 똑바로 세워 베개로 지탱하고 앉았다. 그리고 팔로 무릎을 감쌌다.

"아, 다 잘됐어."

유디트는 태연하게 말하려고 애썼다.

"아무것도 없어지지 않았어. 정말 다행이었지. 니코 아저씨가 담배를 찾으려고 했던 것 같아."

여전히 인형에게 눈길을 주며 말했다.

"그럼 아무것도 아닌 일로 그렇게 걱정했던 거야?"

"그래. 정말 웃기지?"

"정말 웃긴 일은 따로 있어."

미하엘이 불쑥 말을 내뱉었다.

"너희 엄마가 내가 누군지조차 모른다는 거."

기분이 상한 것 같았다.

인형을 쥔 유디트의 손가락에 힘이 잔뜩 들어갔다.

"그래, 엄마는 몰라. 말을 안 했거든."

유디트는 우울하게 고백했다.

"말을 안 했다고? 도대체 왜?"

미하엘이 얼굴을 찡그렸다.

"엄마는 친구들이 놀러 오는 걸 좋아하지 않아."

유디트는 땀이 나기 시작했다.

"왜?"

"데니스하고 나한테 무슨 일이 생길까 봐 늘 걱정이거든. 엄마는 거, 걱정이 너무 많아……."

"그러면 네가 여기서 점심을 먹는 것도 모른다는 말이야?"

"응, 몰라. 걱정할까 봐 말 못했어."

유디트가 떨리는 목소리로 말했다.

"도무지 이해가 가질 않는다. 네가 우리 집에 오는 걸 왜 걱정해야 하지?"

미하엘이 생각을 더듬듯이 말했다.

유디트는 자기도 모르겠다는 듯 어깨를 으쓱하고 나서 이렇게 부탁했다.

"아무한테도 말 안 한다고 약속할래?"

"그건 걱정 마."

미하엘은 다짐하고 나서 덧붙였다.

"그런데 진짜 이상한 게 있다."

"뭔데?"

유디트는 초조하게 대답을 기다렸다.

"몇 주 전에 깡패 녀석들이 널 때렸잖아. 혼자라서 그렇게 당한 거고. 누군가 너희 집 방향으로 자전거를 타고 같이 간다면 너희 엄마는 걱정하는 게 아니라 기뻐해야 하잖아."

"나도 엄마를 이해하지 못하겠어."

유디트가 인정했다.

"부모들은 가끔 종잡을 수가 없다니까."

미하엘은 한숨을 쉬었다.

"우리 아빠만 해도 그래. 아빠가 여기 왔었어."

더는 엄마 얘기를 하지 않게 되자 유디트는 마음이 가벼워졌다.

"어땠니?"

"믿을 수가 없었어."

유디트가 놀란 눈으로 미하엘을 보았다.

"내 말은, 꽤 즐거웠다고."

미하엘이 큭큭 웃으며 말했다. 그리고 아빠가 수영장에 온 일과 카페에서 나눈 이야기를 들려주었다. 아빠가 헬렌과 우연히 만난 이야기도 했다. 헬렌은 미하엘이 가출해서 차에서 잠든 것을 발견한 체육 선생님이라는 것도 말했다.

"지금 두 사람이 데이트한대!"

미하엘은 너무 흥분해서 말하다가 기침을 하기 시작했다.

"아빠는 정말 달라졌어. 예전처럼 날 깎아내리지도 않아. 뭐라고 했는지 아니? '내가 정말 미울 때도 있었을 거야, 미하엘. 그건 네 탓이 아니야.' 우리 아빠가! 난 아빠가 운동을 대수롭게 여기지 않았던 걸 말했어. 그랬더니 '그러니 내가 얼마나 멍청했니.' 하는 거야. 아빠는 자기가 꽉 막혔었다고 말했어. 세상에 우리 아빠가 그렇게 말하다니, 믿어지니? 이젠 조깅까지 시작했대!"

미하엘은 기침을 하면서 웃어 댔다.

"그게 다 헬렌 때문이야. 헬렌은 체육 선생님이야. 헬렌이 아빠를 뛰게 만든 거라고!"

그때 엘리 이모가 김이 모락모락 오르는 수프를 들고 들어왔다.

"야, 기분이 한결 좋아졌구나."

이모는 미소를 지으며 말했다.

"더불어 체온도 올라갔을 테지."

이모는 미하엘의 이마를 손으로 짚었다.

"내 말이 맞구나. 펄펄 끓네."

"내일도 집에 묶어 둘 생각은 마세요!"

"유디트, 도와줘!"

엘리 이모가 간청했다.

"지금 얘가 아픈 거니, 안 아픈 거니?"

"아파요."

"고맙기도 하지."

미하엘이 툴툴거렸다.

유디트가 시계를 보더니 소리쳤다.

"아, 안 돼! 서둘러야겠어. 이러다 늦겠다!"

"아직 샌드위치를 안 먹었잖니."

엘리 이모가 말했다.

"자전거 타고 가면서 먹으면 돼요."

유디트는 뜨거운 수프를 몇 모금 마시고 재킷의 지퍼를 올렸다.

"내일도 올 수 있어?"

"네가 아프면."

유디트가 말했다.

"온다는 말이구나. 자, 우리 유디트, 문까지 바래다줄게."
엘리 이모가 말했다.

리아 이모의 따스한 입맞춤

그날 오후 베크만 선생님은 마르흐리트 학교에 전화를 걸었다. 전화벨이 한 차례 울린 뒤 누군가 전화를 받았다.

"마르흐리트 학교의 에블린 드 브뢰인입니다."

"안녕하세요. 저는 클로버블리아프 초등학교의 아르노 베크만입니다. 전에 그 학교를 다닌 학생에 대해서 여쭤보려고 합니다. 학생의 이름은 유디트 반 헬더르이고, 1월부터 저희 반에서 수업을 받고 있습니다."

"유디트 반 헬더르요?"

상대편 여자가 이름을 되풀이했다.

"아, 생각나요. 마르흐리트 학교에는 일 년 반쯤 다녔죠. 저도 몇 달 담임을 맡았어요. 작고 말이 없는 여자아이인데 얼굴이 창백하고, 마르고, 대개 혼자서 시간을 보냈어요."

에블린 드 브뢰인 선생님이 인상을 요약했다.

"아참, 그 아이는 항상 문제가 있었어요. 이번 주에 감기가 걸리면, 그 다음 주에는 두통을 앓는 식이었어요. 그래서 체육 수업을 들을 수 없었죠. 살갗에 뭐가 나기 때문에 수영도 할 수 없었고요."

"여기서도 별반 다르지 않답니다. 유디트의 어머니는 만나보셨습니까?"

"아뇨. 학부모의 밤 행사에 오지 않았어요. 그 전 해도 마찬가지였죠. 한번은 전화로 꼭 오겠다는 다짐을 받았죠. 유디트를 몹시 걱정하는 것 같았어요. 아기 때부터 병치레가 잦았다고 했죠. 그래서 늘 그렇게 옷을 따뜻하게 입었던 것 같아요. 날이 후덥지근해도 목까지 올라오는 스웨터를 입곤 했어요. 그것 때문에 아이들의 놀림을 받았죠."

"그렇게 말씀하시니까 생각납니다만…… 유디트가 공부 면에서 다른 아이들에게 뒤지진 않았던가요?"

베크만 선생님이 생각에 잠겨 물었다.

"정말 가까스로 따라왔죠. 제가 보기에 유디트는 최선을 다했는데도 말이죠. 그런데 질문을 한 번도 하지 않았어요. 너무 말이 없어서 주의를 기울이지 않으면 지나치기 쉬운 아이예요."

"무슨 말씀이신지 알았습니다. 친구는 있었습니까?"

"아…… 아뇨. 그랬던 것 같지 않아요. 적어도 그 나이 때 여자아이들이 사귀는 식으로 절친한 친구는 없었어요. 다른 아이들과 통 어울리지 않는 것 같았어요. 사실 전 유디트가 안쓰러웠어요. 절대 동정을 사려고 행동하지는 않았는데도 말이죠. 패거리한데 얻어맞았을 때도 그랬어요. 정말 흠씬 두들겨 맞았죠. 가엾게 온몸에 멍이 들어서도 꼭 극기주의자처럼 행동했어요."

베크만 선생님은 얼굴을 찡그렸다. 유디트 팔에 있던 멍이 생각났다. 설마 그게…….

"유디트는 요즘 어떻게 지내요?"

"뭐라고 말씀드려야 할지. 여전히 결석을 많이 합니다. 벌써 말씀드렸지만. 그런데 다행히도 저희 반의 한 남자아이가 유디트와 친하게 지내고 있어요."

"오, 유디트가 아주 잘 지낸다는 뜻으로 들리는군요! 그런데 베크만 선생님, 전화하신 특별한 용건이라도 있으신지요?"

"저도 확실히 모르겠습니다."

베크만 선생님은 잠시 말을 쉬었다.

"유디트가 남의 이목을 끌지 않으려고 너무 애를 쓰거든요. 그 애는 마치…… 투명인간이 되고 싶은 것 같아요. 그 점이 좀 이상합니다. 저, 선생님 시간을 너무 많이 뺏은 건 아닌지요."

"천만에요. 그 아이에 대해 관심을 가져 주시니 한결 마음이 놓입니다."

에블린 드 브뢰인 선생님은 상냥하게 말했다.

두 사람은 몇 마디를 더 주고받다가 전화를 끊었다.

베크만 선생님은 귀 뒤를 긁적거렸다.

"음, 그다지 도움이 되지 않았군. 그런데 난 뭘 기대했던 거지?"

선생님은 혼잣말을 중얼거렸다.

오후에 탁아소에 들른 유디트는 엄마가 벌써 데니스를 데려갔다는 말을 들었다.

놀라기도 하고 약간 걱정되기도 하여 유디트는 자전거를 최대한 빨리 몰았다. 문에 열쇠를 집어넣었을 때 1층 창문의 커튼을 핏기 없는 손이 옆으로 젖혔다. 유디트가 살짝 손을 흔들어 주자 그 손도 뻣뻣하게 움직여 답례했다.

빠른 걸음으로 계단을 올라갈 때, 거실에서 말소리와 웃음소리가 들렸다. 유디트 집에 손님이 오는 일은 거의 없었다. 도대체 누구지? 니코는 아니야. 여자 목소리인걸.

유디트가 재킷을 벗고 쭈뼛쭈뼛 거실로 들어가자 대화가 끊겼다. 엄마가 소리쳤다.

"누가 왔는지 보렴, 유디트야! 이젠 알아보지도 못할걸."

엄마는 유디트의 어깨를 팔로 감싸 소파 쪽으로 떠밀었다.

"리아 이모야. 캐나다에 사는 이모. 이제 네덜란드로 올 거야."

유디트는 작고 통통한 여자를 향해 수줍게 미소지었다. 이모라고 하지만 엄마와 전혀 닮지 않았다.

리아 이모는 유디트를 꼭 끌어안고 소리쳤다.

"어머, 이럴 수가! 어쩌면 이렇게 빼다박았니……."

이모는 유디트의 얼굴을 손으로 감싸고 쪽, 소리를 내며 뺨에 뽀뽀했다. 뽀뽀하는 소리조차 통통한 것 같았다.

"빼다박았어."

이모는 했던 말을 또 하면서 유디트를 옆에 앉혔다.

"어쩜 이렇게 똑같이 생길 수가……."

리아 이모의 따스한 입맞춤 195

표정이 어두워진 엄마는 리아 이모에게 차를 더 마시겠느냐며 끼어들었다.

"오, 그럼. 고마워."

엄마가 일어나서 부엌으로 들어갔다. 데니스가 바짝 붙어 따라갔다. 물을 틀어 주전자를 채우는 소리가 났다.

"마지막으로 본 게, 네가 세 살 때였지."

이모가 말을 이었다.

"너는 엄마하고 스히담에 살고 있었어. 기억나니?"

유디트는 고개를 가로저었다.

"어쩜 이럴 수가. 정말 똑같아……."

리아 이모는 유디트를 뚫어져라 보면서 한숨을 쉬었다.

엄마가 문으로 고개를 쑥 내밀었다.

"유디트, 위층에 올라가서 다른 스웨터로 갈아입고 올래?"

엄마의 목소리에서는 분명하게 긴장감이 느껴졌다.

방을 나오는데 엄마가 소리치는 것이 들렸다.

"언니는 왜 또 그 말을 꺼내? 방금 와놓고 벌써부터……."

"하지만 사실이잖니. 저 애는 꼭……."

"그런 얘기 하면 내가 좋아할 거라고 생각해?"

엄마의 목소리가 높아졌다.

유디트는 걸음을 멈추고 귀를 기울였다.

"아직도 그것 때문에 괴로워? 그렇게 많은 시간이 지났는데도?"

리아 이모가 부드럽게 물었다.

"그건 네가 어찌할 수 없는 문제야, 코니. 아무도 어쩔 수 없어."

"내가 그걸 모르는 줄 알아? 엄마는 언제까지나 내 탓을 했다고. 알잖아? 언니도 거기 있었으니까 무슨 말인지 알 거야. 언니는 전혀 문제가 아니었지. 하지만 나는…… 나는……."

엄마가 더듬거리기 시작했다.

"엄마는 죽는 날까지 나를 무시했어. 엄마한테 나는 존재하지도 않았어. 내가 무슨 짓을 해도 상관하지 않았어. 언니만 나를 감싸 줬었지."

"네가 결혼할 때만 빼놓고. 내가 경고했는데 넌 듣지 않았어. 넌 순전히 엄마에게 보복하려고 그 남자와 결혼했지."

"그런데 그 목적도 이루지 못했어!"

엄마가 씁쓸하게 외쳤다.

유디트는 발끝으로 살금살금 계단을 올라갔다. 누구지? 내가 누구랑 닮았다는 걸까? 할머니? 엄마는 과거에 대해서는 거의 말하지 않았다.

"과거는 죽은 거야."

엄마는 늘 그렇게 말하곤 했다. 그래도 리아 이모에 대해서는 이따금 말했다.

유디트는 옷장 문을 열었다. 스웨터를 입으라는 건 자기를 방에서 내보내려는 핑계일 뿐이라는 것을 알고 있었다. 유디트는 얼마 전에 엄마가 사 준 빨간 스웨터를 입기로 했다. 이상하게도 엄마는 그 스웨터를 입지 못하게 했다. 학교에 입고 가기에는 너무 좋은 옷이라고 생각했는지도 모른다. 하지만 리아 이모를 위해서 입으면 엄마가 싫어하지 않을 거라고 확신했다.

유디트는 스웨터를 당겨 입었다. 서둘러야 했다. 너무 오래 나와 있으면 엄마가 신경질을 낼 수도 있었다. 유디트는 빗으로 머리를 빗고 엄마가 자주 하듯이 뒤에서 고무줄로 묶었다. 그리고 계단을 뛰어 내려왔다.

"이 옷이 더 나아?"

유디트가 물으면서 기대에 찬 얼굴로 엄마를 보았다. 엄마는 리아 이모에게 얘기하고 있었다. 두 사람이 함께 고개를 돌렸다. 이모의 둥글고 발그레한 얼굴에는 난감한 표정이 떠올랐다. 엄마는 꼼짝도 하지 않았다. 그러더니 일어나서 유디트를 향해 걸어오기 시작했다. 유디트는 겁에 질려 뒤로 물러나다가 리아 이모가 컵을 올려놓은 작은 탁자에 부딪혔다. 탁자가 흔들리자 컵이 바닥에 떨어져 깨졌다.

"위층으로 올라가. 네 방에 있어."

엄마가 쉰 목소리로 말했다.

유디트는 얼른 방에서 빠져나왔다. 그 스웨터를 입으면 엄마가 기뻐할 줄 알았는데 바보같이 컵을 깨는 바람에 모든 게 엉망이 되었다.

엄마는 떨리는 손으로 컵 조각을 집었다.

"저 애가 어떻게 할 수 있는 일이 아니야."

리아 이모가 조용히 말했다.

"나도 마찬가지야. 나도 마찬가지라고."

엄마가 중얼거렸다. 엄마는 아래를 보다가 손을 베인 것을 알았다. 리아 이모가 소파에서 일어나 가방에서 손수건을 꺼내 피가 흐르는 손가락을 감싸 주었다.

"불쌍한 내 동생."
이모가 말했다. 리아 이모의 목소리에는 동정심이 가득했다.
"어릴 때 언니가 늘 그렇게 불렀지."
리아 이모는 동생을 팔로 꼭 감싸안았다.
"언니가 와 줘서 정말 기뻐."
잠시 후 엄마가 말했다.
"나도 그래."
리아 이모가 말했다.

엄마에게도 아픔이

유디트는 발소리를 듣고 리아 이모가 계단을 올라오는 것을 알았다. 잠시 후 문이 열리고 이모가 가쁘게 숨을 쉬며 들어왔다.

"휴! 끝까지 못 올라오는 줄 알았네. 잠깐 숨 좀 고를게, 조카야."

이모는 숨을 삼키고 침대에 있는 유디트 옆에 털썩 주저앉았다.

"찌걱찌걱, 삐걱삐걱, 빼각빼각. 어디에 앉아도 이런 소리가 난단다. 한번은 의자가 꺼져서 집이 들썩인 적도 있었어."

이모는 유디트와 함께 웃으면서 팔을 둘러 바싹 다가앉게 했다.

"어쩜 세상은 이렇게 불공평하니. 네 엄마는 아이가 둘인데 남편이 없고, 난 남편은 있는데 아이가 없으니 말이다. 너 같은 딸 하나만 있으면 소원이 없을 것 같다."

유디트는 자기 귀를 의심했다. 리아 이모의 말 때문에 유디트는 행복하면서도 부끄러웠다.

"엄마는 장보러 나갔어. 컵 깨진 게 별거니, 유디트? 그런 실수는 누구나 하는걸. 내가 오니까 네 엄마가 너무 흥분한 모양이야. 사실 나도 그래. 너무 오랫동안 보지 못했으니까."

유디트는 빨간 스웨터를 만지작거렸다. 꼭 물어보고 싶은 게 있었지만 차마 말을 꺼내지 못했다.

"지난번에 널 봤을 땐 아주 작은 아기였는데. 사실 지금도 나이에 비해 작은 편이다. 하여간 그땐 데니스가 태어나기 전이었지."

"오래 계실 거예요?"

유디트가 잔뜩 기대하며 물었기 때문에 리아 이모는 유디트의 팔을 꼭 잡아주었다.

"일주일 있을 거야. 그런 다음 우트레이트로 가서 크리스 이모부의 사촌을 만날 거란다. 우리가 살 곳을 찾아봐야지. 이모부도 한 달 안에 네덜란드에 올 거야. 그때까지 집을 찾아야 할 텐데."

"일주일 내내 계신다고요? 와, 신난다!"

유디트가 활짝 웃었다.

"제 침대에서 주무세요. 전 바닥에서 잘게요. 그래도 괜찮거든요. 정말로!"

"네 엄마는 거실에 있는 소파 침대에서 자라고 하던데, 내 생각에도 너하고 자는 게 훨씬 재미있을 것 같다. 그런데 여긴 꽤 춥구나. 난방이 전혀 안 되니?"

리아 이모는 방을 둘러보았다.

"네."

"겨울에 춥지 않아?"

"그럭저럭 지낼 만해요."

"캐나다는 가끔 기온이 뚝 떨어지곤 해. 영하 20, 30도가 될 때도 있어! 그래서 캐나다 사람들은 몬트리올 지하에 거대한 쇼핑센터를 지었지. 하루 종일 거기서 시간을 보낼 수 있어. 영화관, 식당뿐만 아니라 상상할 수 있는 건 모두 갖추고 있어. 겨울 내내 쾌적하고 따뜻해."

아래층에서 문 닫히는 소리가 났다.

"엄마가 온 모양이다. 내려갈래?"

유디트는 불안한 표정으로 이모를 쳐다보았다.

"여기에 있기로 했는걸요."

"그렇다고 계속 혼자 앉아 있을 생각이니? 그러고 싶지 않은 것 같은데 뭘. 같이 내려가자. 엄마한테는 내가 잘 말해 줄게. 어쨌든 일단은 내려가야지!"

유디트는 더할 나위 없이 기뻤다.

다른 날하고 비교할 수 없을 만큼 근사한 오후였다. 리아 이모는 캐나다에 대한 온갖 이야기를 들려주었다. 재미있는 일도 많았다. 가장 좋았던 점은 이모가 그 일들을 생생하게 되살리면서 웃는 것이었다. 이모의 웃음소리는 호탕하고 따뜻했으며, 전염성이 강해서 다른 사람도 따라 웃게 만들었다. 무슨 이야기인지 한 마디도 알아듣지 못하는 데니스도 웃었다.

즐거운 분위기는 리아 이모가 유디트의 방에서 자겠다고 말했을 때 망쳐질 뻔했다.

"그럴 필요 없어. 언닌 여기 소파 침대에서 자. 여기가 더 따뜻해."

엄마가 말했다.

"오, 캐나다에서 지내는 몇 해 동안 추위에는 익숙해졌어."

리아 이모가 가볍게 대꾸했다.

"그 방에는 침대가 하나뿐이야."

"부탁이야, 엄마. 나는 바닥에서 잘게. 에어 매트리스를 깔면 되잖아?"

유디트가 간청했다.

"나라면 소파에서 잘 거야. 유디트가 그 침대에 오줌을 싼 지 얼마 안 됐거든."

엄마가 리아 이모에게 경고했다.

유디트는 얼굴이 새빨개져서 접시를 바라보았다. 눈물이 핑 돌았다. 당장 도망쳐서 숨을 데라도 있었으면…….

리아 이모는 유디트의 손을 꼭 쥐었다.

"마음이 놓이는걸. 나만 그랬던 게 아니었구나. 열 살인가 열한 살 때 매일 밤 이불에다 지도를 그렸어. 결국 네 할아버지가 해결책을 생각해 내셨어. 이른바 자명종 작전. 두 시간마다 알람을 울리게 해 놓고 시계가 울리면 일어나 화장실에 갔어. 얼마 뒤에는 세 시간, 그 다음엔 네 시간마다 울리게 했지. 그러던 어느 날 이불을 적시지 않고 하룻밤 내내 잘 수 있게 되었지. 아주 흔한 일이야. 토론토에 사는 내 친구는 아들 하나에 쌍둥이 여자애 둘이 있는데……."

그렇게 해서 쌍둥이에 대한 이야기가 시작되었다. 쌍둥이는 거의 매일 밤 이불에 지도를 그렸다. 이모는 아이들의 엄마에게 자명종 작전을 말해 주었다. 큰 도움이 되긴 했는데 그만 여덟 살 오빠가 시샘을 하게 되었다. 여동생들이 몇 시간마다 일어나고, 또 쉽게 잠들지 못할 때는 책을 읽어도 되는 것이 부러웠기 때문이다. 어느 날 아침 아들은 부모의 방으로 씩씩하게 들어가서 자기도 간밤에 오줌을 쌌으니 밤에 책을 읽을 자격이 있다고 당당하게 선언했다.
 리아 이모는 이야기를 마치고 정신 없이 웃어 댔다.
 "두 시간마다 자명종이 울리면 언니는 눈 한번 제대로 붙이지 못할 거야."
 엄마가 고집스럽게 말했다.
 "나는 잘 때 누가 업어가도 몰라."
 리아 이모는 엄마를 설득하면서 유디트의 손을 힘주어 잡았다.

 저녁을 먹고 엄마와 리아 이모는 데니스를 침대에 눕혔다. 그 동안 유디트는 재빨리 탁자를 치우고 그릇을 씻어 정리했다.
 "엄마 일을 정말 잘 거드는구나! 반짝반짝 빛이 난다, 얘!"
 리아 이모가 부엌으로 들어오면서 소리쳤다.
 엄마는 빈정거리지 않았다. 사실 저녁 내내 심술궂은 말을 하지 않았다.
 유디트는 탁자에 앉아서 숙제를 하고 엄마와 이모는 소파에서 수다를 떨었다.
 "우리 때문에 방해가 되지 않니, 아가야?"
 리아 이모가 이따금 물었다.
 유디트는 고개를 크게 저었다. 이모가 방해가 되다니요? 백만 년 안에는 그럴 일이 없을걸요……

"유디트…… 유디트……."

리아 이모의 속삭임에 깨어난 유디트는 잠에서 덜 깬 채 매트리스에서 몸을 일으켜 앉았다.

"자, 내가 도와줄게."

리아 이모가 부드럽게 말했다. 유디트는 문득 무엇을 해야 하는지 깨달았다. 일어나서 아래층 화장실로 갔다. 돌아왔을 때 리아 이모는 벌써 침대에 누워 있었다. 램프는 켜 놓았다.

"자명종을 네 베개 밑에 두었어. 두 시간마다 울릴 거야."

리아 이모가 말했다.

유디트는 에어 매트리스를 침대 가까이 붙이고 침낭으로 들어갔다.

"이모랑 같이 있으니까 참 좋아요."

유디트가 속삭였다.

"나도 그래. 우리 집이 마련되는 대로 또 며칠 같이 지내자."

리아 이모가 말했다.

유디트가 램프를 껐다. 어둠 속에서 침대가 삐걱거리는 소리가 났다.

"리아 이모!"

"음……."

"뭐 좀 물어봐도 돼요?"

침대가 다시 삐걱거렸다.

"제가 닮았다는 사람이 누구예요?"

잠시 대답이 없었다.

"물어볼 줄 알았다. 넌 디키를 닮았어."

"엄마의 남동생요?"

"이모의 남동생이기도 하지."

리아 이모가 말했다.

"아주 어릴 때 죽었다면서요?"

"응. 겨우 아홉 살이었어. 얼음 구멍에 빠졌지. 엄마가 그런 얘기는 전혀 안 하던?"

"네……. 어쩌면 들었는데 제가 기억을 못하는지도 모르죠. 엄마가 벤 아저씨한테 하는 이야기를 들은 것 같기도 해요."

"데니스의 아빠 말이니?"

"네."

"가끔 만나?"

"데니스를 데리러 올 때요. 그렇게 자주 오진 않아요. 그런데 엄마는 디키 삼촌을 좋아하지 않았나 봐요?"

자기도 모르게 그런 말이 나와 버렸다.

"왜 그렇게 생각하니?"

"그냥요."

캄캄해서 다행이었다.

"아니. 디키는 정말 귀여운 꼬마였어. 누구나 그 애를 사랑했지. 네 할머니는 특히 그랬고. 할머니는 디키의 죽음을 이겨내지 못했어. 그 뒤로 사람이 확 달라져 버렸어."

"달라지다뇨?"

"할머니가 네 엄마를 대하는 방식. 두 사람 사이는 그 전에도 좋지 않았어. 서로 못 잡아먹어서 안달이었지. 할머니는 결코 대하기 편한 사람은 아니었단다. 그 점은 나도 인정해. 하지만 엄마도 마찬가지였어. 사실 두 사람은 굉장히 닮았지. 둘 다 고지식하고 고집이 셌어. 늘 말다툼을 했지. 항상 두 사람을 달래 주던 할아버지마저 돌아가시자, 두 사람을 억누르던 감정이 폭발해 버렸지. 그 두 사람하고 사는 건 정말 힘들었다. 정말이야. 난 한 번도 할머니랑 크게 싸운 적이 없었어. 디키도 마찬가지였고……. 할머니는 디키를 눈에 넣어도 아프지 않다는 듯이 예뻐했어. 엄마는 할머니가 디키를 어린 왕자처럼 대하는 걸 못 견뎌 했지."

리아 이모는 몸을 뒤척였다. 스프링이 찌걱거렸다.

"네 엄마는 무시당하는 기분이 들었던 거야. 자기도 디키만큼 할머니의 관심을 받고 싶었으니까. 어쩌면 더 많이 원했을지도 몰라. 하지만 엄마가 할머니의 관심을 받는 건 두 사람이 싸울 때뿐이었어. 그건 엄마가 원한 종류의 관심이 아니었지."

리아 이모는 한숨을 쉬었다.

"싸움이 끊이지 않았어. 정말 끔찍했지……. 나는 두 사람이 정말 미웠단다. 할머니는 화가 머리끝까지 나면 자제심을 잃고 엄마를 때리기 시작했어. 그것도 아주 심하게. 할머니는 디키나 나를 때릴 생각은 꿈에도 하지 않았는데, 엄마는 할머니의 분통을 터뜨렸던 거야. 엄마가 어떻게 했을 것 같니? 맞받아쳤어. 자기가 맞은 것만큼 세게 말이야! 그리고 벌을 받았지. 당연히. 자기 엄마를 때리면 안 되잖니. 벌로 저녁을 굶은 채 몇 시간이나 자기 방에 갇혔지. 난 엄마가 불쌍해서 몰래 먹을 것을 갖다 주었어. 그러던 어느 해 겨울, 일이 터진 거야……."

리아 이모는 또 한숨을 쉬었다.

"날씨가 하도 추워서 호수가 꽁꽁 얼어붙었어. 디키는 스케이트를 타러 가고 싶어했어. 할머니는 감기에 걸렸고. 그렇지 않았으면 할머니가 데리고 갔을 텐데. 할머니는 엄마에게 디키를 데려가라고 시켰는데 엄마는 친구 집에 가고 싶어했지. 나는 그날 집에 없었지만 일이 어떻게 돌아갔을지는 뻔해. 먼저 말다툼을 했겠지. 소리를 지르고 욕을 하고. 디키는 스케이트를 들고 문가에서 초조하게 기다리고. 결국 엄마가 포기했지만 잔뜩 골이 났지. 둘이 집을 나설 때 할머니가 조심하라고 일렀어. 네 엄마가 '싫어.' 하고 맞받아쳤지. 두 아이는 먼저 엄마의 친구 집에 들러서 디키가 호수에 스케이트를 타러 가고 싶어한다고 말했어. '그럼, 나도 같이 가자.' 하고 친구가 말했지. 그때는 그렇게 끔찍한 일이 일어날 줄 몰랐어. 세 아이는 즐거운 시간을 보냈어. 디키는 스케이트를 아주 잘 탔고 그 사실을 자랑스러워했어. 아이들은 경주를 하기로 했어. 디키가 두 아이보다 앞서서 달리고 있었는데 갑자기 얼음 사이에 빠져 사라졌어……. 엄마는 할 수 있는 건 다 해봤지. 비명을 지르고 목청이 터져라 도움을 청했어. 그런데 누군가 달려왔을 때는 이미 늦었던 거야. 엄마가 얼마나 큰 충격을 받았는지는 말하지 않아도 알 거야. 우리 모두 그랬으니까……."

이모는 말을 멈췄다.

"아까도 말했지만 할머니는 그 사고의 충격을 이겨내지 못했어. 정말 나빴던 건 디키의 죽음을 엄마 잘못으로 돌린 거야. 엄마가 견디기에는 너무 큰 부담이었지. 그러지 않아도 가뜩이나 죄책감을 느끼고 있었거든. 상황은 갈수록 나빠졌어. 더는 싸우지 않았어. 할머니는 소리지르거나 욕을 하지 않았어. 대신 더 나은 무기를 발견했지. 엄마를 아예 상대도 안 한 거야. 엄마가 없는 것처럼 행동했어. 엄마는 할머니의 마음에 들려고 갖은 노력을 했지만 생각한 대로 되지 않자 공격적으로 나갔지. 엄마가 한 보복 중의 하나가 우리 동네에 사는 어떤 남자와 결혼한 거야. 아무짝에도 쓸모 없는 놈이라고 할머니가 늘 말하던 남자하고 말이야. 순전히 할머니를 괴롭히려고 한 결혼이었어. 하지만 오래지 않아 그 남자는 널 남기고 엄마 곁을 떠났지."

유디트가 이야기를 들으며 꼼짝도 않고 누워 있자 리아 이모가 물었다.

"자니?"

"아…… 아뇨……."

"이런 이야기는 하지 않아야 하는데."

"듣고 싶었던 얘기였어요."

유디트가 나지막이 말했다.

"오늘 오후에 네가 머리를 묶고 빨간 스웨터를 입고 내려왔을 때…… 디키가 되살아난 것 같았어. 으스스해질 정도였지. 디키도 너처럼 금발이 참 탐스러웠단다. 그날 오후 호수에 얼음을 지치러 나갔을 때도 빨간 스웨터를 입고 있었어. 빨간 옷이 아주 잘 어울리는 아이였지."

유디트는 몸을 흠칫 떨었다. 엄마가 빨간 스웨터를 사 주고서 입지 못하게 한 이유를 이제 알게 된 것이나.

"두 사람…… 두 사람은 나중에 화해했나요? 엄마하고 할머니요."

"아니…… 못 했어. 할머니는 네가 두 살 때 돌아가셨어. 엄마는 장례식에도 가지 않았단다. 어떻게 감정을 그렇게 오래 끌고 갈 수 있는지 난 정말 이해가 가지 않아. 아까 두 사람이 무척 많이 닮았다고 말했지. 에이, 징그러운 황소고집."

이모는 침묵에 잠겼다.

"다…… 다른 점에서도 제가 디키 삼촌하고 닮았어요?"

유디트가 머뭇거리며 물었다.

침대가 요란하게 삐걱거렸다. 리아 이모는 부드러운 손으로 유디트의 뺨을 어루만졌다.

"디키는 사랑스럽고 섬세한 꼬마였어. 누구라도 그 애를 보면 사랑하게 되었지. 그런 점에서라면, 맞아, 넌 그 애를 닮았어. 하지만 넌 디키가 아니야. 너는 유디트야. 절대로 잊지 마라."

유디트는 리아 이모의 손을 꼭 쥐었다.

"이제 그만 자자. 안 그러면 아침에 굉장히 피곤할 거야."

리아 이모가 속삭였다.

"네."

유디트도 작은 목소리로 대답했다. 유디트는 옆으로 돌아누워서도 한참 만에야 잠이 들었다.

유디트의 소망

유디트는 학교를 향해 기분 좋게 자전거 페달을 밟았다. 숨을 깊이 들이쉬자 봄이 느껴졌다. 하늘은 투명한 푸른색이었고 나무에서는 꽃이 피어나기 시작했다. 유디트가 도착했을 때 디아나가 교문 앞에 모여 선 아이들에게 뭔가 이야기하고 있었다. 디아나의 말투로 봐선 뭔가 잘못된 것 같았다.

"베크만 선생님이 오늘 학교에 못 나오신대. 선생님 아버지께서 입원하셨대."

로베르트가 유디트에게 말했다.

"저런, 큰일이구나. 그럼 우리는 도로 집에 가는 거야?"

"아직 몰라."

아이들이 복도로 우르르 몰려들어갈 때 유디트는 미하엘을 찾았다. 복도에도 미하엘은 없었다.

교실 문 앞에서 데이크스라 교장 선생님이 기다리고 있었다.

"오전에는 베크만 선생님 대신 내가 여러분을 지도할 거예요. 선생님은 사정이 있어서 늦게 오실 거예요."

교장 선생님이 말했다.

처음 몇 시간은 순조롭게 흘러갔다. 오전 시간이 끝날 무렵, 즉 점심 시간 직전에 베크만 선생님이 들어왔다. 지쳤지만 한시름 놓은 표정이었다.

"굉장한 밤이었어! 선생님 아버지가 갑자기 심장 혈관 수술을 받게 되었거든. 지금은 아주 좋아졌어."

선생님이 말했다.

아이들이 모두 궁금해했으므로 베크만 선생님은 칠판에 심장을 그려서 자세히 설명해 주었다. 아이들은 깊은 인상을 받았다.

"밤을 새우셨어요?"

카렐이 물었다.

"한숨도 못 잤지."

베크만 선생님이 말했다.

"잠깐 눈 좀 붙이세요. 조용히 자습할게요."

로베르트가 큰 소리로 말했다.

베크만 선생님이 웃었다.

"사실 선생님도 좀 힘들다. 모두 책을 꺼내서 읽을래? 선생님은 커피를 한 잔 마시고 잠을 깨야겠어."

미하엘은 유디트가 오기를 기다리느라 진이 빠질 지경이었다. 누군가를 기다릴 땐 언제나 시간이 너무 천천히 흘러간다! 미하엘은 자꾸

손목시계를 보았다.

"이제 왔나!"

유디트가 방으로 들어오자 미하엘은 신음소리를 냈다.

"어…… 엄청 속도를 낸 거야."

유디트가 헐떡였다.

"그런데 신호등마다 빨간 불이 켜지잖아."

유디트는 재킷의 지퍼를 내리고 벗어서 미하엘의 침대에 휙 던지고 의자에 털썩 주저앉았다.

미하엘은 웃음이 나왔다. 유디트답지 않은 행동이었기 때문이다.

"무슨 일 있어?"

미하엘이 물었다.

"이모가 왔어. 리아 이모. 캐나다에 사는데, 네덜란드로 돌아온대. 일주일 동안 우리 집에 있을 거야."

유디트가 자기 가족 이야기를 꺼내는 것은 처음 있는 일이었다.

"오늘 아침에 베크만 선생님이 안 오셨어."

유디트가 말을 이었다.

"나중에 오셨지. 선생님 아버지께서 심장 수술을 받으셨대."

유디트가 말을 늘어놓기 시작했다. 몬트리올에 대한 이야기였다. 이모랑 크리스 이모부가 살던 도시야. 이모부는 잘 생각나지 않아. 발이 무척 컸다는 건 기억하는데. 리아 이모는 아주 뚱뚱하지만 참 좋은 분이고 이모네 부부는 우트레이트에서 살 집을 찾고 있어. 리아 이모는 집을 마련하는 대로 며칠 지내러 오라고 했어. 유디트는 이런 식으로 계속 수다를 떠느라 미하엘이 아무 말도 하지 않는 것을 눈치 채지 못했다.

"감기는 어때? 아직도 열이 있는 거야?"

마침내 유디트가 물었다.

"아니."

미하엘이 투덜거렸다.

"그런데도 엘리 이모는 학교에 못 가게 해. 정말 짜증나."

미하엘은 곧 입을 다물었다.

유디트가 자기가 가져온 샌드위치를 먹기 시작했다. 미하엘이 아무 말도 하지 않자 유디트가 물었다.

"무슨 일 있어?"

미하엘은 어깨를 으쓱하고 앞만 똑바로 쳐다보았다.

"그렇다는 뜻이구나."

유디트는 입안 가득 샌드위치를 우물거리며 말했다.

"내가 학교에 가지 않아서 좋은 모양이다."

"아니, 무슨 말이야?"

유디트가 깜짝 놀라서 물었다.

"이렇게 말을 많이 한 적이 한 번도 없었어."

"리아 이모 때문일 거야. 제일 멋진 이모야. 엘리 이모는 빼고 말이지."

유디트가 말했다.

그래도 미하엘은 샐쭉한 표정을 지었다.

"네가 없으니까 수업 시간이 너무 지루했어. 정말이야."

"진짜?"

갑자기 미하엘이 수줍음을 타는 것 같았다.

고개를 끄덕이는 유디트도 얼굴이 달아올랐다. 유디트는 일어서서 코알라 인형이 있는 서랍장으로 갔다.

"네가 없으니까 나도 지루해. 내가 아는 여자애 중에 네가 제일 큰 사해."

미하엘이 고백했다.

미하엘은 유디트가 코알라 인형을 조심스럽게 들어올리는 것을 보았다. 유디트는 미하엘에게 등을 보이고 서 있었다.

"내가 스테피를 닮아서 그런 생각이 드는 거야."

유디트는 몸을 돌리지 않고 말했다.

"처음에, 널 알기 전에는 그랬지. 하지만 넌 스테피가 아니라 유디트잖아."

유디트는 몸을 돌려 미하엘의 얼굴을 보았다. 눈에 이상한 표정이 떠올라 있었다.

"그래, 나는 유디트야. 유디트."

유디트가 천천히 되풀이했다. 자기 이름을 처음 들은 사람처럼 말했다.

그러더니 아주 조심스럽게 인형을 서랍장 위에 놓았다.

이모가 있는 한 주는 후닥닥 지나갔다. 유디트는 흘러가는 시간을 붙잡아 그 안에 계속 머무르고 싶었다. 리아 이모가 있는 집안엔 구석구석 봄기운이 감돌았다. 엄마도 달라 보였다. 임마가 그렇게 행복한 표정을 짓는 것은 처음이었다.

어느 날 오후 학교에서 나오는데 리아 이모가 교문에서 기다리고 있었다.
베크만 선생님은 유디트가 달려가서 어떤 여자를 안는 것을 보았다. 유디트 어머니인가? 어쩌면 지금 약속을 잡을 수 있을지도 몰라……. 너무 늦었군. 벌써 저만치 걸어가네. 선생님은 막 돌아서려다가 미하엘이 두 사람 사이에 끼는 것을 보았다. 베크만 선생님은 한숨을 쉬었다. 아버지가 병원에 있는 동안 유디트 생각을 잠시 제쳐 놓았던 것이다. 그래도 유디트가 요 며칠 사이에 한결 밝아진 것은 눈치 채고 있었다.
"우리 놀러 가자. 어디가 좋은지 말해 봐. 난 아직 이 근처를 잘 몰라서."
리아 이모가 말했다.
"데니스는 어쩌죠? 데리러 가야 하는데."
"그 문제는 다 해결해 놨어."
이모는 유디트를 안심시켰다.
"괜찮은 카페가 있어요."
미하엘이 말했다. 미하엘은 이모를 보자마자 유디트가 왜 그렇게 좋아하는지 알 수 있었다.
세 사람은 카페의 창가에 앉았다.
"뭐든지 먹고 싶은 걸 주문해. 나도 그래야지."
리아 이모가 말했다.
잠시 후 유디트와 미하엘은 아이스크림을 먹고 있었다. 리아 이모는 얼굴에 미소를 띠고 미하엘이 수영 코치에 대해 하는 이야기를 들었다.

"전 금방 가야 해요. 안 그러면 로버스 선생님이 죽이려 들 거예요! 오 분만 늦어도 펄쩍펄쩍 뛰니까!"

미하엘이 말했다.

미하엘은 유디트가 깡패에게 맞은 뒤에 자기가 유디트를 탁아소까지 바래다주는 것도 말했다.

"엄마도 알고 있니?"

이모가 물었다. 유디트는 불편한 듯 의자에서 몸을 꿈틀거렸다.

"물론이죠!"

미하엘이 소리쳤다.

"유디트는 온몸에 멍이 들었어요. 얼굴까지. 그런데 그 다음부터는 녀석들을 안 만났어요. 맞지, 유디트?"

미하엘이 자랑스럽게 말했다.

"그 자식들, 또 그런 짓을 하려면 먼저 나하고 한판 붙어야 할 거예요!"

미하엘은 손등으로 입을 닦고 일어섰다.

"저, 아이스크림 잘 먹었습니다, 음……."

"리아라고 불러."

이모는 미소를 지었다.

"아이스크림 잘 먹었습니다, 리아 이모."

미하엘은 괴상한 높은 소리로 말하며 이모의 손을 잡고 아래위로 크게 흔들었다.

"꼭 다시 만났으면 좋겠다, 미하엘."

"저도요. 내일 보자, 유디트."

미하엘은 서둘러 문을 열고 나갔다. 리아 이모와 유디트는 미하엘이 자전거에 올라타고 자기들에게 손을 흔든 다음 떠나는 것을 창문으로 보았다.

"좋은 애구나. 남자 친구니?"

리아 이모가 물었다.

유디트는 고개를 끄덕이며 냅킨을 만지작거렸다.

"엄마한테는 말하지 않을 거죠?"

"미하엘에 대해서? 미하엘이 네 남자 친구라는 것 말이니?"

유디트는 다시 고개를 끄덕였다. 밝기만 하던 오후에 갑자기 먹구름이 끼는 순간이었다.

"엄마는 미하엘을 모르니?"

"네."

"미하엘이 집에 놀러 온 적도 없었어?"

"한 번 왔는데, 엄마가 별로 좋아하지 않았어요. 집에 친구를 부르면 데니스를 잘 돌보지 않을까 봐 걱정하거든요."

"그럼 너도 그 애 집에 가지 않니?"

리아 이모가 물었다. 유디트가 머뭇거리는 것이 보였다.

"날 믿어도 돼, 애야. 네가 원하지 않는 건 네 엄마한테 말하지 않을 거야."

유디트는 안심한 표정으로 이모를 바라보았다.

"사실은 매일 미하엘 집에서 점심을 먹어요. 아주 재미있어요. 미하엘은 이모네 식구하고 살아요. 엄마가 돌아가셨고 아빠는 미국에 살거든요. 그런데……."

리아 이모는 이따금씩 질문을 하며 유디트의 이야기를 들었다. 점점 놀라워졌다. 왜 유디트는 이 모든 걸 엄마한테 숨기는 걸까?

"정말 화목한 가족인 것 같구나. 네가 왜 그곳에 가는 걸 그렇게 좋아하는지 충분히 알겠어."

유디트의 이야기를 다 듣고 난 이모가 말했다.

유디트는 고개를 힘차게 끄덕였다.

"미하엘을 어떻게 만났니?"

"같은 반이에요. 제 타이어에 구멍이 났었는데……."

유디트는 금방 다른 이야기에 빠져들었다. 이따금 말이 막히기도 했다.

"미하엘은 내가 스테피를 닮았다고 했어요. 미하엘이 미국에 있을 때 옆집에 살던 여자애예요. 그 애가 미하엘에게 자기가 아끼는 인형을 주었죠. 오스트레일리아에서 가져온 코알라 인형이었어요. 그래서 미하엘은 날 좋아했던 거죠. 내가 스테피를 닮아서. 하지만 지금은 내가 유디트이기 때문에 좋아해요. 그냥 유디트라서요."

유디트는 생각한 것보다 더 많은 말을 지껄였다는 듯 돌연 입을 다물었다.

리아 이모는 유디트의 손을 꼭 쥐었다.

"나도 그냥 유디트가 좋아."

잠시 유디트는 눈을 어디에 둬야 할지 알 수 없었다.

"오, 리아 이모. 이모가 우리랑 영원히 함께 살았으면 좋겠어요."

유디트가 말했다.

"그러면 크리스 이모부가 난리칠 텐데."

리아 이모가 미소를 지었다.

"하지만 언제든 우리 집에 와서 지낼 수 있어. 물론 그 전에 내가 살 집을 찾아야겠지만!"

리아 이모는 계산을 했다. 두 사람은 팔짱을 끼고 밖으로 나왔다.

나는 유디트야, 유디트

리아 이모가 떠나자 집이 텅 빈 것 같았다. 유디트는 이모가 몹시 그리웠다. 저녁때와 밤에는 더 보고 싶었다. 자명종이 울릴 때 리아 이모가 깨는 때도 있었다. 하지만 이모는 짜증내지 않고 어둠 속에서 유디트에게 다정한 격려의 말을 속삭였다. 유디트는 리아 이모가 온 다음부터 한 번도 이불에 지도를 그리지 않았다.

밤이 다시 외로워졌다. 계단을 내려가 볼일을 보고 다시 방으로 돌아올 때마다 들려오던, 삐걱거리는 침대 소리가 그리웠다. 이따금 이모의 숨소리가 들린다는 착각에 빠졌지만 그건 바람소리일 뿐이었다.

엄마는 요즘 툭하면 화를 냈다. 입가의 주름이 한결 날카로워졌다. 리아 이모가 떠나서일까, 아니면 요즘 들어 발길이 뜸해진 니코 때문일까? 데이트를 취소한다고 니코가 전화할 때마다 유디트는 더욱 조신해야 했다. 엄마한테 방해가 되지 않으려고 무척 애를 썼지만 그럴수록 일이 꼬였다.

"도둑고양이처럼 다니지 마. 신경 쓰여."

엄마가 쏘아붙였다.

엄마는 리아 이모에 대해 뭔가 캐내려고도 했다.

"둘이서 몰래 험담한 걸 내가 모를 줄 알았지."

"험담 같은 거 안 했어, 엄마. 진짜야."

"그럼 뭘 그렇게 속닥거린 거야?"

"어, 학교 얘기하고……."

유디트는 미하엘이라고 말할 뻔했지만 간신히 그 이름을 삼켰다.

"우리 선생님."

유디트는 금방 말을 이었다.

"선생님 아버지께서 아직도 병원에 계셔. 리아 이모는 캐나다 얘기를 많이 했어."

"옛날 일은 한 마디도 안 했어?"

유디트는 주저했다.

"조금 했어."

"조금이라니?"

"저기…… 음…… 이모 어릴 때 얘기."

유디트가 더듬거리며 말했다.

엄마는 의심스러운 눈으로 쳐다보았다.

"디키 얘기도 했어?"

"응. 얼음 사이에 빠졌다고. 그런데 그건 벌써 아는 얘기였고."

"또?"

"내가 디키 삼촌을 닮았대."

긴장된 침묵이 흘렀다. 유디트는 엄마의 시선을 피했다.
"그게 다야?"
"응."
"흥, 그렇겠지."
엄마가 조롱하듯이 말했다. 다행히 더는 캐묻지 않았다.

며칠이 지난 어느 날 밤, 유디트는 고함소리에 퍼뜩 잠에서 깼다. 벌떡 일어나서 귀를 기울였다. 가슴이 쿵쿵 뛰었다. 자다가 아래층에 내려갈 때 소리를 내지 않도록 방문을 반쯤 열어 놓았기 때문에 한 마디도 놓치지 않을 수 있었다. 엄마와 니코가 싸우고 있었다.
"돈 내놔! 당신이 몇 주 동안 훔쳐간 내 돈!"
엄마가 소리쳤다.
"너무 흥분한 거 아냐? 당신처럼 피해망상이 심한 사람은 처음이야. 모든 사람이 자길 이용한다고 생각하잖아!"
"다른 사람은 나한테 못된 짓 안 해. 너만 그렇지! 네가 내 돈을 훔쳤어. 가방을 뒤지는 걸 유디트가 봤다고!"
"네 딸? 자기가 칭찬이라고는 조금도 안 하는 딸 말이야? 진짜 웃긴다! 그 녀석이 슬쩍했나 보지!"
니코가 비꼬았다.
"좋아. 네 지갑을 보여 줘."
"내가 미쳤냐?"
니코는 터무니없는 소리라는 듯이 말했다.
"이번이 네 번째야. 너를 만난 후 돈이 없어진 게 네 번째라고.

처음엔 백 길더였고, 다음엔 오십 길더, 지난주엔 이십오 길더. 그런데 지금 또 오십 길더가 없어졌어."

분노에 찬 엄마의 목소리가 째졌다.

"집에 왔을 때 내 지갑에는 백오십 길더가 있었어. 미리 확인해 봤지. 그런데 지금은 백 길더뿐이야. 그걸 훔칠 수 있는 사람은 딱 한 명뿐이지. 바로 너. 바른대로 말해!"

니코는 기가 차다는 듯이 웃었다.

"오십 길더짜리 지폐를 보고 싶다고? 좋아, 볼 테면 봐. 여기 오십 길더 세 장이 있는데, 그 중 하나가 네 거라는 걸 어떻게 증명할래? 그러다가 세 장 다 내가 훔쳤다고 우기겠군!"

잠시 침묵이 이어졌다. 유디트는 무슨 일이 일어날지 마음을 졸이며 기다렸다.

"그럼 그렇지!"

엄마가 의기양양하게 소리쳤다.

"돈에 내 이름을 써 놨어. 보여? 여기 있잖아! 나머지 두 장도 내가 가져가지. 이 정도면 많이 봐주는 줄 알아!"

"내 돈 도로 내놔, 젠장!"

니코가 소리쳤다.

"어림없는 소리!"

유디트는 헐떡거리는 숨소리와 요란하게 치고받는 소리를 들었다. 저러다가 다치면 어쩌려고?

데니스가 울기 시작했다. 화가 나서 계단을 내려가는 요란한 발소리, 현관문을 처닫는 소리가 들렸다.

유디트는 머리가 아프기 시작했다. 동생의 울음소리가 더 커졌다. 엄마가 동생을 달래는 소리가 들렸다. 복도에는 불이 켜져 있었고, 창백한 노란 불빛이 유디트의 방으로 널찍하게 들어왔다.

몇 주 전 없어진 돈을 놓고 엄마가 추궁했던 일이 생각났다. 니코가 훔쳤다고 말했을 때 엄마는 무척 화를 냈었다. 도무지 믿으려고 하지 않았다.

데니스의 울음소리가 그치고 복도의 불이 꺼지자 집은 다시 조용해졌다.

다음 날 아침, 니코와의 싸움에 대해서는 아무 말도 없었다. 엄마는 얼굴이 딱딱하게 굳었고, 눈이 부었다. 유디트는 몸을 잔뜩 움츠리고, 시키는 말에 고분고분 따랐다. 하나라도 까딱 잘못하면 엄마가 폭발한다는 것을 유디트는 아주 잘 알았다.

유디트는 겨우 집 밖으로 나와 안도의 한숨을 쉬었다. 데니스를 얼른 탁아소에 데려다 주고 학교를 향해 자전거를 있는 힘껏 몰았다.

점심시간에 유디트는 자전거를 타고 미하엘 집으로 함께 가고 있었다. 미하엘이 말했다.

"지난밤에 누가 전화했는지 알아?"

"누군데?"

"우리 아빠."

"미국에서 전화하셨어?"

"아니. 아직 프랑크푸르트에 있어."

"뭐라고 하서?"

"그냥 내가 어떻게 지내는지 궁금해서 했대. 며칠 동안 아팠다고 했더니 미국에 돌아가는 길에 잠깐 들러도 되겠느냐고 묻더라고."

"뭐라고 대답했어?"

미하엘은 앞을 똑바로 바라보았다.

"그러라고 했어. 나 바보 같지?"

"왜 그런 소릴 해?"

"나는 모든 게 예전으로 돌아갈까 봐 걱정돼. 그러니까 도로 엉망이 될까 봐 걱정스럽다는 뜻이지."

"하지만 지난번에 아빠가 왔을 때는……."

"그래. 그런데 아직……."

"그러면 왜 거절하지 않은 거야?"

미하엘은 어깨를 으쓱하고 한숨을 쉬며 말했다.

"글쎄. 아마 아직도 너무 겁이 나서 거절을 못하나 봐."

"지난번처럼 잘되기를 바라는 거겠지."

미하엘은 놀란 눈으로 유디트를 바라보았다.

"맞아, 그거야."

미하엘이 인정했다.

"하지만 지금은 오지 않기를 바라고 있어. 그 생각을 할 때마다 간이 졸아드는 것 같거든."

"다 잘될 거야."

유디트는 친구를 안심시키려고 했지만 그 말이 그럴듯하게 들리지 않는다는 걸 알고 있었다. 미하엘이 어떻게 느낄지는 충분히 상상할 수 있었다.

"말하기는 쉽지. 넌 아빠가 없잖아."

미하엘이 중얼거렸다.

쉽다고! 유디트는 생각했다. 하긴 넌 나에 대해 잘 모르니까…….

그날 밤, 유디트가 앉아서 숙제를 하고 있을 때 전화가 왔다. 엄마가 받았다.

"누구시라고요? 아, 베크만 선생님! 안녕하세요! 무슨 일이세요?"

유디트는 귀를 기울였지만 무슨 대화가 오가는지 알 수 없었다. 유디트는 초조해지기 시작했다. 선생님께서 왜 전화를 하셨을까? 겁이 나서 엄마를 쳐다보지도 못하는 유디트는 엄마가 일부러 꾸며낸 상냥한 목소리를 들으며 문제가 생긴 것을 짐작했다.

"오, 이를 어쩐다. 그날은 시간이 나질 않네요. 직장에 가야 하거든요. 그냥 전화로 하면 안 될까요?"

엄마가 말했다.

유디트는 침을 꿀꺽 삼켰다. 보이지 않는 끈이 목을 조르는 듯했다. 베크만 선생님은 왜 엄마하고 얘기하고 싶어 할까?

유디트는 엄마가 꾸며낸 핑계를 듣고, 선생님이 약속을 잡으려고 한다는 것을 알았다. 엄마는 어떻게 해서든 빠져나가려 하고 있었다. 하지만 아무리 해도 소용이 없자, 결국 두손을 들었다.

"네, 좋습니다. 다음 주에……. 아뇨, 죄송하지만 이번 주는 도저히 안 되겠어요."

엄마의 목소리는 여전히 친절했지만 유디트는 알고 있었다. 엄마가 난처한 상황에 몰릴 때는 조심해야 한다는 것을. 유디트의 예감은 딱 맞아떨어졌다. 전화를 끊자마자 엄마가 소리를 지르기 시작한 것이다.

"이게 무슨 빌어먹을 소리냐? 왜 선생이 나하고 얘기를 하자는 거지?"

"나도 몰라."

유디트가 작은 소리로 말했다.

엄마는 벌떡 일어나 유디트의 어깨를 붙잡고 거칠게 앞뒤로 흔들었다.

"네가 다 떠벌렸구나? 온갖 거짓말로 내 흉을 본 거지?"

유디트는 날아오는 주먹을 피하려고 했지만 소용이 없었다.

"나야말로 네가 얼마나 못된 앤지 선생한테 다 까발려야겠다!"

지난 며칠 동안 쌓이고 쌓인 분노가 터져 유디트의 등과 팔다리에 쏟아졌다. 엄마는 발로 밟고, 차고, 바닥에 내던졌다가 머리채를 잡아 다시 질질 끌고 왔다.

"얼굴은 안 돼, 얼굴은."

유디트가 신음했다.

"당장 꺼져. 죽이기 전에!"

엄마가 헐떡이며 말했다.

유디트는 비틀거리며 자기 방으로 가는 계단을 디뎠다.

몇 시간 뒤에 유디트는 계단을 오르는 작고 힘없는 발소리를 들었다. 유디트는 조각상처럼 꼼짝 않고 누워 있었다. 문에 엄마의 윤곽이 나타났다. 발소리가 유디트의 침대를 향해 가까워졌다. 유디트는 등에 통증을 느끼며 땀을 흠뻑 흘리고 있었지만 잠든 척해야만 했다. 그러지 않으면…….

"유디트."

엄마가 목이 쉰 소리로 속삭였다.

"유디트……."

엄마는 유디트에게 몸을 숙였다. 엄마의 따뜻한 숨결이 뺨에 닿았다. 관자놀이가 지끈거렸다. 엄마는 잠든 유디트를 한 번도 만지지 않았지만 그날은 왠지 자기 목에 그 억센 손가락을 댈 것만 같았다.

"유디트……."

엄마가 다시 속삭였다. 마치 애원하는 것 같았다.

유디트는 가만히 누워서 될 수 있는 한 깊고 고르게 숨을 쉬었다. 하지만 가슴은 콩닥콩닥 뛰었다.

엄마가 다시 몸을 일으켜서 잠시 그 자리에 서 있다가 방에서 나갔다. 유디트는 엄마가 계단을 내려가는 소리를 듣자마자 몸을 떨기 시작했다. 전기가 관통하는 것처럼 몸이 걷잡을 수 없이 떨렸다. 이가 딱딱 부딪쳤다. 열이 올랐다가 식었다가 다시 올랐다. 파자마가 등에 찰싹 달라붙었다.

아래층에서 복도의 불을 끄는 소리가 들렸다. 엄마가 이제 잠을 자러 가는 모양이었다.

떨림은 한참이나 계속되었다. 등이 욱신욱신 쑤셨다. 팔과 다리도 아팠다. 그런데 진짜 문제는 발목에 있었다. 엄마가 유디트를 바닥에 던질 때 접질린 것이다. 움직일 때마다 아팠다.

집이 조용해지기를 기다렸다. 그리고 조심스럽게 침대에서 나와서 아래층 화장실로 갔다. 다시 침대로 돌아와 누워서는 눈물이 마른 눈으로 어둠을 뚫어지게 보았다.
"나는 유디트야."
유디트가 속삭였다.
"유디트."
유디트는 자기 이름을 까먹지 않으려는 듯 부르고 또 불렀다.

짙어지는 의혹

"다리가 왜 그러니?"

다음 날 아침 베크만 선생님은 다리를 절룩거리며 교실로 들어오는 유디트에게 물었다.

"발목을 삐었어요."

유디트가 우물거렸다. 선생님이 더는 아무것도 묻지 않기를 바라며 얼른 자리에 앉았다.

"어쩌다 그렇게 됐어?"

디아나가 궁금한 모양이었다.

"담에서 뛰어내리다가 발을 헛디뎠어."

유디트가 말했다.

"바보 같기는. 그러면 체육 수업에 빠져야겠네?"

"응."

"그것 참 안됐구나. 오늘은 핸드볼을 할 건데."

"그래, 정말 아쉽다."

유디트가 말했다. 디아나를 상대하는 가장 좋은 방법은 그 애가 말하는 모든 것에 찬성하는 것이었다. 그러면 그 이상 귀찮게 하지 않았다. 그렇지만 이번만큼은 달랐다.

"넌 항상 어디가 아프더라. 어느 날은 머리가 아프더니, 다음엔 감기에 걸리고, 오늘은 발목을 삐었잖아. 그냥 체육이 싫어서 온갖 핑계를 대고 빠지려는 것 같아."

디아나가 지적했다.

"디아나, 얘기 다 끝나면 나한테 알려 줄래? 수업을 시작해야 하니까."

베크만 선생님이 말했다. 디아나가 입을 다물자 유디트는 마음이 놓였다.

하지만 체육 시간이 되어 아이들이 밖으로 달려나갈 때 디아나가 소리쳤다.

"굉장해! 유디트가 체육 수업에 또 빠져!"

유디트는 그 말을 못 들은 체했지만 뺨이 잔뜩 달아올랐다. 유디트는 선생님과 함께 교실에 남았고, 모두 나가자 선생님이 물었다.

"어쩌다 발목을 다쳤니?"

"담에서 뛰어내렸는데, 발을 헛디딘 것 같아요."

다시 거짓말을 했다.

"굉장히 아팠겠구나. 부었니?"

"조금요."

"붕대로 싸맸니?"

유디트가 고개를 저었다.

"어디 한번 보자."

베크만 선생님이 말하며 유디트의 책상으로 샀다.

유디트가 다리를 내밀었다.

"신발하고 양말을 벗어야지. 난 투시 능력이 없거든!"

베크만 선생님이 말하며 웃었다.

선생님은 유디트가 양말까지 벗을 때까지 차분하게 기다렸다가 살펴보았다.

"음, 많이 부었구나. 그토록 심하게 저는 것도 무리는 아니지. 구급약 상자에 붕대가 있는지 봐야겠다. 잠깐 실례."

잠시 후 선생님은 구급약 상자를 가지고 돌아왔다. 선생님은 맞은편에 앉아 유디트의 발을 조심스럽게 잡고 바지를 걷어올렸다.

"세상에…… 다리에 온통 멍이잖아!"

선생님은 유디트의 다리를 내려다보며 소리쳤다.

유디트는 겁이 나서 얼굴이 하얗게 질렸다. 미처 생각하지 못한 일이 벌어졌다.

베크만 선생님은 잠자코 다른 쪽 바지도 걷어올렸다. 역시 멍이 들어 있었다. 어떤 것은 벌써 옅은 초록색으로 변해가고 있었다.

"어떻게 된 거니, 유디트?"

선생님은 정색하고 유디트를 보았다.

초조해진 유디트는 눈을 깜빡거렸다.

"그건…… 그건…… 남자애들이 그랬어요."

유디트가 속삭였다.

"어떤 남자애들?"

유디트는 어깨를 으쓱했다.

"몇 명인데?"

"셋이요. 어느 때는 넷이고요."

"걔네들이 널 때리니?"

유디트는 고개를 열심히 끄덕거렸다.

베크만 선생님은 유디트의 팔을 잡고 하나씩 조심스럽게 소매를 걷어올렸다.

"오, 맙소사!"

선생님이 나지막이 내뱉었다.

선생님은 일어나 유디트의 뒤로 가서 스웨터를 걷어올리기 시작했다.

"안 돼요!"

유디트는 발목의 아픔도 잊고 벌떡 일어났다. 하지만 다리가 휘청거려서 책상 모서리를 잡아야 했다. 커다래진 눈에 두려움이 가득 했다.

"어머니도 알고 계시니?"

베크만 선생님이 걱정스럽게 물었다.

당황한 유디트는 고개를 끄덕이다가 이내 옆으로 흔들었다.

"아셔, 모르셔?"

"말할 때도 있어요. 그런데 어느 때는 말하지 않아요. 엄마가 너무 걱정할까 봐."

유디트가 입술을 떨면서 말했다.

"그럴 만도 하지. 하지만 다리를 절룩거리는 건 보았을 텐데?"
선생님이 말했다.
"넘어져서 삐었다고 했어요."
간신히 작은 목소리가 나왔다.
"그러면 멍은?"
"안 보여 줬어요."
유디트는 슬픈 얼굴로 바닥만 바라보았다.
"이런 일이 자주 있니?"
유디트는 어깨를 으쓱했다.
"그래?"
선생님이 다시 물었다.
"가끔요."
"어떤 애들인지 말해 보렴. 어디 사는지 알아?"
"아뇨."
"널 기다리고 있니?"
유디트는 고개를 끄덕였다.
"그리고?"
"때리기 시작해요."
"정말? 길 한복판에서?"
베크만 선생님이 놀라서 물었다.
"인적이 드문 곳이에요."
"왜 너한테 그런 짓을 하지?"
"몰라요."

"전에 때린 애들과 같은 애들이니?"
"언제요?"
유디트는 어리둥절해서 선생님을 쳐다보았다.
"마르흐리트 학교에 다닐 때. 그때도 같은 일을 겪었잖니?"
그 질문에 유디트는 너무 놀라서 어찌할 줄을 몰랐다. 마르흐리트 학교에서도 같은 핑계를 댄 것을 어떻게 알았을까?
"그때와는 다른 애들이에요."
유디트가 마침내 대답했다.
베크만 선생님이 바짝 얼굴을 들이밀고 쳐다보았지만 유디트는 시선을 피했다.
"어머니가 경찰에 신고하신 적이 있니?"
"네. 그런 것 같아요."
유디트가 속삭였다.
"어젯밤에 어머니께 전화를 걸어서 약속을 잡았어. 네가 수업 시간에 최선을 다하고 있다는 것은 알지만, 수업에 너무 많이 빠졌잖아. 그 문제로 어머니와 상담하고 싶어서."
"제가 맞은 얘기는 하지 마세요. 네, 선생님?"
유디트가 간절히 부탁했다.
"왜?"
"그럼 엄마가 또 걱정해요. 그렇지 않아도 저와 동생을 위해서 무리하고 있거든요."
유디트는 소매를 자꾸 잡아당겼다.
베크만 선생님은 잠시 아무 말이 없었다.

"얘, 너무 그렇게 슬픈 표정 짓지 마."

선생님은 말하면서 유디트의 눈가에서 머리카락을 걷어 뒤로 넘겼다.

"자, 발에 붕대를 감아 줄게. 그리고 나서 신발을 신을 수 있는지 봐야지. 그러지 않으면 점심 먹으러 미하엘 집에도 못 가잖니!"

붕대를 감고 나서 선생님이 말했다.

"됐다. 몇 발짝 걸어 봐. 느낌이 어떤지."

유디트는 붕대를 맨 발을 신발에 쑤셔넣고 조심스럽게 걸음을 내디뎠다.

"훨씬 좋아요. 이제는 거의 아프지 않아요."

유디트는 희미한 미소를 지으며 말했다.

"잘됐다. 그래도 다친 발은 되도록이면 쓰지 마. 교실에 그냥 남아 있는 게 어떠니? 책을 읽거나 숙제를 하면서 말이다. 난 커피를 좀 마시러 가야겠어."

선생님이 말했다.

복도에선 선생님이 걸어가는 소리가, 옆 반에선 작게 웅성거리는 소리가 들렸다. 유디트의 책상에는 책과 빈 종이가 쌓여 있었다. 유디트는 저도 모르는 사이에 연필을 집어서 빈 종이에 글씨를 쓰기 시작했다. 뾰족뾰족한 선들로 잔뜩 뒤엉킨 덩어리가 조금씩 조금씩 커졌다.

그날 밤 베크만 선생님은 낮에 일어난 일을 부인에게 이야기했다.

"아무래도 그 애한테 무슨 일이 있어. 몇 주 전에 마르흐리트 학교 선생님에게 전화를 걸었는데, 그분도 나한테 똑같은 이야기를 해 주셨거든. 유디트가 아파서 자주 결석했다는 것이나, 항상 어디가 아프다는 이야기, 그래서 체육 수업에 빠져야 했다는 이야기 말이야. 학교에서 집에 가는 길에 유디트를 때리는 남자애들이 있었다는 것까지 똑같아."

"정말 이상하네."

부인이 맞장구쳤다.

"다행히 내일모레 그 애 엄마하고 만나기로 했어."

"그 애가 신체적으로 학대당하는 건 아닐까?"

느닷없이 부인이 물었다.

"학대? 자기 엄마한테?"

"응."

"그런 생각도 잠깐 했지. 그래도 설마 자식을 때리겠어."

학대라……. 그 생각은 밤이 깊도록 베크만 선생님의 머리에서 떠나지 않았다.

"발목은 어떠니?"

다음 날 베크만 선생님이 물었다. 어깨에 손을 얹자 유디트가 깜짝 놀랐다. 예전 같으면 눈치 채지 못했겠지만 이제는 그런 행동도 이상하게 느껴졌다.

쉬는 시간에 선생님이 미하엘에게 말했다.

"상자 나르는 것 좀 도와줄 수 있니?"

"문제 없어요."

미하엘이 말했다.

두 사람은 창고로 갔다. 베크만 선생님이 상자 몇 개를 가리켰다.

"이걸 위층으로 날라야 해."

"문제 없어요."

미하엘이 다시 말했다.

"요즘도 매일 유디트하고 집에 가니?"

베크만 선생님이 교실로 돌아오면서 물었다.

"네. 화요일만 빼고요. 그날은 4시에 연습을 하거든요."

"너희 둘은 아주 친하게 지내는 것 같더구나."

"네, 맞아요. 유디트는 좋은 애예요."

미하엘이 수줍게 미소지었다.

"잘 알고 있구나."

선생님이 말했다.

"깡패 녀석들하고 더는 말썽이 생기지 않아서 다행이에요."

미하엘이 불쑥 말을 꺼냈다.

"깡패라니?"

"저, 얼마 전에, 유디트가 길에서 어떤 애들한테 맞았어요. 어제 다리를 저는 걸 보고 그 녀석들이 또 행패를 부렸나 걱정했었죠. 그런데 그냥 발목이 접질린 거래요."

미하엘이 말했다.

선생님은 상자를 캐비닛 안에 차곡차곡 쌓았다. 유디트는 자기가 맞은 얘기를 미하엘한테도 하지 않았다! 왜 감추는 걸까?

"고맙다, 미하엘. 어서 나가 보렴. 쉬는 시간 내내 못 나가면 안 되잖니."

선생님이 말했다.

"괜찮아요, 선생님."

미하엘이 머뭇거리더니 말했다.

"아빠가 여기 왔어요."

미하엘에게서 아빠 얘기를 듣는 건 이번이 처음이었다.

"미국에 살고 계시지?"

"네. 그런데 프랑크푸르트에 볼일이 있었대요. 내일 아침에 비행기를 타고 미국으로 돌아가요."

"바쁘신 분 같구나."

"저도 미국에 다녀올지 몰라요. 부활절 방학 때요."

미하엘이 말했다.

"잘됐구나! 이 녀석, 복도 많지. 그런데 너 미국에서 여기로 온 지 얼마나 됐지?"

"삼 년이 넘었어요."

"꽤 오래 됐네."

미하엘이 고개를 끄덕였다.

"전, 어…… 그곳을 별로 좋아하지 않았어요."

미하엘은 솔직한 마음을 털어놓았다.

"삼 년 동안에는 많은 것이 변하는 법이야. 너도 훨씬 컸잖니. 네가 어릴 때와 아주 많은 것이 달라졌을 거야."

미하엘이 고개를 끄덕였다.

베크만 선생님은 문까지 미하엘을 바래다주었다.

"다음에 아빠가 오시면 나한테 전화하시라고 말씀드려. 네 칭찬을 많이 해 줄게."

선생님이 미하엘의 머리를 끌어안았다.

미하엘은 얼굴을 붉혔다.

"네, 선생님."

수줍게 말하고 미하엘은 밖으로 달려나갔다.

같은 날 오후 베크만 선생님은 유디트의 엄마로부터 약속을 취소한다는 전화를 받았다.

"정말 죄송해요. 갑자기 일이 생겨서 어쩔 수 없어요."

"그럼, 새로 약속을 잡으시죠. 괜찮은 날짜를 말씀하세요."

"전화드릴게요."

유디트의 엄마가 말했다.

하지만 베크만 선생님은 유디트의 엄마가 전화를 끊게 놔두지 않았다.

"괜찮으시다면 지금 약속을 잡고 싶습니다. 어머니께 급히 말씀드려야 할 게 있습니다."

짧은 침묵이 있었다.

"그럼, 다음 주로 해야겠네요."

다시 약속을 잡았지만 유디트의 엄마는 나타나지 않았다.

"깜빡 잊었어요."

베크만 선생님이 전화를 하자 유디트의 엄마가 사과했다.

"네? 저희 집엘요? 안 돼요. 정말 죄송합니다만 오늘은 저희 집에 모실 수가 없네요. 손님이 와 있어요. 다음 주도 뵐 수 없고, 그 다음 주는 부활절 휴일이군요. 시간이 어쩌면 그렇게 빨리 가는지! 부활절 지나고 나서 바로 전화드리죠. 약속할게요."

베크만 선생님이 뭐라고 대꾸하기도 전에 유디트의 엄마는 전화를 끊었다.

꿈같은 여행

　미하엘은 비행기가 천천히 내려가는 것을 느꼈다. 곧 안전벨트를 매라는 안내 방송이 나오면 삼십 분 안에 공항에 도착할 것이다.
　미하엘은 창 밖을 멍하니 내려다보았다. 맑고 푸른 하늘에 풍성한 구름이 펼쳐져 있었다. 그림을 그려 놓은 것 같았다.

　얼마나 신기한 방학이었던가!
　어느 날 아침 미하엘은 아빠의 초대를 받아들여 워싱턴에서 부활절 방학을 지내겠다고 느닷없이 식구들에게 알렸다.
　보브 이모부와 엘리 이모는 놀랐다.
　"정말 혼자서 가고 싶니?"
　두 사람이 물었다.
　"그럼요."
　"왜 그렇게 갑작스럽게 결정했어?"

"생각을 너무 오래 하면 머리가 터져 버릴 것 같아서요. 하지만 마음을 바꿀지도 몰라요."

미하엘이 말했다.

미하엘은 마음을 바꾸지 않았다. 비행기를 타고 떠났다.

아빠가 공항에 마중 나와 있었다.

"정말 반갑다."

아빠는 차가 있는 곳으로 걸어가면서 말했다.

"여기 있는 동안 헬렌 아줌마 집에 있으면 어떻겠니?"

미하엘은 고개를 끄덕였지만 다시 헬렌을 볼 생각을 하니 은근히 두려움이 밀려왔다.

차를 타고 가는 동안 아빠는 말을 그다지 많이 하지 않았다. 하지만 자기 쪽으로 자꾸 곁눈질을 했다.

"겨우 몇 주 사이에 더 큰 것 같다."

아빠가 말했다.

"그럴지도 몰라."

반대로 아빠는 점점 작아지는 것 같았지만 그렇게 말하진 않았다. 두 사람은 이제 키가 엇비슷했다.

"앞으로 나보다 키가 더 크겠구나."

"그럴지도 모르지."

미하엘이 말했다. 아빠는 미소를 지었다.

헬렌의 집을 다시 보는 것은 충격이었다. 그곳에는 너무나 선명하게 기억에 새겨진 것들이 있었고, 그것 때문에 미하엘은 마음이 아팠다.

먼저 헬렌이 있었다. 헬렌은 변함이 없었다. 생각한 것보다 작고 말랐지만, 자기가 커졌기 때문에 그런 것인지도 몰랐다.

헬렌은 미하엘을 다시 만나 정말로 기쁜 듯했다. 헬렌은 미하엘의 어깨에 손을 얹고 작은 금빛 점들이 반짝이는 초록색 눈으로 미하엘을 머리에서 발끝까지 훑어보았다.

"미하엘……."

헬렌은 마이크가 아니라 미국 억양을 섞어 미하엘이라고 불렀다.

"너무 커서 몰라보겠다. 이 근육 좀 봐! 아빠가 본받아야겠다."

세 사람은 부엌으로 갔다. 모든 것이 그대로였다. 미하엘은 마당을 내다보았다.

"그래, 아직도 나무가 있어. 작년에는 사과를 몇 광주리나 땄어. 집집마다 나눠 줄 만큼 많았어!"

헬렌이 미하엘의 시선을 좇으며 말했다.

헬렌은 난로 주위를 천천히 왔다 갔다 하면서 미하엘이 몇 해 전에 보았던 느긋한 태도로 차를 만들었다. 그러면서 오랜 친구를 대하는 것처럼 미하엘에게 말을 건넸다. 실제로 미하엘은 오랜 친구가 아니었던가? 만난 건 한 번뿐이지만. 미하엘은 헬렌을 잊은 적이 없었다. 헬렌도 미하엘을 잊은 적이 없었다. 며칠 후 두 사람이 가까운 식료품점에서 콜라를 마실 때 헬렌이 말했다.

"무슨 옷을 입었는지 아직도 생각나. 비싸 보이는 파란 재킷, 빨간 티셔츠, 청바지……. 그리고 무척 외로워 보였어."

외로웠죠, 하고 생각했지만 아무 말도 하지 않았다.

"그 뒤로도 네 생각을 많이 했어. 네 아빠 생각도. 네 아빠는 널 데리러 와서 날 쳐다보지도 않았어. 그날 밤엔 완전히 정신이 나갔던 거지. 하지만 그런 마음을 결코 내색하지 않을 사람 같더구나. 네 아빠처럼 자기 감정을 잘 숨기는 사람은 정말 처음이야. 다행히 조금씩 나아지기는 해."

"아빠는 바뀌었어요."

미하엘이 조심스럽게 말했다.

"그 남자는 일을 너무 많이 해."

헬렌은 고개를 절레절레 흔들었다.

"긴장을 풀 시간이 거의 없다니까. 그래서 가끔 내가 데리고 나가서 놀거나 영화관에 끌고 가지. 그러면 그런 일들이 얼마나 신나는가를 알고 무척 놀란단다! 우리는 항상 많은 얘기를 해."

헬렌은 빈 잔을 가지고 장난을 쳤다.

"아빠는 네 얘기를 참 많이 해."

미하엘은 불만사항이겠죠, 하고 생각하면서 앞만 노려보았다.

"자기에게 다시 기회가 왔으면 좋겠다고 말하지."

"기회라뇨?"

미하엘은 눈썹을 치켜올렸다.

"네 아빠 역할을 제대로 할 수 있는 기회. 그래서 네가 온 게 난 정말 기뻐."

"내가 여기로 돌아와서 살 거라고 생각한다면 어림도 없어요!"

미하엘은 버럭 화를 냈다.

"아빠 생각은 그런 게 아니야."

헬렌이 차분하게 말했다.

"콜라 더 마실래?"

"네."

미하엘이 작은 목소리로 말했다.

헬렌은 콜라를 두 잔 더 시키고 화제를 바꿨다.

어느 날 오후 세 사람은 수영장에 갔다.

"미하엘, 최고다!"

헬렌은 미하엘이 수영하는 것을 보며 있는 힘껏 외쳤다.

최고……. 미하엘은 부쩍 자신감이 솟는 것을 느끼며 좋은 기록을 내려고 최선을 다했다. 그리고 해냈다! 뿌듯해진 미하엘은 달아오른 얼굴로 물에서 나와 헬렌 옆에 털썩 앉았다. 두 사람은 진땀을 흘리며 평영 연습을 하는 아빠를 보았다.

"널 보면 아빠랑 정말 많이 닮았다는 생각이 들어."

헬렌이 문득 말했다.

"제가요? 난 아빠랑 하나도 안 닮았어요!"

"오, 아니야. 많이 닮았어. 뭔가에 열중하는 것도 똑같아. 예를 들어 수영하는 모습."

"내가 수영을 저렇게 한다고는 하지 마세요. 저 평영 자세를 보라고요. 정말 못 봐주겠네요!"

미하엘은 화가 난 듯이 외치면서 자기 아빠를 가리켰다.

헬렌이 웃었다.

"수영 실력을 비교하려는 게 아니야. 두 사람이 무슨 일을 할 때의 태도를 말하는 거지. 네가 수영에 쏟는 헌신과 집중력을 보면 변론할 때의 네 아빠와 똑같아."

"전혀 달라요."

"그래?"

"네. 변론을 하려면 정말 똑똑해야 하고……."

"너는 어떻고?"

헬렌이 갑자기 열을 냈다.

"네가 물에서 성취한 일은 어떻고? 넌 자신이 똑똑하다고 생각하지 않니?"

"수영하는 데 머리를 쓰진 않죠."

"수영하려면 당연히 머리를 써야 하지. 끈기도 있어야 하고. 재능만으로는 충분하지 않아. 미하엘, 너는 수영으로 많은 걸 성취할 수 있어. 아주 굉장한 걸."

헬렌은 강하게 주장했다.

미하엘은 아무 말도 하지 않았다. 몸이 달아올랐다.

"열심히 훈련하고 있어요. 코치 선생님이 절 시합팀에 넣으려고 하시거든요."

"그래, 아빠한테 들었어."

"학교 성적은 아직도 꽝이에요."

미하엘이 어색하게 웃으며 말했다.

"올해는 진급할 것 같니?"

"네, 아마도. 성적표에 A나 B는 별로 나오지 않겠지만."

"그런 건 중요하지 않아. 아빠는 결코 수영 챔피언이 될 수 없잖니. 가라앉지 않는 것만도 다행으로 여겨야지!"

헬렌은 웃으면서 미하엘을 물 속으로 밀어넣고 자기도 다이빙을 했다.

"승객 여러분께서는 안전벨트를 착용해 주십시오. 곧 착륙하겠습니다."

미하엘은 승무원의 목소리를 듣고 상념에서 깨어나 재빨리 벨트를 맸다. 비행기는 이제 구름 속을 뚫고 날아가면서 앞뒤로 덜커덩거렸다.

미하엘은 할 말이 무척 많았다! 특히 어제 일에 대해서. 집에 들어온 아빠는 수수께끼 같은 얼굴을 하고 있었다.

"오늘 밤에는 나가자."

아빠가 말했다.

"어디로?"

헬렌과 미하엘이 동시에 물었다.

"가 보면 알겠지."

"준비 단단히 해라, 미하엘. 뭔지는 몰라도 교양이 넘치는 걸 거야. 자, 디러크, 뭘 입으면 좋을까요?"

"입다니요?"

"무슨 말인지 알잖아요. 아니, 무슨 말인지 모르겠지. 미하엘, 몇 주 전에 우리가 외출을 했거든……. 난 파자마를 입고 집 안을 어슬렁거리다가 생각했지. 시험을 한번 해 보자, 하고 말이야. 그 차림새로 신발을 신고, 가방을 들고 말했어. '준비됐어요?' 내가 아무 소리 안 했으면 그렇게 입은 나를 데리고 밖으로 나갔을 거야. 틀림없어. 내가 물었지. '나 어때요?' 그러자 저 구닥다리 안경을 낀 눈으로 훑어보더니 이렇게 말하는 거야. '멋져요.'"

헬렌이 말했다.

"정말 멋졌어요. 게다가 그 파자마는 육상 선수들이 입는 보온복 같았다고. 보온복을 입고 바깥에 나가는 게 뭐 이상한가?"

아빠가 씩 웃었다.

"보온복이라니! 얼마를 주고 산 파자마인데. 진짜 실크라니까요! 정말 어쩔 수 없는 양반이라니까. 자, 이제 말해 봐요. 뭘 입어야 좋을까요?"

헬렌이 웃으며 물었다.

"편한 옷으로 입어요."

아빠가 제안했다.

"파자마는 어떻소?"

헬렌이 아빠의 머리에 베개를 내리치자 아빠는 놀랄 정도로 민첩하게 피하면서 베개를 되던졌다.

세 사람은 이탈리아 식당에서 저녁을 먹고, 농구 경기를 보러 갔다. 거대한 체육관 앞에 선 미하엘은 자기 눈을 의심했다. 할렘 글로브트로터즈의 경기였다! 헬렌도 흥분했다.

"아니, 어떻게 티켓을 구했어요? 나는 아무리 애를 써도 못 구하겠던데."

헬렌이 아빠에게 말했다.

"아, 체육계에 인맥이 좀 있죠. 게다가 나도 이제는 어엿한 스포츠맨이라니까!"

아빠가 장난치듯이 말했다.
 잊을 수 없는 경기였다. 선수들은 여느 때처럼 놀라운 실력을 보여 주었다. 아빠도 경기를 즐겼다. 경기가 끝난 뒤 세 사람은 아이스크림을 먹으러 갔다. 그리고 웃으며 게임에 대해 얘기했다. 아빠는 미하엘이 생각한 것보다 농구에 대해서 많이 알고 있었다.
 "그런 걸 어떻게 다 알아?"
 미하엘이 몹시 궁금해져서 물었다.
 "글쎄…… 공교롭게도 나한테는 농구를 하는 아들이 있거든. 그래서 가끔 스포츠 주간지를 사서 봤지."
 "왜 아무 말 안 했어? 다 모아 놨으면 좋았을 텐데. 그러면 나도 볼 수 있잖아."
 미하엘이 쾌활하게 말했다.
 잡지는 모아져 있었다. 한 권도 빠짐없이! 정말 아빠다웠다. 미하엘은 여행 가방에 잡지를 죄다 넣었다. 영어로 씌어 있어서 읽기가 좀 힘들었지만 그만한 노력을 들일 가치가 있었다.

 미하엘은 창 밖을 보았다. 비행기가 스칠 듯이 날고 있는 평평한 녹지는 사방의 지평선까지 뻗어 있었다. 그 위를 운하들이 가로지르고, 빨간 지붕의 농장 집들이 점점이 박혀 있었다. 잿빛으로 변한 하늘에서 보슬비가 내리고 있었지만 상관없었다. 활주로가 보이기 시작했다.
 가슴이 울렁거렸다. 식구들이 보고 싶어서 견딜 수 없었다. 이번 여행에 대해서 전부 말하려면 적어도 하루는 걸릴 것이다. 특히 유디트가 보고 싶었다. 엽서를 보냈고, 만나면 주려고 선물도 샀다. 선물이 너무 유치하다고 생각할까? 아니, 유디트는 아니야. 다른 사람은 몰라도 유디트는 그렇게 생각하지 않을 거야.

드러난 진실

　미하엘은 자전거를 타고 굽어진 길을 휙 돌았다. 유디트 집에 가는 길이었다. 빨간 신호등에 걸릴 때마다 가슴이 답답해서 터질 지경이었다. 온종일 유디트 자리가 비어 있어서 느꼈던 실망감도 채 가시지 않은 상태였다.
　어제 미하엘이 집으로 돌아왔을 때 엘리 이모는 케이크를 굽고 반짝이는 리본으로 거실을 장식해 놓았다. 잔칫집 같았다! 식구들이 하나같이 질문을 퍼부어댔고 미하엘은 전부 대답하려고 했다. 장시간 비행 여행의 피로가 몇 시간 뒤에야 몰려와서 미하엘은 의자에 앉은 채 잠들 뻔했다. 무척 지쳤으면서도 유디트에게 전화를 걸어 엽서를 받았는지 확인하려고 했지만 아무도 받지 않았다.
　미하엘은 페달을 마구 밟았다. 큰길을 두 번 건너 유디트 집 앞에 도착했다. 초인종을 누를 때 1층 창문의 커튼이 움직이고 그 사이로 창백한 얼굴이 언뜻 비치는 것을 보았다.

기다렸지만 아무도 나오지 않았다. 다시 한 번 길게 벨을 눌렀다. 여전히 대답이 없었다. 몇 발짝 뒤로 물러나서 2층 창문을 올려다보았다. 아무 기척이 없었다.

1층 창문의 커튼이 다시 움직였다. 미하엘이 착각한 것일까? 아니었다. 커튼 뒤의 할머니가 다가오라고 손짓하고 있었다. 그 정도 움직이는 것도 힘들어 보였다. 손가락이 말을 듣지 않는 듯했다. 미하엘은 할머니네 집 문 앞에 섰다.

여기서도 잠시 동안 기다려서야 질질 끄는 느린 발소리를 들을 수 있었다.

"무슨 일이니?"

현관에 나온 할아버지가 물었다.

"그 애를 들여보내요."

안에서 목소리가 들려왔다.

할아버지는 주저하다가 물었다.

"할머니를 만나러 온 거냐?"

"네, 할아버지."

"들여보낼 거요, 말 거요?"

퉁명스러운 목소리가 다시 안에서 들려왔다.

잠시 후 미하엘은 답답하고 어두운 거실에 서 있었다. 창가에 앉은, 다리에 격자무늬 담요를 덮은 할머니가 다가오라고 손짓했다. 미하엘은 할머니의 손이 일그러지고 얼굴에 깊은 주름이 잡힌 것을 보았다. 할머니는 애써 친절하게 굴려고 하지 않았다.

"네가 윗집 벨을 누르는 걸 보았다."

"네, 할머니."

"그들은 떠났어."

미하엘은 그 자리에 얼어붙었다. 전혀 예상하지 못한 일이었다.

"떠났다고요?"

"웬 참견이야, 트루더."

할아버지가 경고했지만 할머니는 들은 척도 하지 않았다.

"그 사람들을 아니?"

"네…… 아니요…… 어, 그러니까, 유디트는 알아요. 같은 반이거든요."

"전에도 여기 온 적 있지?"

미하엘은 고개를 끄덕였다. 방금 들은 말을 정리하느라 머리가 복잡했다. 유디트가 떠나다니……. 잘못 들은 것인지도 모른다. 휴가를 떠났다는 말이겠지!

"언제 돌아오는지 아세요?"

할머니는 미하엘을 조롱하는 듯이 웃었다.

"돌아와? 그 가족은 절대 돌아오지 않아. 이사했어! 폴크스바겐 짐차를 타고. 짐을 몽땅 실어가더구나."

"새 주소…… 새 주소는 남겼겠죠?"

"전혀. 잘 있으라는 인사조차 하지 않더라. 그 불쌍한 애만 내게 손을 흔들었지. 조그만 여자애 말이다……. 같은 반이라고 했니?"

미하엘은 시무룩해져서 고개를 끄덕였다. 왜 유디트가 이사한다는 말을 하지 않았을까?

"너한테 무슨 말을 하지 않던?"

"트루디, 남의 일에……."

할아버지가 경고했다.

"당신 일에나 신경 쓰세요."

할머니가 쏘아붙였다.

"그래, 뭐라던?"

할머니는 뭔가를 캐내려는 눈초리로 바라보았다.

"무슨 말씀이세요?"

"매맞는 것 말이다."

"트루디!"

"얘기 좀 하게 당신은 잠자코 있어!"

할머니는 버럭 소리를 지르고 미하엘에게 몸을 돌렸다.

"그 애가 늘 맞고 지낸다는 건 알고 있었니?"

"한 번 맞았던 건 알아요. 그 후로 학교가 끝나고 바래다주었죠. 때린 남자애들을 직접 본 것은 아니지만."

"남자애? 남자애라니?"

"유디트를 마구 때린 애들요."

"남자애들!"

다시 한 번 할머니는 조롱하는 듯이 웃었다.

"남자애들이 자기를 때렸다고 하던? 그건 엄마 짓이었어!"

미하엘은 놀란 눈으로 할머니를 바라보았다. 머리로 피가 쏠렸다. 비좁고 후덥지근한 방 안에 있으려니 점점 어지러워졌다.

"엄마가?"

"놀랄 줄 알았다. 그 여자는 대낮에 별이 보일 정도로 호되게 자식을 팼다. 그 애가 지르는 비명소리가 가끔 여기까지 들렸지."

"그…… 그런데……."

미하엘은 말을 디듬었다.

"왜 보고만 계셨어요?"

"괜히 남의 일에 간섭하는 법이 아니란다."

할아버지가 중얼거렸다.

"저 양반 때문에 못 했다! 그 불쌍한 꼬마를 도와야 한다고 말해도 우리 일이 아니라고 영감이 한사코 말리잖니."

할머니가 버럭 소리를 질렀다.

"실제로 우리 일이 아니잖아. 이 세상은 골칫거리로 가득하다고. 그걸 다 당신이 해결할 수는 없잖아. 아무도 당신더러 참견하라고 부탁하지도 않았고."

미하엘은 그들의 말을 듣고 있지 않았다. 유디트 등의 멍과 부은 자리만 생각났다. 엄마가 그랬다니! 왜 유디트는 나한테 숨겼을까? 거짓말까지 하면서. 난 유디트의 남자 친구인 줄 알았는데, 아니었다는 말인가?

"그 꼬마, 이름이 뭐라고 했지?"

할머니가 물었다.

"유디트요."

미하엘이 작은 목소리로 말했다. 그곳에서 나와야 했다. 제대로 숨을 쉴 수가 없었다.

"이만 가 보겠습니다."

미하엘은 돌아서서 서둘러 방에서 빠져나왔다.

바깥에 나온 미하엘은 숨을 크게 들이마시고 자전거에 올라타 뒤도 돌아보지 않고 떠났다.

미하엘의 다리는 기계적으로 움직였다. 잠시 후 미하엘은 엉뚱한 길로 들어선 것을 알았다. 깜짝 놀라서 자전거를 돌려 집으로 향했다. 집에 왔을 때 미하엘의 뺨은 젖어 있었다. 미하엘은 소맷부리로 거칠게 눈물을 닦았다. 창고 벽에 자전거를 내동댕이치고 곧장 자기 방으로 뛰어올라가 침대에 몸을 던졌다.

잠시 뒤에 조용하게 문을 두드리는 소리가 났고, 이어서 엘리 이모의 목소리가 들렸다.

"미하엘?"

엎드린 채 머리를 베개에 묻고 있던 미하엘은 머리와 어깨를 쓰다듬는 손길을 느꼈다.

"무슨 일이니?"

미하엘은 대답하는 대신 숨죽여 흐느꼈다. 엘리 이모는 말없이 앉아서 미하엘의 머리를 쓰다듬었다.

"아빠 때문이니?"

몇 분쯤 지난 뒤에 이모가 물었다.

미하엘은 고개를 힘껏 젓고 베개 깊숙이 얼굴을 파묻었다.

"학교에서 무슨 일이 있었던 거야?"

"아니요."

미하엘이 훌쩍거렸다.

엘리 이모가 일어나 서랍장에서 손수건을 꺼내왔다.

"자, 미하엘."

미하엘은 코를 풀었다.

"유디트가 떠, 떠났어요. 이사를 갔어요."

미하엘은 말을 더듬었다.

"오, 저런……. 어디로?"

엘리 이모가 물었다.

"저도 몰라요. 그뿐만이 아니에요……. 걔네 엄마가…… 엄마가 유디트를 때려요. 아래층에 사는 할머니가 말해 줬어요."

엘리 이모는 할 말을 잃고 미하엘을 쳐다보았다.

"유디트는 어떤 남자애들이 때렸다고 했어요."

미하엘의 목소리가 갈라졌다.

"기억나요? 제가 유디트네 집에 갔을 때 말이에요. 유디트는 온몸에 멍이 들어 있었어요. 등까지. 아래층 할머니는 유디트가 비명을 지르는 것도 가끔 들었다고 했어요."

"오, 세상에."

충격을 받은 듯 엘리 이모가 중얼거렸다.

"할머니는 왜 말리지 않았다니? 무슨 일이 벌어지는지 알면서도."

"할머니는 휠체어에서 꼼짝을 할 수 없어요. 할아버지는 자기들이 참견할 문제가 아니라고 한사코 말렸고요."

엘리 이모는 고개를 저었다.

"알 수가 없어……. 나는 왜 눈치 채지 못한 거지? 유디트가 가끔 아파 보인다고는 생각했지만, 원래 창백한 아이들도 있잖니. 또 너무 말이 없었지……. 요즘은 조금씩 마음을 열기 시작했는데."

"전 유디트가 자기네 집에 못 오게 하는 게 이상했어요. 언제나 핑계를 댔죠. 자기가 점심 먹으러 여기 오는 걸 엄마가 모른다고 말한 적도 있어요. 감추고 있었던 거죠."

미하엘이 말했다.

"불쌍하게도……."

"왜 아무 말도 안 했을까요? 난 유디트의 친구인 줄 알았는데."

미하엘은 마룻바닥을 노려보았다. 엘리 이모는 미하엘이 무척 상심한 것을 알았다.

"그와 같은 입장에 있었다면 누구라도 말하기 힘들었을 거야. 더군다나 때리는 사람이 자기 엄마였잖니. 나라도 비밀로 했을걸."

"유디트는 엄마를 그렇게 많이 도와줬다고요! 매일 자기 동생을 데려오고, 돌보고, 집안일을 거들었어요. 아줌마는 유디트를 아무 데도 못 가게 했어요!"

미하엘이 소리쳤다.

엘리 이모가 다시 고개를 저었다.

"그 애가 어디로 갔는지 알아낼 수 있으면 좋을 텐데."

"선생님은 아실지도 몰라요. 내일 아침 학교에 가자마자 여쭤 봐야겠어요."

미하엘은 그제야 조금 기운이 나는 것 같았다.

다음 날 아침 미하엘은 서둘러서 학교로 갔다. 유디트를 걱정하느라 거의 뜬눈으로 밤을 보냈다. 새 주소를 알아낼 방법을 찾아야만 했다!

복도를 걸어갈 때 누군가 어깨에 손을 얹었다.

"쉬는 시간에 얘기 좀 할래?"

선생님이었다.

"네, 베크만 선생님."

미하엘은 잘됐다고 생각했다. 그때 유디트 얘기를 할 수 있겠구나.

하지만 선생님이 선수를 쳤다. 아이들이 교실에서 빠져나가자마자 이렇게 물은 것이다.

"유디트가 어디로 이사했는지 아니?"

"저도 똑같은 질문을 드리려던 참이었어요. 이사한 줄은 아는데, 어딘지는 모르거든요."

미하엘이 말했다.

선생님은 걱정스럽다는 듯 이마를 찌푸렸다.

"이사한다고, 무슨 말 한 적 없니?"

"아니요. 어제 유디트 집에 갔었는데, 벨을 눌러도 아무도 나오지 않았어요. 아래층에 사는 할머니가 유디트네 식구가 떠났다고 일러줬어요."

베크만 선생님은 불안한 눈길로 미하엘을 쳐다보다가 서성거리기 시작했다.

"미하엘, 유디트한테 문제가 있을까 봐 걱정이야."

"문제가 있어요."

미하엘이 불쑥 말을 꺼냈다. 목소리가 갈라졌다.

"유…… 유디트는 매를 맞아요!"

선생님이 우뚝 멈췄다.

"누구한테?"

"엄마한테요."

"엄마한테? 그 사실을 언제 알았니?"

"어제요."

미하엘은 침을 꿀꺽 삼켰다.

"유디트와 통화하려고 했지만 아무도 받지 않았어요. 그래서 자전거를 타고 유디트네 집으로 갔죠……."

아래층 할머니한테 들은 이야기를 하는데 자꾸 목이 잠겼다.

베크만 선생님은 자기 책상에 앉아 낙담한 듯 고개를 저었다.

"얼마 전에 유디트의 팔이 멍든 것을 봤어. 동생하고 놀다가 캐비닛에 박았다고 하더구나. 부활절 직전에는 발목을 다치기도 했지. 생각나니?"

미하엘이 고개를 끄덕였다. 유디트는 담에서 뛰어내리다가 발을 헛디뎠다고 말했다.

"발목에 붕대를 감아 주다가 다리와 양쪽 팔에 있는 멍을 보았지. 남자애들이 자기를 때렸다고 말했어. 그런데 난 마침 유디트가 전에 다닌 학교에서도 같은 말을 한 걸 알고 있었어. 그러니 이런 상황이 꽤 오랫동안 진행되었다는 얘기야. 그 밖에 이상한 점은 없었니?"

"전에 한 번……."

미하엘이 주저하면서 말했다.

"유디트네 집에 갔을 때였어요. 기억하실 거예요. 유디트가 아팠을 때 선생님께서 감초사탕을 전해 주라고 하셨죠. 유디트네 집에 가서 보니까 뺨에 멍이 들어 있었고 등에는 더 많이 멍들어 있었어요…….

전 남자애들이 한 짓이라는 말을 그대로 믿었어요."

미하엘은 비참한 표정으로 바닥을 보며 탁자 다리를 툭툭 찼다.

베크만 선생님은 일어나서 미하엘의 어깨에 손을 얹었다.

"유디트는 정말 견디기 힘들었던 거야, 미하엘. 네게도 말을 하지 않았다면."

뜨거운 것이 울컥, 목구멍에 치밀어올랐다.

"유디트 엄마를 아니?"

선생님이 물었다.

"딱 한 번 본 적이 있어요. 아줌마는 내가 누구인지 몰랐고, 유디트가 점심을 먹으러 우리 집에 오는 것도 전혀 몰랐어요."

선생님이 고개를 흔들었다.

"유디트를 도와야 해. 유디트의 엄마도 마찬가지고. 더 손을 쓸 수 없게 되기 전에. 그런데 어떻게 주소를 찾아내지? 우리가 아는 거라곤 그 가족이 이사를 갔다는것인데."

"시내에 있는 모든 학교에 전화를 해 보면 되지 않을까요?"

미하엘이 제안했다.

"그 일은 내가 맡으마. 오늘 당장 해 봐야겠다. 유디트한테 친척이 있니?"

선생님이 물었다.

"네, 이모요. 그런데 그분 주소를 몰라요."

미하엘은 잠시 생각하다가 갑자기 외쳤다.

"탁아소! 거기서 일하는 소피 누나를 알아요. 어쩌면 우리를 도와 줄 수 있을 거에요."

"좋아, 넌 탁아소로 가고 나는 학교에 전화를 하는 거야. 뭐라도 알아내면 상대방에게 연락하자. 알았지?"
 미하엘은 열심히 고개를 끄덕였다.
 두 사람은 종소리를 들었다. 쉬는 시간이 끝난 것이다.

우린 친구잖아

다음 날 아침 베크만 선생님은 미하엘을 구석으로 불렀다.
"시내 학교에는 전부 전화를 걸었는데, 아무 데도 등록하지 않았어. 다른 도시로 이사했을지도 몰라. 그럼 큰일인데."
"소피 누나도 아는 게 없었어요. 탁아소에도 새 주소를 남기지 않았다고 해요."
미하엘이 말했다.
하지만 그날 오후, 미하엘이 식구들과 점심을 먹으려고 막 자리에 앉았을 때 전화벨이 울렸다.
"받아 볼래?"
엘리 이모가 말했다.
미하엘은 복도로 가서 수화기를 집어들었다.
"여보세요?"
상대방은 아무 말도 하지 않았다.

"여보세요?"

미하엘이 되물었다.

"누구세요?"

"나야, 유디트."

작은 목소리가 대답했다.

"유디트!"

미하엘 흥분한 나머지 목소리가 갈라졌다.

"유디트, 너 지금 어디야?"

"우리 집 이사했어."

"나도 알아. 그런데 어디로 갔어?"

유디트는 잠시 말하기를 주저했다.

"라이텐. 여행은 잘 다녀왔니?"

"만나서 다 얘기해 줄게. 널 꼭 만나야 해. 선물도 샀어. 주소가 어디야?"

유디트는 그 질문에 대답하지 않았다.

"공중전화에서 전화하고 있어."

목소리가 다급해졌다.

"돈이 떨어졌는데, 나……"

찰칵, 소리와 함께 전화가 끊겼다.

미하엘은 할 말을 잃은 채 멍하니 수화기를 바라보고 서 있었다. 수화기를 내려놓고 기다렸다. 유디트가 다시 전화를 할까?

한참이 지나도록 미하엘이 돌아오지 않자 엘리 이모가 왔다.

"유디트구나?"

이모는 금방 알아차렸다.

미하엘이 고개를 끄덕였다.

"라이덴에 살고 있대요. 그런데 어느 동네인지 말하기 전에 전화가 끊겼어요. 공중전화로 걸었거든요."

"분명히 다시 걸어올 거야."

엘리 이모가 부드럽게 말했다.

하지만 전화는 다시 오지 않았다.

수화기를 내려놓는 유디트의 손이 떨렸다. 미하엘의 익숙한 목소리에 간절한 그리움이 샘솟아 어쩔어쩔했다. 이사했으니 미하엘을 다시 볼 수 없다고 생각하면서도 전화라도 하고 싶은 마음을 억누를 수 없었다.

"야, 너 하루 종일 그러고 있을래?"

열여섯쯤 되어 보이는 소년이 공중전화 부스의 문을 열어젖혔다.

유디트는 다급히 나와 자전거의 핸들을 잡았다.

그날은 라이덴의 장날이었다. 사람들이 서로 부대끼며 노점상 앞에 모여들었고, 거리는 북새통이었다. 유디트는 군중 속을 뚫고 나와 자전거에 올라타고 집으로 갔다. 좁은 골목에 엄마가 빌린 아파트가 있었다.

삼 주 전, 부활절 방학의 첫날, 갑자기 엄마가 이사를 한다고 선언했다.

"어디로 가?"

유디트가 더듬거리며 물었다.

"라이덴."

"저…… 전학을 가야 돼?"

유디트의 목소리에 두려움이 배어나왔다.

"당연하지. 그럼 내가 매일같이 헤이그까지 태워다 주고 태워오고 할 줄 알았니? 그 참견쟁이 선생한테서 벗어날 수 있어서 정말 다행이다. 도대체 그 선생은 자기를 뭐라고 생각하는 거야? 약속을 잡자고 뻔질나게 전화를 해대질 않나. 할 말이 있으면 전화로 할 일이지."

유디트는 엄마한테 이사에 대해 더 묻지 못했다. 아니, 그럴 기회도 없었다. 엄마는 곧장 이삿짐을 싸라고 했다.

다락방에서 보내는 마지막 날, 유디트는 엎치락뒤치락하며 침대에 누워 있었다. 다시는 볼 수 없는 친구, 미하엘이 생각났다. 엘리 이모도 생각났다. 목에 딱딱하고 마른 혹이 생긴 느낌이 들어 침을 제대로 삼킬 수 없었다. 유디트는 어둠 속을 멍하니 바라보다가, 아주 한참 만에야 깊은 잠에 빠져들었다.

미하엘은 라이덴으로 가는 기차에 올라탔다.

유디트가 라이덴에 산다는 것을 알게 된 이상, 어느 학교에 다니고, 어디에 살고 있는지 베크만 선생님이 알아내는 데는 오랜 시간이 걸리지 않았다.

"학교에 가서 기다리는 편이 좋을 거예요. 집으로 갔다가 유디트 엄마라도 맞닥뜨리면 말 한번 못 붙일 테니까요."

미하엘이 말했다.

"그러니까 오후 수업에 빠지게 해달라는 소리구나?"

"죄송해요, 베크만 선생님. 다른 방법이 떠오르지 않아요."

"좋아. 하지만 이번 한 번뿐이다."

선생님이 웃으며 말했다.

기차가 움직이기 시작했다. 천천히 중앙역을 미끄러져 나갔다. 미하엘은 옆자리에 비닐가방을 놓았다. 안에는 유디트에게 주려고 미국에서 산 선물이 들어 있었다. 유디트가 날 다시 만나면 기뻐할까? 미하엘은 약간 초조해져서 배 속이 울렁거렸다. 막상 만나면 무슨 말을 해야 할지도 알 수 없었다.

미하엘이 생각에 잠긴 사이에 기차는 벌써 라이덴 역에 정차하고 있었다. 기차에서 자전거를 끌어내렸다. 주머니에 지도가 있었지만 이미 어느 길로 갈지 알고 있었다.

역에서 빠져나와 자전거를 타고 속도를 내기 시작했다.

새 교외 지역에 있는 유디트네 학교는 나무나 잔디가 아주 적었다. ㄱ자형으로 지어진 건물 앞에 덩그러니 운동장만 있었다. 미하엘은 자전거 보관소가 건물 뒤에 있을 거라고 생각했다. 유디트는 어느 반에 있을까? 오늘 학교에 나오지 않았으면 어쩌지? 결국 유디트네 집으로 가야 할까?

너무 일찍 왔기 때문에 기다려야 했다. 무게중심을 오른다리에 실었다가 왼다리에 싣기를 반복하며 서 있었다. 마침내 종이 울렸을 때 깜짝 놀라 가슴이 두근두근 뛰기 시작했다.

아이들이 우르르 몰려나왔다. 처음에는 가장 어린 아이들이, 이어서 더 높은 학년의 아이들이 나왔다. 운동장은 아이들의 고함소리로 가득 찼다. 가장 나이가 많은 아이들이 자전거를 굴리며 뒤쪽 출구에서 나왔다. 거기에도 유디트는 없었다.

미하엘은 초조하게 기다리며 아이들을 살펴보다가 유디트를 발견했다. 유디트는 다른 아이들과 함께 자전거를 몰고 있었지만 누구 하나 유디트에게 관심을 주지 않았다. 정말 작아 보인다는 생각이 들었다. 유디트는 고개를 숙여 땅을 보고 있었다. 이름을 부르지 않았으면 그대로 지나쳤을 것이다.

유디트는 퍼뜩 멈추어 서서 고개를 들었다. 얼굴의 표정이 놀라움에서 기쁨으로 바뀌었다. 뒤에서 걸어오던 남자애가 부딪혔지만 신경 쓸 겨를이 없었다.

"안녕."

미하엘은 겨우 이 말밖에 생각나지 않았다.

"안녕."

유디트가 말했다.

"어느 길로 가?"

미하엘이 물었다.

"저쪽."

유디트는 막 자전거에 타려고 했다.

"콜라 마실래?"

미하엘이 물었다.

미하엘은 유디트가 망설이는 것을 보았다.

"난…… 어…… 시간이 별로 없어."

"데니스를 데리러 가야 하는구나?"

"아니. 데니스는 엄마랑 있어……. 엄마가 일하는 사무실에 탁아소가 있거든."

유디트는 오늘 할 일을 생각했다. 장보기랑 또…….

"그럼 뭘 좀 마실 시간은 있겠네."

미하엘이 결정을 내려 주었다.

"좋아."

유디트가 조용히 말했다. 아직도 미하엘이 눈앞에 있는 것이 믿어지지 않았다.

"내가 이 학교에 다니는 줄 어떻게 알았어?"

"베크만 선생님이 말해 줬어. 네가 라이덴에 살고 있다니까, 몇 군데 전화해서 찾아내신 거야. 참, 안부 전해달라고 하시더라."

유디트는 미소를 지었다.

너무 붐비지 않는 카페를 찾느라 시간이 걸렸다. 미하엘과 유디트는 구석 쪽의 탁자에 앉았다.

"뭘 마실래?"

"초코 우유."

유디트가 말했다.

종업원이 와서 주문을 받았다. 둘만 남게 되자 미하엘이 말했다.

"줄 게 있어."

미하엘은 비닐가방을 탁자에 올려놓았다.

"나한테?"

유디트가 얼굴을 붉혔다. 가방을 열어 안을 들여다보았다.

"이야……."

유디트는 손을 넣어 갈색의 작은 코알라 인형을 꺼냈다. 미하엘을 올려다보는 유디트의 눈에 눈물이 그렁그렁했다.

"마음에 들어?"

유디트는 목이 메어서 고개만 끄덕였다.

종업원이 마실 것을 가지고 와서 웃으며 말했다.

"정말 귀여운 인형이구나."

"네, 저도 그렇게 생각해요. 그래서 샀지요."

미하엘이 말했다.

유디트는 손등으로 눈을 훔쳤다. 왜 또 질질 짜는 거야? 미하엘이 어떻게 생각하겠어?

두 아이는 잠시 아무 말도 하지 않았다.

"미국에서 샀어?"

유디트가 물었다.

"응, 헬렌 아줌마랑. 아줌마는 아빠의 여자 친구야. 아줌마랑 어마어마하게 큰 장난감 가게에 갔어. 거기서 이 녀석이 창문 진열대에 앉아 있는 걸 봤지."

"애를 보니까 스테피 생각이 났나 보지?"

"아니, 네 생각이 났어. 그 녀석은 저, 정말이지……."

미하엘은 더듬거리기 시작했다.

"내, 내 말은, 보자마자 이 녀석이 좋아졌다는 거야. 너는 어때? 너무 유치하다고 생각하지 않니?"

유디트는 고개를 세게 저었다.

"아주 근사해. 정말이야. 내가 받은 선물 중에 최고야."
유디트는 인형의 머리를 쓰다듬었다.
두 아이 사이에 친근한 느낌이 되살아났다.
"그래…… 미국 여행은 어땠어?"
유디트가 조심스레 물었다.
"생각보다 훨씬 좋았어. 원래 별로 기대하지 않았어. 그런데 헬렌 아줌마는 아주 좋은 분이야. 우리는 무척 잘 지냈지. 그리고 우리 아빠…… 아빠도 변했어. 알고 보니, 꽤 괜찮은 남자더라고!"
미하엘은 잠시 조용히 있다가 물었다.
"라이덴으로 이사한다고 왜 말하지 않았어?"
"전혀 몰랐어. 엄마가 갑자기 새 직장을 얻어서 그렇게 빨리 떠나게 된 거야."
"최소한 주소라도 남겼어야지."
유디트는 고개를 숙이고 인형의 귀를 만지작거렸다.
"아니면 엄마가 그렇게 하지 못하게 한 거니?"
"어차피 다시는 못 만날 테니까, 새 주소를 남길 필요가 없었어."
유디트가 중얼거렸다.
미하엘은 마음을 굳게 먹고 말을 꺼냈다.
"유디트, 너한테 엄마가 무슨 짓을 했는지 알고 있어."
유디트는 너무 놀라서 초코 우유를 엎지를 뻔했다.
미하엘이 유디트에게 몸을 기울였다.
"너희 집에 갔을 때…… 넌 남자애들이 때렸다고 말했지?"
유디트는 궁지에 몰린 사람처럼 가쁘게 숨을 쉬었다.

"왜 사실대로 말하지 않은 거야? 난 친구잖아, 안 그래?"
미하엘은 상처를 받은 듯이 말했다.
유디트는 고개를 끄덕였다.
"네 얼굴과 등이 온통 멍든 것을 보았어. 그리고 네가 발목을 삐었을 때, 그것도 엄마가 그런 거지?"
유디트는 대답하지 않았다.
"어…… 어떻게 알았어?"
유디트는 정면을 응시하며 정신이 나간 사람처럼 물었다.
"아래층에서 들었어. 늘 창가에 앉아 있는 할머니한테서 말이야. 너희 집 벨을 눌렀는데, 아무 대답이 없었어. 그런데 할머니가 오라고 손짓했어. 나한테 다 말했지……. 가끔 네 비명소리도 들었다고 했어."
유디트는 위안을 찾기라도 하듯이 인형을 가슴에 꼭 끌어안았다.
"왜 엄마가 널 때리는 거야?"
"몰라."
유디트의 목소리에서는 아무 감정도 느껴지지 않았다.
"데니스도 때려?"
"아니, 데니스는 아니야."
"그럼 왜 너만?"
유디트는 어깨를 으쓱했다.
"그래서 체육 시간마다 빠졌던 거야? 그래서 항상 아팠던 거고?"
유디트가 고개를 끄덕였다.
"왜 그냥 맞고만 있어?"

미하엘이 버럭 소리를 질렀다.

유디트가 미하엘에게 얼굴을 돌렸지만 아무런 표정이 없었다.

"네가 가만히 있으면 엄마는 계속 널 때릴 거야. 뭔가 해야만 해!"

유디트가 내 말을 하나라도 듣고 있을까?

"누군가에게 말을 해야 해. 엄마가 자기 자식을 때리는 건 정상이 아니야. 그냥 넘길 일이 아니라고!"

천천히, 유디트는 멍한 상태에서 깨어나는 것 같았다.

"언제부터 그랬니?"

유디트는 다시 시선을 돌렸다.

"내가 기억하는 한 언제나 그랬어."

"아주 어릴 때부터?"

"응."

"하지만 왜? 도대체 왜?"

"나도 몰라. 정말 모르겠어."

유디트는 신경질적으로 코알라 인형의 털을 뽑았다.

"아마 내가…… 내가 디키를 닮아서인 것 같아."

"디키라니? 디키가 누구야?"

"우리 엄마의 남동생. 아홉 살인가 열 살에 죽었대. 얼음 사이에 빠져서."

"엄마가 그 동생을 죽도록 미워하기라도 한 거야?"

"아니, 그런 것 같지는 않아. 나는 모, 모르겠어……."

유디트가 말을 더듬었다.

"하지만 엄마의 엄마, 그러니까 우리 할머니가 그 사고를 엄마 탓으로 돌렸대. 삼촌이 스케이트를 타러 가고 싶어 했고, 엄마가 삼촌을 돌보게 되었대. 그때 삼촌이 얼음 사이로 빠진 거야. 리아 이모가 나한테 다 말해 줬어. 디키 삼촌이 죽은 다음에 할머니는 엄마를 상대도 하지 않았대. 엄마를 없는 사람처럼 대했대."

"하지만 디키 삼촌을 닮은 게 네 탓은 아니잖아!"

미하엘이 화가 나서 소리쳤다.

유디트는 여전히 인형을 만지작거리고 있었다. 그러다가 머뭇거리며 말했다.

"너도 내가 스테피를 닮아서 좋아했잖아. 그런데 스테피가 아주 못된 애였으면 어땠을까?"

"그래도 난 너를 좋아했을 거야. 왜냐하면 너는 유디트니까. 그리고…… 네…… 네가 떠났을 때 난 정말 가슴이 아팠어. 정말 보고 싶었다고."

미하엘이 말했다.

"나도 널 보고 싶었어."

유디트가 말했다.

침묵이 이어졌다.

"뭔가 해야만 해."

미하엘이 고집스럽게 말했다.

"뭘?"

유디트가 무기력하게 말했다.

"엘리 이모는 네가 언제든 와서 우리랑 같이 살 수 있다고 했어. 우리가 도와줄게. 이모는 네 엄마하고 이야기해 보겠다고 했어. 아니면 리아 이모하고."

유디트는 겁에 질려 미하엘을 보았다.

"엘리 이모도 아서?"

"응."

"또 누가 알아?"

입술이 떨리기 시작했다.

"베크만 선생님."

"엄마는 내가 모든 사람한테 떠벌렸다고 생각할 거야. 날 죽도록 때릴 거야. 엄마가 알게 되면……."

유디트는 숨이 막히는 것 같았다.

"그렇지 않아도 엄마는 널 죽도록 때릴 거야!"

미하엘이 말했다.

유디트는 아무 말도 하지 않았다.

"그래."

잠시 뒤에 유디트가 말했다.

"네 말이 맞아."

헤이그로 가는 표 한 장

유디트는 집으로 자전거를 몰았다. 미하엘 때문에 시간이 어떻게 흐르는지도 몰랐다. 그렇게 뜻밖에 만나자 처음에는, 특히 미하엘이 모든 걸 알고 있다고 말할 때는 무척 당황했다. 하지만 시간이 지나면서 마음을 놓을 수 있었다. 미하엘에게 모든 사실을 털어놓았다. 엄마의 가방 이야기, 자기가 돈을 훔쳤다고 의심한 것……. 일단 얘기를 꺼내자 막힘없이 술술 나왔다. 계속 이어지는 이야기를 미하엘은 놀라워하며 들었다.

"왜 진작 말하지 않은 거야?"

미하엘이 물었다.

"할 수 없었어. 정말 할 수 없었어, 미하엘. 게다가 난 그게 정상이라고 생각했어. 뭐, 꼭 정상이라곤 할 수 없어도…… 늘 그런 식이었거든. 분위기가 좋을 때도 있어. 그러면 엄마는 나를 때리지 않아. 그러다가 갑자기 엉망이 되는 거야."

"그러는 이유를 알아?"

유디트는 잠시 생각했다.

"어느 때는 알아. 예를 들어서, 사무실에서 무슨 일이 있거나 하면. 하지만 대개는 몰라. 그런데 엄마가 곧 폭발한다는 걸 짐작할 수는 있어. 엄마의 발소리나, 나를 쳐다보는 눈빛이나, 움직이는 모습에서. 그러면 더욱 조심해야 해. 그런데 너무 조심하다 보면 더 초조해져서 일을 그르치고 말아."

"널 때리는 엄마가 싫지 않아?"

미하엘이 물었다.

유디트는 처량하게 어깨를 으쓱했다.

"나는 나를 더 싫어하는 것 같아. 왜냐하면 너무 겁을 먹거든. 그냥 그 일이 일어나기를 기다리고 있어. 그런데 기다리는 시간이 가장 무서워."

유디트가 털어놓았다.

"네가 기다리기만 하면 엄마는 널 계속 때릴 거야."

미하엘의 말은 유디트의 마음에 콕콕 박혔다.

"뭔가 해야만 해. 계속 비밀로 할 수는 없어. 우리가 도와줄게. 약속해."

미하엘은 유디트를 다시 북돋았다.

유디트는 집에 도착해서 숨을 몰아쉬었다. 엄마의 차가 문 밖에 세워진 것을 보고 심장이 멎는 줄 알았다. 시간이 그렇게 늦었나? 아직 장도 보지 않았는데! 그리고 코알라 인형. 무슨 일이 있어도 엄마에게 들키면 안 되었다. 인형은 가방 안에 들어가지 않았다. 이곳에는 인형을 숨겨둘 만한 창고도 없었다. 문득 생각이 떠올랐다. 유디트는 재킷을 벗어서 인형을 쌌다.

유디트는 초조하게 열쇠를 만지작거리며 자전거를 몰고 좁은 복도로 들어섰다. 계단을 오를 때 무릎이 후들거렸다. 계단 위의 문이 열렸다.

"어디 있다 오는 거니?"

또 맞겠구나, 하고 유디트는 생각했다. 계단을 반쯤 오른 상태에서 유디트는 걸음을 멈추고 머뭇거렸다. 그때 돌아서서 도망쳐야 했다는 것을 나중에서야 깨달았다.

엄마는 계단을 성큼성큼 내려와 머리채를 잡아끌었다. 너무 아파서 비명소리가 목구멍에 걸렸다.

"어디 있었냐니까!"

엄마가 소리를 지르며 유디트를 앞뒤로 흔들었다.

"장본 것들은 어디에 있지?"

엄마는 유디트를 구석으로 몰고 가서 발로 차고 주먹을 날렸다.

유디트는 엄마의 손찌검을 피할 수 없었다. 복도가 너무 좁았기 때문이다. 유디트는 머리를 가리려고 필사적으로 노력했다. 재킷이 땅에 떨어졌지만 코알라 인형이 담긴 비닐가방은 여전히 꼭 움켜쥐고 있었다.

갑자기 엄마가 멈췄다.

"뭘 가지고 있는 거야?"

엄마는 헐떡거리며 가방을 잡아챘다.

유디트는 어질어질했다. 어리벙벙한 상태에서 엄마가 인형을 꺼내는 것을 보았다.

"대체 이게 뭐냐?"

"선물."

유디트가 희미하게 중얼거렸다.

"누가 줬지?"

유디트는 대답하지 않았다.

"장볼 돈으로 샀구나!"

엄마가 악을 썼다.

"아니, 아니야. 엄마, 정말이야. 그건……."

유디트는 겁에 질려 소리쳤다.

"그럼 지갑은 어디에 있니?"

"서랍에!"

유디트가 울부짖었다.

"보여 줘!"

엄마는 유디트를 거실로 밀어넣었다. 유디트는 제대로 생각할 수 없었다. 지갑이 어디에 있는지 기억이 나지 않았다. 비틀거리며 서랍장으로 다가가 서랍을 열었다. 눈앞에서 모든 것이 춤을 추었다. 유디트의 손은 미친 듯이 종이, 상자, 펜을 뒤적였다. 서랍장에는 지갑이 없었다.

"부, 부엌에 있을지도 몰라."

유디트는 말을 더듬었다. 엄마는 유디트를 끌고 부엌으로 데려갔다. 유디트는 엄마가 칼을 두는 서랍을 열었다. 머리가 텅 비었다.

"생각…… 생각 안 나."

엄마는 유디트의 뺨을 철썩 때렸다. 이어서 얼마나 많은 주먹이 날아왔는지 셀 수도 없었다. 조리대에 쿵, 처박히자 코에서 뜨거운 것이 뚝뚝 떨어졌다.

"장볼 돈으로 인형을 샀지!"

섬뜩한 목소리로 으르렁대는 엄마의 손에 빵칼이 들려 있었다.

유디트는 숨이 멎었다.

"안 돼, 엄마……. 안 돼! 인형은 안 돼!"

유디트는 비명을 질렀다.

엄마는 코알라 인형에 칼을 쑤셔 넣었다. 네 번, 다섯 번 칼질을 반복하는 사이에 인형은 넝마조각이 되었다. 엄마는 칼을 다시 치켜올리고 유디트를 향해 다가오기 시작했다. 유디트는 얼어붙은 채, 칼이 번쩍거리는 것을 보았다. 별안간 엄마는 팔을 내렸다.

엄마는 헐떡거리며 유디트를 바라보았다. 고통으로 얼굴이 일그러져 있었다.

"내가 무슨 짓을 하는 거지? 오, 세상에. 이게 무슨 짓이지?"

엄마는 칼을 떨어뜨리고 두 손에 얼굴을 파묻었다.

그제야 유디트는 데니스가 문가에 서 있는 것을 알았다. 커다랗게 뜬 눈에 공포가 가득했다.

유디트는 덜덜 떨면서 얼굴에 찬물을 끼얹었다. 벌써 입술이 부어오르기 시작했다. 왼쪽 눈은 반밖에 떠지지 않았다.

내 코알라가 죽었어.

갈비뼈가 이상한 것 같았다. 숨쉴 때마다 아팠다. 유디트는 바지에 오줌을 쌌다.
내 코알라가 죽었어.
유디트는 천천히 옷을 벗고 샤워기를 틀어 온몸에 물을 덮어썼다.
내 코알라가 죽었어.
유디트는 몹시 추운 듯 격렬하게 몸을 떨기 시작했다. 몸이 정말 찼다. 얼음처럼 찼다. 따뜻한 물도 차게 느껴졌다.
내 코알라가…… 내 코알라가 죽었어…….

저녁 시간은 익숙한 옛 영화처럼 지나갔다. 지갑은 곧 선반 위에서 발견되었다. 장을 보러 가기에는 너무 늦은 시간이었기 때문에 엄마가 나가서 튀긴 감자를 사왔다. 평소에 좋아하는 음식이었지만 지금은 그걸 먹으니까 속이 울렁거렸다. 그래도 유디트는 거절하지 못했다. 엄마가 또 폭발할까 봐 두려웠다.
엄마는 벤 아저씨에 대해 이야기했다. '그 망할 놈'이 사무실에 전화를 걸어서 데니스를 더 자주 만나겠다고 말한 것이다.
"처음에는 자기 자식한테 아무것도 못 해 준다고 하고선 갑자기 자상한 아빠 노릇을 하시겠다! 내가 그렇게 하도록 놔둘 것 같아."
엄마는 흥분한 채 말을 이어나갔다.
"절대 데니스를 데려갈 수는 없지. 안 되고말고."
엄마의 말을 듣는데 관자놀이가 쑤셨다. 저녁을 먹고 나서 유디트는 얼른 자기 방으로 도망쳤다. 아주 작은 칸막이 방은 침대만 겨우 들어갈 정도였다.

"임시로 쓰는 거야. 더 넓은 집을 찾고 있어."
엄마는 말했었다.
유디트는 몇 시간 동안 깨어 있었다. 머리가 빙빙 돌았다.
뭔가 해야만 해……. 뭔가 해야만 해……. 미하엘의 말이 머리에 계속 울려퍼졌다.
엄마가 인형에 칼을 쑤셔 넣어 갈기갈기 찢던 순간이 자꾸만 떠올랐다. 미하엘이 준 선물인데.
눈에 눈물이 맺혔다.
유디트는 천천히 돌아누웠다. 여전히 숨쉴 때마다 힘들었다. 엄마가 조리대에 처박을 때 갈비뼈를 다친 게 틀림없었다.
여기에 계속 있으면 나도 갈기갈기 찢어 놓을 거야. 내 코알라처럼 말이야.
다시 한 번, 유디트는 미하엘의 목소리를 들었다.
"뭔가 해야만 해……."

"학교에 전화해서 아프다고 말할게. 집에서 며칠 쉬어라."
다음 날 아침에 엄마가 말했다.
유디트는 고개를 끄덕였다. 그러면서 엄마를 보지 않았다.
데니스가 웃옷을 입도록 도와주면서 유디트는 나지막이 속삭였다.
"잘 가, 데니스, 우리 아기."
뽀뽀를 하니까 입술이 따가웠다.
엄마가 시동을 거는 소리가 들렸다. 엔진이 한 번, 두 번 소리를 냈다. 세 번째에 시동이 걸렸다. 엄마는 차를 몰고 나갔다. 소리가 점점 멀어졌다.

  탁자를 치우고 접시를 씻었다. 쓰레기통에 쓰레기를 집어 넣으려다가 수북이 쌓인 감자 밑에 있는 코일라 인형을 보았다. 유디트는 가만히 서서 바라보다가 비닐가방을 꺼내 인형을 담고 꼭 묶었다.

  옷을 입고 머리를 빗었다.

  옷장을 뒤져서 여행 가방을 찾아 옷을 챙겼다. 빨간 스웨터는 넣지 않았다. 비닐가방에 든 인형은 데니스의 사진, 자명종과 함께 맨 위에 넣었다.

  유디트는 방을 한 번 둘러보다가 데니스의 차가 의자 밑에 있는 것을 보았다. 주워서 장난감 상자에 넣었다.

  재킷을 입고 계단을 내려갔다. 자전거는 그대로 두었다.

  버스 정류장은 두 블록 떨어져 있었다. 갈비뼈가 아팠기 때문에 아주 천천히 걸어가야 했다. 무거운 가방을 들고 가는 지금은 더욱 아팠다. 사람들이 자기를 쳐다보는 것을 느꼈다. 입술이 부어오르고 눈에 멍이 들었다는 것도 알고 있었다. 며칠 안에 연한 초록색으로 변할 것이다.

  기차역으로 가는 버스에 올라탔을 때 운전사가 물었다.

  "싸운 거니, 얘? 너같이 조그만 애가?"

  유디트는 웃으려고 했지만 미소가 일그러졌다. 유디트는 뒷자리에 앉아 고개도 한 번 돌리지 않고 창 밖만 바라보았다.

  "리이덴 중앙역!"

  운전사가 외치는 소리를 듣고 유디트는 깜짝 놀랐다. 서둘러 가방을 들다가 그만 갈비뼈를 건드렸다. 아야! 유디트는 가방을 들고 버스에서 내렸다.
"헤이그로 가는 표 한 장요."
유디트는 유리창 너머의 역무원에게 말했다.